習江激鬥招招見血

周黨反攻
大動作

I0661380

新紀元周刊編輯部

序

習近平與六大家族的離案醜聞

2012 年 11 月的某一天，總部設在美國華盛頓的民間鬆散組織：國際調查記者同盟（The International Consortium of Investigative Journalists，簡稱 ICIJ）的總監杰拉德‧萊爾（Gerard Ryle），剛結束對澳大利亞 Firepower 公司有關離岸避稅和詐騙問題的三年調查，這時他收到一個來自神祕人物寄來的掛號包裹，裡面有個內存巨大的移動硬盤。檢索硬盤發現，這是一個裝有 250 萬份緩存文件、詳細記錄了 170 多個國家的個人和公司持有的 12 萬間離岸實體的龐大數據庫。

一個來路詭異的絕密硬盤

對於五年來一直調查全球政客富豪逃稅詐騙的萊爾先生來說，這無疑是喜從天降，不過故事從這一開始就被打上了巨大問號：這個神祕硬盤是誰寄出的呢？信息是真還是假呢？原本是價值連城的商業機密，為何就這樣拱手送給了國際調查記者同盟

呢？這位硬盤的主人想借用記者同盟達到什麼目的呢？難道世界上還真有從天而降的免費餡餅嗎？

不過一心想搞出世界影響力的 ICIJ 負責團隊，此時已經高興得不願去想其他問題了，他們將移動硬盤交給哥斯達黎加《民族報》（La Nación）的調查記者團隊分析，結果發現硬盤裡有上百萬個不同格式的數據，關係數據庫（relational databases）有 320 多個雜亂的表格，沒有原始文件說明數據庫的關聯。

進一步研究發現，這個神祕的移動硬盤有 260 千兆字節（Gigabyte）的有效數據，包括四個大數據庫和 50 多萬條文字、PDF、Excel 表格、圖片以及網頁格式的文件。經分析，這些數據來自十個離岸金融中心，如英屬維爾京群島、庫克群島和新加坡，包括 12.2 萬間離岸公司和信託、近 1.2 萬間祕書公司的文件和 13 萬條離岸公司註冊信息。

所有小數據庫來自兩個較大的獨立數據庫，分別包含兩間離岸中介公司─總部在新加坡的保得利信譽通公司（Portcullis TrustNet）、和總部在英屬維爾京群島的英聯邦信託有限公司（Commonwealth Trust Limited）過去三十多年的內部資料。它們幫助成千上萬的個人和公司註冊離岸實體、設立隱蔽銀行帳戶。

這就是說，這可能是哪家網路駭客高手，入侵偷盜了保得利信譽通公司和英聯邦信託有限公司這兩家公司的數據母庫，從而獲得他們 30 多年來的經營記錄，當然，也可能是哪國間諜或哪家私人公司，靠打通這兩家公司的管理層，從而竊取的商業情報。不過第一種可能性更大。

這個神祕移動硬盤的文件涉及的離岸金融中心如英屬維爾京群島、庫克群島等地，在這些地方註冊的公司一般都不交稅，

所有離岸中心也叫避稅天堂。洩露文件透露，牽扯的人包括美國醫生、希臘中產農民、獨裁者的家人和親信、華爾街的詐騙犯、東歐和印尼的億萬富翁、俄羅斯企業高管、國際軍火商以及幫助伊朗從事核發展項目的欺詐公司等等。洩密文件包含現金支付記錄、離岸公司註冊日期、公司和個人關聯等信息。

大海撈針的信息整理過程

面對這樣一個浩如煙海的信息海洋，國際調查記者同盟（ICIJ）沒有公布他們是如何解密這些文件的。憑藉他們那幾十名記者的義務勞動，而沒有專業計算機高手的幫助，要想把這數百萬洩露文件和數千個人名整理出一個頭緒來，真可謂大海撈針，根本不可能。

ICIJ 對外表示，他們當時面臨的另一個挑戰是數據本身。比如針對華裔商人，如何跳出常規，從 3 萬 7000 多名離岸公司所有者中找到關切公眾利益的新聞？「我們做的第一步是列出與中國公眾人物有關的詳盡名單，如政治局委員、部隊軍官、各大城市的市長、俗稱『太子黨』的中共領導人親屬以及《福布斯》和胡潤富豪榜上有名的富豪們。」

一名西班牙記者在資料庫裡搜索海量數據，匹配上述名單的人名與 ICIJ 掌握的離岸密檔人名。更棘手的問題出現了：「密檔裡中國人的人名都是羅馬拼音，這大大增加了匹配難度，因為中文的羅馬拼音可以有不同的寫法：『王』可以寫成 Wang 或者 Wong，『張』可以寫作 Zhang 或 Cheung，『葉』可以寫作 Ye 或 Yeh。我們通過投資者的登記地址和身分證號確認身分，但是還

有很多人的身分無法證實，因為我們不能完全確認身分。」

更明顯的難度是，中國人都知道，很多富豪同時擁有幾十本護照，也就是說，他們有幾十個不同的名字、不同的家庭住址、不同的身分證號碼，比如薄熙來在海外有很多存款帳戶名，若想從計算機數據庫的內容中倒推出所有者的姓名，這幾乎是不可能的。

不過，ICIJ 卻這樣做了。萊爾先生只對外宣布他收到一個神祕硬盤，而他沒有公布這個神祕人物是否後來又給他或他的團隊某些人，寄來解密工具、解密線索，或直接的解密結果，否則在浩如煙海、雜亂無章的數據中，根本無法理出頭緒來。

人們看到的 ICIJ 官方說法是：「來自 46 個國家的 86 名記者運用高科技數據解析和實地報導的方法搜索了近 30 年的郵件、帳本和其他文件。」15 個月的調查發現，「除了完全合法的交易，離岸金融世界提供的保密服務和鬆散的監管助長了詐騙、逃稅和政治腐敗。」

ICIJ 公布的信息包括：與俄羅斯 Magnitsky Affair 有關的個人和公司。該稅務詐騙醜聞導致美俄關係緊張，還令俄羅斯政府下令禁止美國人領養俄羅斯孤兒；一名從阿塞拜疆政府獲得數十億美元的建設合同的商業巨頭。他在該國總統伊利哈姆·阿利耶夫（Ilham Aliyev）的女兒們祕密持有的離岸公司中擔任董事；印尼幾名和已故獨裁者蘇哈托有關的億萬富翁；還有已故菲律賓獨裁者費迪南德·馬科斯（Ferdinand Marcos）的大女兒瑪利亞（Maria Imelda Marcos Manotoc）是一間英屬維爾京群島信託公司的受益人。當菲律賓政府得知此消息，還希望 ICIJ 幫忙查出這間信託公司的資金來源是否是馬科斯貪污的 50 億美元。

牽扯中共六大家族的洩密案

雖然在 2013 年 6 月 ICIJ 對外公布了他們獲得這個神祕硬盤的消息、引起美國、歐洲等國富豪或騙子的擔憂，但這個硬盤最大的殺傷力還是在 2014 年 1 月 21 日他們公布有關來自大陸香港和台灣的華人富豪的信息之後。

美國當地時間 2014 年 1 月 21 日星期二下午，國際調查記者同盟 ISIJ 首次在其網站發布關於中國大陸和香港的離岸投資者資料。報告稱，機密檔案裡有近 2.2 萬中國大陸和香港的離岸投資者，其中至少包括 15 名中國富豪、全國人大代表和深陷貪腐醜聞的國企高管，還有 1.6 萬名台灣離岸投資者的資料。2.2 加 1.6 是 3.8，也就是說，這個神祕硬盤中有 3.8 萬華裔商人的在離案避稅國的經營情況。

在 ICIJ 首次公布的十多位華人名單中，有一個來自台灣，他就是台灣旺旺集團的總裁蔡衍明。據台灣媒體報導，在此份離岸解密曝光之後的兩天，蔡衍明特別發表署名聲明，證明自己的合法性。

在全球富商圈子中，在海外註冊成立離岸公司並非新鮮事，而是非常普及的商業行為，許多有進出口生意的國際公司都會如此做。蔡衍明在聲明中稱，請不要針對 12 家被 ICIJ 點名的企業集團，不分是非、不辨黑白地一律打成「逃稅、避稅、對不起台灣的罪人」。在台灣賺錢，當完稅後匯到境外投資或置產，是合法的。

ICIJ 國際調查記者同盟的密檔文件還透露，普華永道、瑞銀集團等會計事務所和歐美銀行扮演了關鍵性的中間人角色，為中

國投資者在英屬維爾京群島、薩摩亞群島等離岸金融中心開設資產信託和公司。

ICIJ 的離案洩露事件在台灣、香港沒有引起什麼波動，但在大陸卻引發了巨大波瀾：因為該報告稱，「中國高層領導的近親在加勒比海避稅天堂持有隱密的離岸公司，有助於中共精英在海外隱藏巨額財富。」

報告說：「資料顯示，至少有五名現任或前任中共中央政治局常委的親屬在英屬維爾京群島和庫克群島等離岸金融中心持有離岸公司。」「其中包括現任國家主席習近平、前任國務院總理溫家寶及李鵬、上屆國家主席胡錦濤以及已故領導人鄧小平。」在隨後的報告中，ICIJ 還給出了李鵬、葉劍英家族後人的離岸公司情況。

除了江澤民派系外，習近平、胡錦濤、溫家寶、鄧小平、葉劍英、李鵬這六大家族，可以說是對中國政局影響最大的家族，涉及他們家族的事，自然也就成為了大陸人關注的熱點。

2012 年 6 月底，彭博社刊文披露習近平家族至少 3.7 億美元的投資，擁有價值 17.3 億美元的稀土公司 18％的間接持股，還有 2020 萬美元的上市科技公司控股、在香港擁有逾 5000 萬港元房產等巨額財富。報導還指出，這些資產都無法直接追蹤到習近平、彭麗媛或他們的女兒習明澤身上，主要由他的姐姐齊橋橋一家和妹夫吳龍以及習遠平所有。

對於這篇報導，有人解釋說，這些財富都是在習近平進入中共中央之前已被持有，有一些是 1990 年代的投資，同時表示習近平曾親自出面，阻止國有企業同其妹夫吳龍的一項合同。據說習近平進入政治局後，母親齊心曾經召開一次家庭會，要求家族成

員不要給習近平添麻煩，習近平也表示，誰出了事，他也不會管的。

　　也有人針對彭博社公布的習近平家族幾項資產的關鍵歷史淵源和經過進行了調查，發現所披露的習家族財富數據不完整、不完全、不準確，也沒有反映出習家負債的情況，因此不可靠的。

　　旅美中國作家、政治評論家陳破空在《美國之音》的電視節目中表示，在中共 18 大召開之前彭博社做出這類報導是高層權力鬥爭的結果，質疑是周永康或者江澤民對外放風，出口轉內銷，藉機打壓習近平。陳破空說，薄熙來倒台，是胡溫習聯手運作的結果，而中央政治局常委周永康與薄熙來關係親密，周伺機報復。對於江澤民的嫌疑，陳破空表示民間寄望習近平進行政治改革令江澤民不安，江及時拋出他早就掌握的習家族底細，一可貶損習近平，重創民間期待，二可警告習近平，打消其任何政改念頭。

　　有關胡錦濤家族的財產問題，胡錦濤的女婿茅道臨在 2003 年和胡海青結婚前，就已經是大陸門戶網站新浪網的 CEO，是海內外公認的大腕級人物，不過一向小心謹慎的胡錦濤，為了避嫌，不但不讓女兒開醫院，還讓他們退出大陸商界，最後胡海青只得把家安在美國。《新紀元》在《胡錦濤的全退布局和令計劃的復仇》一書中介紹了「最是無情帝王家：胡錦濤女兒」的故事。

　　胡錦濤的兒子胡海峰曾是清華同方威視技術股份有限公司（ Nuctech Co. ）的總裁。網路上流傳十多年前，中國 147 個機場都安裝了威視的 X 射線液體安全檢查系統，合同金額數十億人民幣，但沒有資料顯示威視是否非法營利。後來胡海峰退出商界，2014 年 3 月滿頭白髮的胡海峰擔任嘉興市政法委書記，這相比而言算七品芝麻官了。

　　外界對溫家寶家族談論最多的 2012 年 10 月《紐約時報》稱

溫家財產 20 億美金，不過第二天溫家寶就聘請律師，聲明該報導嚴重失實，並在政治局提議，首先公布他家財產，一旦發現問題，他馬上辭職。

後來有人調查發現，《紐約時報》記者張大衛的所謂獨家調查，其實在幾年前就已經在網上流傳，背後推手是薄熙來收買的百度李彥宏。2011 年溫家寶還給香港區人大代表、好友吳康民一個牛皮信封，裡面收集的都是網路上各種攻擊誣陷溫家寶的文章，也就是說，在薄熙來出事前一年，溫家寶已經知道有人在故意製造謠言。

2013 年 12 月，吳康民還公開了一封溫家寶寫給他的親筆信。溫家寶在信中稱，自己退休後過著鍛鍊、讀書、習作及會友等生活，但仍十分關心國內外大事。他強調，自己從沒有，也絕不會做一件以權謀私的事，希望「要走好人生最後一段旅程，赤裸裸來到世上，乾乾淨淨離開人間」。

溫家寶的妻子張培莉畢業於蘭州大學地質地理系，原是溫家寶的同事，寶石專家，有教授職稱，後來下海做珠寶生意，並任國家珠寶玉石質量監督檢驗中心負責人。網上盛傳她在台灣購買天價珠寶的事，不過台灣方面證實此事並未發生。

在這六大家族中，鄧小平家族和葉劍英家族的財富是最多的。遠在 1980 年代初期，鄧小平的大兒子鄧樸方就打著為殘廢人謀福利的招牌，創建了中國最大的官倒公司——康華實業公司，利用特權大批倒賣進出口批文和大量進口鋼板、家用電器、販賣國家控制物資如石油、煤炭、棉織品等牟取巨額暴利。後因民憤太大，康華遭到整頓，但鄧大公子卻安然無事。

鄧樸方跑到後台後，鄧二公子率領鄧家快婿吳建常和賀平衝

了出來。鄧質方原本是學物理出身，1980 年代末自美國返國後迅即進入商界。很快就被任命為中國四大公司之一的中信公司屬下的中信興業公司副總工程師，接著升為副總經理兼總工程師，最後自然是擔任董事長。其父鄧小平 1992 年南巡後，鄧質方一口氣接管上海市四方房地產公司和大連立港房地產公司，還將勢力範圍擴充到還在英國管轄下的香港。他與北京首鋼老大周冠五之子周北方，香港巨富李嘉誠之子以 5 億 8000 萬港元收購了香港玩具大王丁氏兄弟的開達集團。鄧二公子也搖身一變成了香港上市公司首長四方集團的最大股東兼董事長。四方公司現不僅在上海有龐大的實業，如由 63 棟大樓組成的西郊花園，還在北京、天津、廣州、深圳、珠海、大連等近個大中城市大肆販賣土地使用權。

鄧小平不僅培養出了兩名「得意商場」的兒子，還慧眼識英雄挑了兩名本事通天的大倒爺。鄧家長公主鄧林的夫婿吳建常絕對稱得上是商場無敵手。他多年來把持著中國最易生財的行業——中國有色金屬進出口總公司。吳建常因為長年掌控著國家的所有稀有金屬，財力雄厚，故養成了大手筆處事的習慣。有一次他想學學炒股票，於是命令屬下員工帶上 400 餘萬美元西進美國華爾街，結果一個月不到就輸得精光。事後該員工的一些朋友為他擔心，沒想到這位仁兄居然說：「你們瞎緊張幹嗎？吳老總缺錢嗎？輸了是國家倒楣，如果贏了，那吳老總也不會少了我的那一份。」吳建常不僅控制了中國稀有金屬的買賣權，還在香港擁有多家上市公司的股權如金輝集團、東方金源、百利大等，總資產達數億港元。

鄧家愛女鄧榕（又名毛毛，《我的父親鄧小平》的作者）也

找了一位不甘落後的丈夫賀平。賀平本身也是高幹子弟,其父賀彪也曾是部級幹部。賀平早在 1984 年隸屬總參謀部的保利科技公司成立時就擔任公司副董事長兼總經理。保利科技公司現已成為中國最有實力的買辦公司之一。它的主要業務是買賣軍火。香港富豪霍英東之子就曾因參與保利科技公司的走私軍火活動而被美國法院判刑坐監。保利科技公司的現任董事長是前國家副主席王震之子王軍。保利集團已於幾年前就在香港上市。香港人稱保利集團為暴利集團。

不過,鄧家的權勢在鄧小平死後迅速下跌,要不是卓琳撕下老臉尋死尋活地要上吊,鄧質方就可能已經同周北方一樣被江澤民關進了監獄。

2012 年 2 月薄熙來出事後,鄧樸方曾帶頭提出要嚴厲懲罰薄熙來,給太子黨帶了個頭,因此被歸在習近平陣營而遭江派攻擊。具體故事請看《新紀元》出版的《中共太孫黨》。

葉劍英家族的後人,特別是被稱為太子黨精神領袖的葉選寧,更是習近平在軍隊中的主要支持者。1980 年代初,中共利用榮毅仁最先成立了保利和凱利公司,王震後代掌控中信公司後,保利公司則全部交給了鄧小平家族,而凱利就歸了葉劍英的兒子葉選寧。

胳膊受過傷的葉選寧,1988 年被封為少將,人稱「獨臂將軍」。他利用總政對外聯絡部這個軍隊特務機關,用假名岳楓大搞情報活動,成為軍中太子黨核心。

據說葉選寧與江澤民素來不睦,他在軍中任職期間,曾有意避開與時任軍委主席的江一同出現在一個活動中,但葉選寧和習近平的關係一直很近。有人評論說,習近平能坐上中共第一把交

椅，與他在軍中的強大勢力有關，而習近平在軍中的「貴人」主要有兩個，「先有耿飆，後有葉選寧」。

習近平在 2010 年被選為軍委副主席後，很快形成軍中太子黨勢力。據說這背後的主要功臣就是葉選寧。葉選寧相當看好習近平，對他寄予了厚望，並給予大力支持。

王立軍出逃美領館，曝光了薄熙來與周永康密謀發動政變，要趕習近平下台的計謀。葉選寧一開始就支持把薄熙來打下去，但對如何處置周永康卻有不同想法。葉家開始以為只要放過周永康，周就會老老實實回家養老，而且假如按照胡錦濤、溫家寶的意願，嚴肅處置周永康的話，葉選寧擔憂動靜太大，弄不好會導致骨牌效應，把整個中共搞垮。於是從事發初期直到 2012 年 5 月的京西賓館會議後，葉家都沒有表態支持逮捕薄熙來的同黨周永康。

2012 年夏天，江派曾慶紅、周永康利用毛左「忽悠」釣魚島事件，欲藉民眾的愛國情緒趁機為薄熙來翻案，葉選寧才轉變態度，下定決心堅決替習近平站台，並高調支持習近平打擊毛左和嚴辦薄熙來團伙。

有「第二央視」之稱的香港鳳凰衛視，其實掌控在葉選寧手中。在倒薄事件中，葉選寧在習近平與胡、溫聯手合作中起到關鍵作用，又將海外 3000 太子黨伏兵名單移交給習近平。更多故事請看《新紀元》的《習近平的太子黨盟軍》一書。

中共官員從沒公布其財產

當然，徜徉在國際避稅港中的不只這六大「紅色貴族」的後

裔，還有很多商業精英。無論從石油工業到環保能源，亦或礦業開採及軍火貿易，似乎中國的每個行業領域都與此有染。這裡對公司的匿名化機制令中國公眾無法得知其政府要員們是如何不留痕跡地將財產轉移至海外。有人推測，自 2000 年以來，從中國流出的資產金額已高達 1 萬億至 4 萬億美元。

按照中共法律，無特殊許可，中國公民每年的境外匯款額度不得超過 5 萬美元，但卻有許多辦法規避這一政策。這些錢常常很快又會流回中國——英屬維京群島儼然已成為中國的最大投資商。僅 2012 年，在維京群島註冊的公司向中國的匯款額就高達 3200 億美元，幾乎是所有美國及日本公司在華投資總額的兩倍。而其中大部分資金均為非法所得，其經過維京群島的「洗禮」後便又堂而皇之地回流故里。中國的商務精英們高額的洗錢活動，甚至引發中國銀行的不滿，並在其 2011 年的財報中指出，貪污腐敗的經理人把「空殼公司」用做便利的「掩護」。

就在 ICIJ 公布中共官員家族擁有巨額資產的當天，一直呼籲官員財產公布的大陸民主人士許志永，被中共當局以「涉嫌聚眾擾亂公共場所秩序」為名進行審批和宣判。中共官員一直拒絕公布財產，引起了民間的憤怒，外媒評論說，畢竟世界上幾乎沒有一個國家如中國一樣擁有如此懸殊的貧富差距，這正是所謂的「社會矛盾的導火索」，對於政府高官隱形資產的報導自然也最好消失，只要哪個中國記者對此進行調查，就要準備好獻出終生自由。

據說參與國際調查記者聯盟中國小組調查的，除了來自香港《明報》、台灣《天下》雜誌、《南德意志報》和漢堡北德電台的記者外，還有中國媒體的記者。調查開始幾個月後，該中國媒體便被迫撤回其工作人員，因為中國當局已經對其發出警告：不

得對這一有惡劣影響的事件進行任何報導。一位中國記者在退出時解釋說：「有證據顯示我們的報導人員正被密切監視，而且當局有可能會採取進一步措施。」

西方媒體的記者則需面對別種危險：官方當局的頻頻滋擾，甚至有可能被驅逐出境。《紐約時報》和彭博社的記者已被駁回其在華長期居留簽證，原因顯然在於其曾報導過這一禁題：「太子黨」和中共高官的資產。

繼 2012 年 6 月底彭博社有關習近平家族上億資產的餵料報導後，在這次離岸醜聞中，ICIJ 稱，習近平姐姐齊橋橋的丈夫鄧家貴的名字也出現在「Excellence Effort Property Developement Limited」公司的總經理及持股人名字上，該公司於 2008 年 3 月在維京群島註冊成立。ICIJ 的爆料還涉及到溫家寶。據說溫家寶的女兒溫如春，在美國化名常麗麗，就職於一家名為「Fullmark Consultants」的諮詢公司，公司所有人為劉春航。該公司收取西方歐美企業巨額傭金，為其對華貿易提供支持。報告還說，該公司曾獲瑞士銀行支持並最終將公司所有權轉至溫家密友張玉紅名下。另外，溫家寶的長子溫雲松（Winston Wen）還在瑞士信貸集團的幫助下，於 2006 年 9 月建立名為「Trendgold Consultants Limited」的公司。

機密文件記錄的其他「紅色貴族」還包括中國前國家主席胡錦濤的表外甥，以及鄧小平的女婿，更牽連至建黨功臣、將軍及其他政要高官，如人大副主席和總理。同樣，前國家總理李鵬之女李小琳也被記錄在機密文件中。李小琳被美國《福布斯》排行榜譽為全球最有影響力的 50 個女商人之一，其擁有一家國有集團的子公司。

　　針對中國特色的「社會主義」，《柏林日報》評論說，「中共害怕公開透明的要求，今天可能比過去更害怕。今年，天安門民主運動中的『六四』屠殺將迎來 25 周年紀念日。中共領導人並未忘記，早在 1989 年腐敗就已激起民憤，抗議者就要求公開透明。之後中國經濟發展、城市居民逐漸富裕起來，腐敗現象卻泛濫成災，社會不公也日益嚴重。自稱是『社會主義』中國的貧富差距早已遠大於美國。

　　中國沒有自由市場經濟，而是獨裁的國家資本主義，在這個體制裡沒有企業家可以在沒有黨的支持和包容的情況下做大變富。權力與金錢在這裡密不可分。所以富人和權勢統統被民眾質疑。這也是離岸解密為何會激怒中共的原因。」

　　然而這些外媒沒有發現的是，在 ICIJ 公布的中共貪官中，缺少了中國最大的貪官：江澤民的兒子江綿恆，也沒有以貪腐著名的周永康、曾慶紅等江派人馬，回到這個神祕硬盤的來源，很可能是曾慶紅、周永康控制的國安特務，利用駭客或間諜手法，獲得兩家中介公司 30 年的經營數據庫後，除跟自己團伙相關人員的數據後，故意送給 ICIJ 的，再讓 ICIJ 利用國際調查記者同盟以往積累的信譽和經驗，把其公布出來，引起全世界的轟動。

　　不過，江澤民為什麼不惜一切地要恐嚇中共權勢最大的六大家族呢？要與中共最有影響力的人對立，這背後的原因是什麼？過程如何呢？這就牽扯到 2014 年 1 月以來持續不斷的習近平陣營和江澤民派系之間的大決鬥，精彩內幕，盡在本書。

周黨反攻大動作

目錄

周黨反攻大動作

第一章

李東生鮮為人知的罪行

中共公安部副部長李東生被中紀委調查，官方首次拋出「中央防範和處理ｘ教問題領導小組副組長、辦公室主任」（「610辦公室」主任），暗示其主要罪證在於迫害法輪功。周永康的政法系統頭號馬仔被拿下，顯示對周的調查延伸到了「第二權力中央」。（大紀元資料室）

第一節

周永康頭號馬仔 殺人不見血

周永康的頭號馬仔李東生（圖左）是「天安門自焚事件」的媒體策畫者，這種超大規模的「殺人不見血」的思想謀殺，讓李東生血債累累。（大紀元合成圖）

　　2013 年 9 月，繼前中共中央政治局常委、中共中央政法委員會書記周永康在「石油幫」的心腹前中石油董事長蔣潔敏落馬不久，海外傳出周永康在政法委的心腹李東生、曹建明被拘查的消息。《新紀元》在 2013 年 9 月 12 日出刊的 343 期周刊報導此事後，人們一直在等待進一步的消息。三個月後的 2013 年 12 月 20 日，中共中紀委監察部網站發布正式通告稱：「中央防範和處理 X 教問題領導小組副組長、辦公室主任，公安部黨委副書記、副部長李東生涉嫌嚴重違紀違法，目前正接受組織調查。」

　　此通告雖然只有短短 59 字，卻傳遞出巨大的信息含量。一方面證實了海外「小道消息」的準確性，同時也被解讀為周永康案定性的轉折點：中共官方可能不只是在經濟貪腐上定罪周永康，很可能會在政治上、特別是鎮壓法輪功問題上追究政法委的罪行，尤其是在活摘器官問題上抓出幾個主要罪魁禍首，給民眾和

國際社會一個交代。

「610辦公室」的祕密來由

人們注意到，中紀委在介紹李東生時最先說他是「中央防範和處理 X 教問題領導小組副組長、辦公室主任」這個中共官方很少對外公開的身分，最後才說他是公安部副部長，也就是暗示說，中紀委追查他的「嚴重違紀違法」是在這個特別小組中的事。

《新紀元》以前報導過，「中央防範和處理 X 教問題領導小組」成立之初叫「中央處理法輪功問題領導小組」，是江澤民一意孤行在 1999 年 6 月 10 日成立的臨時性黨務機構，因此簡稱「610 辦公室」，當時中共政治局其他六名常委都在此事上反對江澤民。

法輪功於 1992 年由李洪志先生從吉林長春傳出，教人按照「真善忍」的宇宙原理做好人，不但在祛病健身方面有奇效，而且能迅速提高修煉者的道德思想境界，到 1998 年底，大陸學煉法輪功的群眾人數高達一億，超過了中共黨員人數。這令妒嫉心極重的江澤民極度不安，於是下令羅幹不斷在基層騷擾法輪功。

1999 年 4 月 25 日，羅幹讓其連襟何祚庥拋出所謂「法輪功會像白蓮教那樣亡黨亡國」的謊言，在天津抓捕了大量煉功群眾後，引導他們到北京上訪。4 月 25 日這天，聞訊而來的部分北京、天津、河北法輪功學員到位於天安門附近的府右街國家信訪局上訪平靜祥和而有秩序，當天時任中共國務院總理朱鎔基基本圓滿解決了此事，同意放人並支持法輪功自由煉功。但江澤民看見上萬名法輪功學員上訪時，如此「有組織、有紀律，比軍隊還聽話」，因而妒火攻心，加上為了藉政治運動樹立其權威，於是

當天晚上，江澤民寫信給每個政治局常委，要求鎮壓法輪功。

據知情人向《新紀元》透露：「李鵬投了棄權票，朱鎔基、李瑞環、尉健行、李嵐清都投了反對票。最令江澤民吃驚的是，當時已經是『王儲』、一直當小媳婦的胡錦濤，也舉手投了反對票。」六比一，按理說鎮壓法輪功就無法通過。朱鎔基、李瑞環認為，對於一種「氣功」完全沒有必要大動干戈，更沒必要搞成巨大的運動。江還在自己的家裡遇到了反對，因為當時他的妻子王冶坪、孫子江志成都修煉法輪功。但江的理由是，在共產黨控制下的中國，不能容忍一個不受共產黨控制的組織發展到如此規模，否則，他們終有一天會取代共產黨。

當時李瑞環說：「你這種擔心是不是你自己高抬了氣功？」朱鎔基還引用調查數據說：「法輪功能祛病健身，為國家節約了很多醫藥費，煉的人很多是中老年人和婦女，他們想煉就煉唄。」哪知江一聽，馬上像蛤蟆一樣跳得老高，又喊又叫地咆哮道：「糊塗！糊塗！糊塗！亡黨亡國啊！」「滅掉！滅掉！堅決滅掉！」

為了讓政治局六個常委同意他的鎮壓，江澤民還指使曾慶紅命令在紐約的特工送回一份假情報，謊稱：法輪功得到美國中情局每年數千萬的資助，法輪功有海外背景等等。於是在謊言加高壓下，江澤民為首的中共「血債幫」集團，向上億善良民眾舉起了屠刀。

江澤民仿照毛澤東一意孤行發動文革時成立「中央文革領導小組」的伎倆，成立了一個超越法制、凌駕在正常機構之上的「中央處理法輪功問題領導小組」，因其成立時間是 1999 年 6 月 10 日而被叫作「中央 610 辦公室」。

中共高層先後任此小組組長的有李嵐清、羅幹、周永康，歷

任中央「610辦公室」主任有王茂林、劉京、李東生，都因迫害法輪功而血債累累。

「610」通過政法委控制公安、法院、檢察院、國安、武裝警察系統，還可以隨時調動外交、教育、司法、國務院、軍隊、衛生等資源，迫使政府機構配合其對法輪功的迫害。該機構從成立、組織結構、隸屬關係、運作和經費各個方面都打破了政府的現有構架，並有超出中國現有憲法和法律的權力和任意使用的資源。由於該「610辦公室」全面控制了所有與法輪功有關的事務，因而成了江澤民迫害法輪功的私人指揮系統和執行機構，是一個類似於納粹蓋世太保的龐大犯罪組織。

長期以來，中共一直對「610辦公室」諱莫如深，蓋因其迫害法輪功而臭名昭著，同時法輪功問題是中共的禁忌話題，隱藏駭人聽聞的迫害內幕，中共深恐真相曝光。

美國國會稱610是「法外機構」

資料顯示，1999年6月10日，江澤民強行下令成立了中共「中央處理法輪功問題領導小組」，下設中央處理法輪功問題領導小組辦公室（對外稱「中央610辦公室」）。2000年9月，國務院防範和處理X教問題辦公室成立，與中央「610辦公室」合署辦公。兩者一個機構兩塊牌子，列入中共中央直屬機構序列。兩個辦公室皆與中共中央政法委合署辦公。該辦公室內設一局、二局、三局。當時「610」組長是江澤民的好朋友李嵐清。2002年李嵐清退休後，羅幹擔任「610」組長，2007年後是周永康。相應的「610辦公室」主任是原王茂林、劉京、李東生。

　　什麼時候「610」由法輪功小組改為 X 教小組呢？1999 年 10 月，江澤民會見法國《費加羅》報記者時，隨口把法輪功稱為 X 教，在沒有經過中共人大立法和國家批准的情況下，江澤民單憑自己一句話，就把法輪功誣陷為了 X 教，「610 辦公室」也相應改名為「中央防範和處理 X 教問題領導小組」。

　　由於違背法律，言不正、名不順，中共歷來不敢公開大肆宣傳「610 辦公室」的存在，當國際社會質疑其罪行時，中共一度還否認「610」的存在。不過這次定罪李東生，第一個涉及罪行的職務就是「610」副主任，要不是中共中紀委在其官方網站上公布消息，很多專家都不知道李東生從 1999 年 6 月 10 日成立之初，就是「610 辦公室」的副主任。

　　美國國會及行政部門中國問題委員會把「610 辦公室」稱為是中共管理的國家安全「法外機構」（extralegal, Party-run security apparatus），就是不受法律管轄的無法無天的機構。2012 年 10 月 10 日，美國國會在 2012 年度報告中引用「明慧網」的統計資料表示：「『610』仍然在大力度實行迫害法輪功政策，至 2012 年 6 月有 3533 名法輪功學員被迫害致死。」

　　中共 18 大之後，獨立機構「美國國際宗教自由委員會」（International Religious Freedom）在一份報告中表示，中共成立凌駕於法律之上的組織「610 辦公室，」又稱為「再教育中心」，正企圖「剷除」法輪功。該報告指稱：「大量的法輪功學員被監禁，而且那些拒絕放棄信仰的人將遭受酷刑，包括羈押中死亡的可信報導及拿其成員做精神病實驗。」法輪功學員被拘留人數的準確數字難以統計。

　　美國國務院 2012 年報告還表示，中國勞教所中官方記錄的

25 萬囚犯中，至少有一半是法輪功學員。聯合國酷刑問題特別報告員估計，在拘留期間，被指控的酷刑受害者中三分之二是法輪功學員，並呼籲對中共官方批准的活摘法輪功學員器官的指控進行獨立調查。

江胡鬥、江習鬥的核心是法輪功問題

李東生 1955 年 12 月出生在山東諸城。有消息說，1970 年代初，李東生被選中當上了華國鋒的警衛，後來還當上了兼職攝影師。雖然鄧小平上台後華國鋒被貶，但善於攀附權貴的李東生馬上轉向，上海復旦大學新聞系畢業後，他分到中央電視台工作，從記者幹起，在隨後 20 年裡，相繼被提升為新聞部時政組副組長、政文部副主任、新聞採訪部副主任、主任、新聞中心主任和副台長。

李東生的「飛黃騰達」，與他討好當時主管宣傳的政治局常委李長春有關。在 2002 年至 2009 年任職中宣部期間，李東生「秉承」中共中宣部部長李長春的指使，嚴控媒體。他不僅是 2005 年《新京報》事件和《冰點》事件的幕後黑手，還是中宣部臭名昭著的「新聞閱評組」的具體主管者。他多次傳達李長春和劉雲山「對新聞閱評工作的重要批示」，大拍李長春和劉雲山的馬屁，並因此贏得了兩人的信任。

李東生為何從一個文職媒體人變成掌控 200 萬刀槍的副總警監？2009 年，年過半百的李東生為何要「改行」呢？誰主導了這個變化呢？

《新紀元》2013 年 12 月出版的暢銷書《周永康垮台驚天內

幕》獨家披露了相關祕密。答案很簡單：表面上是李東生性賄賂
周永康，周因此提拔了李東生，其實是江澤民為了逃避清算而不
得不在政法委新梯隊尋找自己的代言人，就跟江澤民選中薄熙
來、周永康一樣，目的是延續對法輪功的鎮壓，以至於後來當權
者無法對其罪行進行處理。

　　書中獨家披露了周永康是如何變成「江主席的人」。一方面
是周永康殺妻後娶了江澤民妻子王冶坪妹妹的小女兒，另一方面
是江澤民主動安排指使的。當時羅幹由於年齡大，必須退休了，
因此江澤民、曾慶紅急需物色人馬接替羅幹的政法委書記職務，
繼續推行鎮壓政策。

　　《新紀元》曾報導，據一名「610」官員透露，2001年江澤
民在一次布置對法輪功打壓的會議上表示，原各地「610辦公室」
是以各地政府名義設立的，但由於公安、國安、司法等部門消極
對待等現象已經使得「各地法輪功事件不但沒有減少的趨勢，反
而愈演愈烈」。會上江提出要在國家安全廳、公安廳、各地公安
局也增加設立相應的「610辦公室」，這時胡錦濤說：「增加『610』
機構得增加人員編制，經費不少。」江立刻大怒，衝著胡錦濤咆
哮道：「都要奪你權了，什麼編制不編制、經費不經費的！」江
在鎮壓法輪功上要求胡錦濤「要錢給錢，要人給人」。

　　胡錦濤雖然照辦了，但江澤民深恐一旦胡真正掌權就會否定
自己的鎮壓政策，並且會在強烈民怨的敦促下清算這場不該發生
的政治迫害。於是，擔心被胡錦濤否定，一直是江澤民的最大「心
病」，這也是江澤民怨恨胡錦濤的最根本原因，並以此做出了一
系列「戀權不放」的布署，如在中共16大中把政治局常委從七
人增加到九人，為的是把羅幹擠進政治局；在17大中也搞九人

常委，拚命把周永康和李長春塞進去；在中共 18 大上，劉雲山、張德江、張高麗也是江派拚死拚活搶得政治局七分之三的位置。

隨後進行的 20 多年的「江胡鬥」以及現在正在進行的「江習鬥」的核心問題，就是法輪功問題，因為江澤民在 1999 年挑選提拔官員的主要標準就是是否在鎮壓法輪功問題上能否出賣良知地幫助江澤民，誰欠下的法輪功血債越多，誰就最贏得江澤民的信任和提拔，薄熙來、周永康就是這樣升官發財的。

李東生因擅長搞誣陷而被江周看中

書中披露說，1990 年代末期，一心想往上爬的中央電視台的副台長李東生，與曾慶紅的弟弟曾慶淮大搞美女外交，將旗下的美女主播介紹給政界要員，以擴大自己的影響力。常常參加他們小型聚會的美女們包括宋祖英、湯燦、王小丫、蔣梅和賈曉燁等。參與聚會的政要們主要是曾慶紅的關係網和羅幹等政法系統人馬。

當時周永康正準備出任四川省委書記。由於曾慶紅是周永康的拜把兄弟，兩人都喜歡玩女人。通過曾慶紅的關係，曾慶淮和李東生將賈曉燁介紹給了周永康。當時李東生希望湯燦可以跟隨周永康，但顯然周永康對賈曉燁與江澤民的親戚關係更有興趣。

當周永康與賈曉燁搞上後，不久就傳來周永康分居的妻子在一次神祕車禍中喪生的消息。了解此事內情的原中國公安大學法律系資深法學專家趙遠明堅稱，周妻是被周永康謀殺的。2013 年 12 月有海外媒體報導說，據周永康的兩名前司機供認，周下令通過車禍的方式謀殺了前妻。兩名司機都是武警，被捕後判處 15

至 20 年徒刑，但僅關押了三、四年就釋放了，被安排到石油系統工作。其中一名司機成為車隊副隊長，另外一名調往山東中石油，成為副總經理。薄熙來事件後，兩名司機再次被捕，供認當年是受命謀殺。

周永康由於有曾慶紅和江澤民外甥女婿的雙重關係，外加小聚會上的特殊友誼，周很快建立了與羅幹的親密關係，並最終成了羅幹政法委書記的接班人，最後進了政治局常委，兼中共中央政法委員會書記。而從中「拉皮條」的中央電視台副台長李東生，最終也從宣傳系統轉入政法系統，官拜中共公安部副部長。

但這裡面還有一個被人忽視的祕密，就是江澤民想要利用李東生在造謠宣傳方面的「特殊本領」來為其迫害法輪功出力。大陸媒體報導，1994 年 4 月 1 日，央視新聞中心推出了每天一期的新聞評論性欄目《焦點訪談》，李東生是主要創意、組織、終審者之一。《焦點訪談》節目是李東生的「成名之作」。於是在1999 年 6 月 10 日，江澤民任命李東生為「610 辦公室」副主任，李東生的升官之道其實從那時就打通了，不過這條升官之路，也成了李東生通向地獄的毀滅之路。

《焦點訪談》利用並欺騙殺人犯造假

1999 年 12 月 29 日，《焦點訪談》的「鄒剛殺人案」是一起利用殺人犯造假的案例。據「追查迫害法輪功國際組織」（簡稱：追查國際）報告顯示，39 歲的鄒剛是松花江林業總局種子站職工，從小就有幻聽、幻視、幻覺等精神異常症狀，案發前兩天其精神已嚴重錯亂。案發前一天，家屬為給鄒剛治療曾聯繫哈爾濱太平

精神病院。

　　但《焦點訪談》節目為了配合中共江澤民集團鎮壓法輪功進行構陷，欺騙鄒剛如果配合說是煉法輪功煉的，即保他不死。然而，當鄒剛被利用完後，仍被處死滅口。

　　2000 年第二期《黑龍江內參》刊登的《對自稱『法輪功』練習者鄒剛犯罪情況的調查》中表示，記者會同公安及有關部門對鄒剛的犯罪情況進行調查，初步查明，除鄒剛自稱是「法輪功」練習者外，未發現其有煉法輪功的其他證據。而且據法輪功經典書籍《轉法輪》第七講第一節「殺生問題」內容中有載明：「煉功人不能殺生。」

李東生是「天安門自焚」偽案的媒體策劃人

　　李東生編造的謊言中，最出名的就是所謂「天安門自焚案」。2001 年 1 月 23 日中國新年除夕，當時在江澤民對法輪功的迫害難以為繼的形勢下，天安門廣場上發生了幾人點燃汽油、而隨後即被帶滅火器的巡邏警察撲滅的所謂「天安門自焚案」。

　　中共喉舌中央電視台不但對這個突發事件進行了最快報導，還有長鏡頭、短鏡頭的各種現場錄像播放在《焦點訪談》裡面。中共當局高調把事件栽贓在法輪功上，借存活者之口謊稱他們是想「自焚升天」。如此殘害生命的行為，激起了被洗腦操控的大陸民眾的憤慨，江澤民一夥由此達到了讓民眾仇恨法輪功的效果，從而令迫害升級。

　　不過人們很快發現，那些冒充法輪功的自焚者根本不煉法輪功，而且法輪功作為佛家功法，一再強調不能殺生，包括不能自

殺。另外，天安門廣場執勤的警察怎麼會在那一天背上滅火器巡邏呢？警察為何手拿滅火毯卻等待自焚者面對鏡頭高喊幾句似是而非的口號後才滅火呢？中央電視台怎麼會事先把多個攝影師安排到樓頂或東、南、西、北不同方位，拍攝出遠近不同角度的畫面呢？而且把《焦點訪談》的鏡頭放慢就能看出，那名現場死亡的女人其實是被警察用重物猛擊打死，而死者 12 歲的女兒在醫院施以氣管切開術之後還能受訪唱歌？……

七個月後的 2001 年 8 月 14 日，一連串的質疑被「聯合國國際教育發展組織」證實：所謂「天安門自焚事件」是「政府一手導演的」對法輪功的構陷，涉及驚人的陰謀與謀殺，該「錄影分析」被拍成紀錄片《偽火》在國際上廣泛流傳，並於 2003 年 11 月 8 日在第 51 屆哥倫布國際電影電視節獲獎。

李東生就是這個世紀偽案的媒體策劃者、實施者和傳播者。這個偽案不但一度激起了中國人對法輪功的仇恨，也一度愚弄了全球 70 億人。這種超大規模的「殺人不見血」的精神欺騙和思想謀殺，讓李東生血債累累，成為了江澤民血債幫的主要成員，他後來的升遷也就順理成章了。

王博案：《焦點訪談》移花接木 搞欺騙

2002 年 4 月 7 日至 8 日，《焦點訪談》推出節目「從毀滅到新生——王博和她的爸爸媽媽」，把由於迫害而造成的王博一家的骨肉分離歸罪於法輪功，完全是顛倒黑白。

事實上王博和其父親王新中都是在勞教所被折磨得精神崩潰的情況下被強制「轉化」放棄修煉法輪功的。在接受《焦點訪談》

記者採訪時，他們談的和最後觀眾看到的，是大不相同的內容，也就是說，李東生任意篡改了受訪者的話。

後來王博在揭露《焦點訪談》造假時說：「我被綁架到北京新安勞教所，連續六天不讓睡覺，灌輸顛倒黑白的謊言，看歪曲法輪功的錄像，強制洗腦。用那裡警察的話說：『我們就是用對付間諜的辦法使你精神崩潰！』」被轉化的王博告訴其父親，自己被轉化後，內心的矛盾，精神的壓抑，生不如死。

王新中也披露被強迫轉化過程說：「24 小時不讓睡覺，天天如此。在被斷章取義、偷梁換柱的種種謊言和誹謗錄像的欺騙下，再加上多日不讓睡覺的精神摧殘下，我迷迷糊糊、神志不清，就這樣被所謂的『轉化』了。這絕不是我的本願。」

王新中表示當自己看到播出的節目後，「為《焦點訪談》如此卑鄙的嫁禍、歪曲誣陷的『偷梁換柱』手段而感到震驚。」節目將其全家修煉和自己遭「610」毒打的情況刪掉了，內容被移花接木、改頭換面，製作成醜化修煉人，惡意攻擊法輪大法的完全不同的內容。

《焦點訪談》將江氏集團利用國家機器對法輪功學員的殘酷折磨、強制轉化美化成「春風細雨」、「和善勸導」，就是這樣利用各種造假、欺騙手段製作了一些各地法輪功站長、甚至是法輪功總會工作人員轉化的視頻，矇騙其他法輪功學員，並誣衊法輪功學員「不顧家庭」、「破壞家庭」、「泯滅人性」等。

在妄圖轉化法輪功學員的同時，李東生主編了《良友周報》在 2001 年 9 月第 36 期及 12 月 8 日第 48 期誣陷法輪功文章，同時，李東生還大力的對未成年的中、小學生進行洗腦、毒害，誣陷法輪功，以達到全面迫害法輪功的目的。在中國大陸發行的

2002 年《小學生報》寒假合刊總第 1597 至 1611 期，中高年級版 2002 年一至八期均刊登誣陷法輪功文章，這些報刊的總編就是李東生。

各地訪談節目仿照央視造假

由於《焦點訪談》節目中為配合中共鎮壓，策劃造假，雇請群眾演員扮演法輪功學員等，因此各地的訪談節目都學樣，真人真事的「訪談」也變成請人演出。最出名的是石家莊電視台的訪談節目《不孝之子》，鬧出大笑話。

2011 年 8 月石家莊電視台《情感密碼》的訪談視頻《我給兒子當孫子》爆紅網路，男嘉賓許峰遭到千夫所指，致使他不敢上街，因不堪壓力才說出了真實情況：他只是演員，他從來沒有虐待自己的父親。

許峰後來發表聲明，「希望大家能還我一個清靜」，並找到媒體一再強調自己是個演員，不過演了一場戲。此事曝光後，引起民間憤怒，電視台竟如此玩弄大眾感情？！其實自從得知央視誣陷法輪功的「天安門自焚案」後，很多大陸民眾都把焦點「訪」談稱為焦點「謊」談，「央」視稱為「殃」視。

追查國際：李東生犯下反人類罪行

2013 年 11 月 21 日，「追查國際」發表了關於中央「610 辦公室」主任李東生的調查報告。報告稱，從中央「610 辦公室」成立以來，李東生就擔任副主任，負責反法輪功宣傳。李東生在

任央視副台長期間主管《焦點訪談》節目，自中共迫害法輪功開始，該節目在收視率最高的黃金時段大量播出反法輪功節目，據不完全統計，從 1999 年 7 月 21 日到 2005 年為止的六年半中，共播出 102 集反法輪功的節目。其中從 1999 年 7 月 20 日開始到年底的五個多月就占了 70 集。

2002 年 8 月 26 日中共中宣部召開的全國宣傳部長會議上，李東生通報了反法輪功宣傳的情況。2001 年 4 月 9 日李東生以中共代表團特別顧問的身分參加聯合國人權委員會第 57 屆會議期間，就婦女問題作專題發言造謠抹黑法輪功。4 月 17 日，李東生藉接受日本共同社、中新社等記者的採訪，在聯合國人權會議發表反法輪功言論。

作為對一個信仰團體的迫害，中共對法輪功學員進行的轉化洗腦是整個迫害的核心。為此，中央「610 辦公室」成立了教育轉化工作指導協調小組，負責全國的轉化洗腦工作，李東生任該協調小組的組長。2001 年 6 月 15 日，李東生在武昌視察時，對武昌區投資 260 萬興建教育轉化基地表示肯定。濰坊市 X 教協會曾編寫了《教育轉化實踐與探索》一書，李東生對此作出批示並建議在全中國深度開發利用。

報告說，在中共江澤民集團發起的針對法輪功修煉者長達 14 年並仍在繼續的迫害中，一方面在早期開動全國的宣傳機器造謠誣衊妖魔化法輪功，欺騙中國民眾和國際社會；另一方面，則針對法輪功學員的信仰進行轉化洗腦迫害，所有的酷刑虐殺都是為完成轉化洗腦指標而實施的。李東生先後以中央「610 辦公室」副主任和主任的身分，從 1999 年 7 月至今一直在直接操作指揮進行這兩方面迫害，犯下了反人類的罪行。本報告提供的證據只

是其罪行中的很小一部分。「追查國際」希望知情者繼續向他們提供李東生和其他嫌犯迫害法輪功的證據。

獨家：離開央視後 李東生依然掌控央視

2013 年 12 月，《大紀元》獨家獲悉，曾任央視副台長的李東生，在從央視離任後仍忠於江澤民、周永康，指揮調動手下馬仔嚴控、把關對法輪功的誣衊報導。

消息指，李東生著力扶持多名「小兄弟」，其中最重要的一個就是主管新聞的現任中共央視副台長孫玉勝。李東生在 2002 年離開央視後，繼續操控孫，通過新聞頻道嚴加監控、發表涉及法輪功的各項誣衊報導，以及掌控相關輿論導向性事件。

消息還稱，李東生的胞弟李福生，還被安排擔任了體育頻道投資公司的總裁。在其運作下，李東生 2009 年雖然因為醉駕撞死人，但是獲得其在新聞中心的「兄弟」頂罪，後此「兄弟」又擔任央視一大型賽事公司總裁，通過中美合資的形式將國有利益進行轉移，李東生在央視的巨大政治影響力可見一斑。

由於誣陷法輪功賣力了，李東生因此也得到江派人馬的大力提拔。2000 年 7 月，被提拔為廣電總局副局長；2002 年 5 月，被提拔為中共中央宣傳部副部長之職。2009 年，李東生被時任中共政治局常委、政法委書記周永康跨部門調到公安部擔任副部長，李東生成為江派人馬筆桿子（文宣）和槍桿子（公安）兩手都要抓的代表。同年，李還出任「610 辦公室」主任，成為迫害法輪功的元凶之一。

第二節

四個錄音曝光李東生罪惡滔天

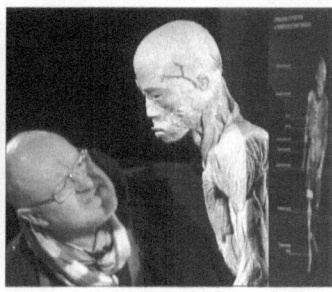

李東生主管的「610辦公室」是迫害法輪功的指揮機構。「610辦公室」主任向「追查國際」的調查員承認，薄谷開來（左圖）非法售賣法輪功學員的人體器官並販售屍體。右圖為塑化屍體展。（Getty Images）

　　中共公安部副部長李東生涉嫌嚴重違紀違法已經被免職。他是中共 18 大後落馬的第二名中共中央委員。官媒強調，李東生是專門為鎮壓法輪功而設立的非法機構「610」的頭目。

「610 辦公室」是迫害法輪功的指揮機構

　　1999 年 6 月 10 日，「610 辦公室」正式掛牌，是江澤民為迫害法輪功成立的法外指揮系統和特務機構。當年江澤民鎮壓法輪功的想法並沒有得到其他常委的支持，而且中共經過幾年的調查，也沒有查到法輪功有任何違反法律的行為。江澤民為此繞開當時的法律體系，成立了類似納粹蓋世太保的特務機構「中共中央處理法輪功問題領導小組」，並設立了一個辦公室處理日常工作。

　　「中共中央處理法輪功問題領導小組」第一任組長為中共中央政治局常委李嵐清。而中央「610辦公室」第一任主任是原湖南省委書記王茂林，副主任是當時的公安部副部長劉京和央視副台長李東生，分別負責政法和宣傳。

　　自中央「610辦公室」成立，李東生就一直兼任副主任，其時李正任央視副台長。李東生1975年至1978年在上海復旦大學新聞系新聞專業學習，之後1978年到中央電視台工作，曾任新聞中心主任、副台長。李在擔任副台長期間，還曾主管《焦點訪談》。江澤民正是利用李東生這些新聞專業技能及《焦點訪談》節目來誣衊法輪功，讓大陸百姓一時真假難辨，中毒極深。2001年的天安門自焚偽案，李東生就是直接參與、策劃者之一。

　　李嵐清退休後，中共中央處理法輪功問題領導小組組長由羅幹繼任，2007年後為周永康。「610辦公室」主任王茂林退休後由劉京接任。至2009年，時任中共政治局常委、政法委書記的周永康違規將李東生調到公安部任黨委成員、副部長，之後讓李東生接替生病的劉京任中央「610辦公室」主任。

　　一直以來，李東生以「610辦公室」正、副主任的身分，把持中共宣傳系統對法輪功進行造假抹黑，還全國到處流竄監督各地對法輪功學員進行洗腦轉化，逼迫法輪功學員放棄信仰。

「610」直接參與活摘法輪功學員器官

　　江澤民為迫害法輪功，對各地「610」下達了「名譽上搞臭、經濟上搞垮、肉體上消滅」、「打死白打死、打死算自殺」的密令，以金錢、升官收買唯利是圖者跟隨其迫害，耗費四分之一的國家

資源來維持迫害，高峰時期甚至達到四分之三。

在迫害初期大量的法輪功學員湧入北京上訪，為了不牽連當地，很多因上訪被抓的法輪功學員不報姓名，一時北京及附近的關押場所人滿為患。從北京公安內部傳出的消息，從 1999 年 7 月到 2001 年 4 月，全國各地到北京上訪被抓、有登記記錄的法輪功學員達 83 萬人次（不包括許多不報姓名和未作登記的）。2001 年夏天，北京市公安局通過計算北京市街頭出售饅頭的增加數量，估算當時來到北京市上訪的法輪功學員超過百萬。

那些不報姓名的法輪功學員被中共祕密轉移到不為人知的地下監獄、勞教所或集中營關押。就這樣，數十萬計的法輪功學員（主要來自東北、華北及各地農村的法輪功學員）從此失蹤了，後來成為中共器官移植爆發性增長的供體來源。

12 月 12 日，在 2013 年歐洲議會最後一次全體大會上，議員們投票通過了一項要求「中共立即停止活體摘除良心犯，以及宗教信仰和少數族裔團體器官的行為」的緊急議案，議案是由歐洲議會多個黨團共同提出。其他國家包括美國、澳洲、加拿大、以色列、西班牙等多個國家已經或者正在準備立法禁止本國公民赴中國進行器官移植，對直接或間接參與活摘器官者都拒絕入境。

也就是說，中共活摘法輪功學員器官是不容置疑的事實，而指揮迫害法輪功的中共「610」特務機構就是犯罪機構，其辦公室主任就是禍首。

2006 年第一個活摘器官證人出現後，「追查迫害法輪功國際組織」就對中共這一全國系統性的大規模活摘法輪功學員器官的罪行進行了調查，其調查員獲得數個調查錄音就可以證明，「610辦公室」及其相屬的政法委系統官員直接參與這一滔天罪惡，剛

下馬的「610 辦公室」主任李東生就是主要的責任人。

調查錄音記錄活摘罪證

■調查錄音 1：

天津薊縣「610 辦公室」主任向「追查國際」的調查員承認，薄谷開來非法售賣的人體模型中，不僅僅是法輪功學員的屍體。

http://www.youmaker.com/

調查員：喂，你好，「610」嗎？

「610」主任：啊？

調查員：「610 辦公室」嗎？

「610」主任：是。

調查員：知不知道……

「610」主任：你是誰呀？

調查員：知不知道你們是個犯罪機構啊？

「610」主任：我是，你是誰呀？

調查員：這場迫害一旦結束，你們怎麼辦，想過嗎？看沒看到谷開來今天的下場啊，她表面上……

「610」主任：谷開來賣那個法輪功的人體器官的。

調查員：你說什麼？

「610」主任：我說，你說谷開來呀，賣法輪功人體器官的。

調查員：對呀，她在大連搞了兩個屍體加工廠，她一具完整的屍體在國際上賣 100 萬美金，一個臟器被摘除的屍體她賣 80 萬美金。

「610」主任：噢。

調查員：她是魔鬼。

「610」主任：她賣的也不都是法輪功。

調查員：這個你知道不都是法輪功，是嗎？

「610」主任：啊，啊。

調查員：裡面有一些是這個上訪的那些藏族人和蒙古族人。

「610」主任：算啦……（掛斷）

■調查錄音 2：

北京政法委李姓官員說：「處級以上知道這個機密。」

http://www.youmaker.com/

2008 年 9 月 16 日至 26 日，在江蘇省常州市江南春賓館召開的中共全國政法會議期間，「追查國際」調查員以「國家安全部官員」的身分與一位來自北京政法系統姓李的參加會議者的對話。

調查員：是江南春賓館嗎？

賓館接線員：啊，對。

調查員：請給我接 1219 北京政法委的李同志。

賓館接線員：你在賓館裡邊，是吧？

調查員：我沒在賓館裡邊，我在外邊。

賓館接線員：啊，好的。

李：哎。

調查員：喂，是中央政法委的李同志嗎？

李：你好。

調查員：是嗎？

李：您是哪裡啊？

調查員：您是，您是李什麼？

李：我姓李，對。

調查員：我是國家安全部的，有點事情需要你協助我們一下。

李：國家安全部的？

調查員：對。

李：什麼事啊？

調查員：就是有關一個洩密的案件，我們在調查啊。

李：洩什麼密啊？

調查員：我們想了解一下，你們中央政法委有哪一級工作人員了解到這一國家機密的。

李：是什麼事啊？

調查員：說的這是，活體摘除在押的法輪功學員器官做器官移植手術的這一國家機密，中央政法委有哪一級工作人員知道這個機密呢？

李：應該是處級以上吧。

調查員：因為我們的情報了解到，好像監聽到有自稱中央政法委的工作人員要跟外國情報機構出賣這一國家機密，所以我們的領導讓我們祕密做一些調查。

李：我明白。

調查員：小範圍的，不驚動許多人的情況下的調查。

李：啊，那個，您這樣吧，再打一個電話，然後找他那個辦班的那個，有一姓劉的劉處長，您找他，好了。

調查員：啊，他是……

李：具體電話我也不太清楚。

調查員：啊。

李：好嗎？

調查員：啊，他叫什麼？

李：總機轉過去吧，姓劉，劉處長。

調查員：劉處長？

李：他一直在盯著這個班，一直在這個我們這個賓館在組織這個事。

調查員：啊。

李：中央政法委「隊建室」（中央政法委政法隊伍建設指導室）的一主任姓魏（魏建榮），前兩天一直在這。

調查員：啊。

李：然後是他一直在現場盯，叫劉什麼，我不太清楚。您就繼續工作吧，往下進行就是了，祝您工作順利。

■ **調查錄音 3：**

原中共中央政法委辦公室副主任魏建榮承認活摘器官：「這事已經很早了。」

http://www.youmaker.com/

「追查國際」調查員以「國家安全部官員」的身分與魏建榮（中共中央政法委隊伍建設指導室主任、原中共中央政法委辦公室副主任）的對話。

調查員：是中央政法委的魏主任嗎？

魏建榮：你哪裡？

調查員：我還是國家安全部。……主要就是像我剛才說的，主要是想了解一下………

魏建榮：這事已經很早了，我跟你講我的判斷啊。

調查員：啊……

魏建榮：這個事關於你剛才說的這件事情，事情這很早了，現在來的這些人都不了解。第二，這個人肯定不是我們這兒的人，這是肯定的，咱們單位的人肯定不會有這樣的人，這是個基本的概念。要縮小範圍，怎麼個弄法，那麼你可能就要到單位來查一下原底子，現在誰說也說不清楚。

調查員：就是這個活體摘除在押法輪功人員器官的事情是很早的事情嗎？

魏建榮：對，對，對，很早的事。

原遼寧省政法委祕書長、省政法委副書記、綜治辦主任唐俊杰（左）、中共中央政法委隊伍建設指導室主任、原中共中央政法委辦公室副主任魏建榮（右）承認中共活摘法輪功學員器官。（新紀元合成圖）

■調查錄音 4：

遼寧省委政法委副書記唐俊杰說：「那個我分管這個工作。那個中央實際抓這個事，影響很大嘛！」「那個時候主要是常委會討論啊……」

http://www.youmaker.com/

「追查國際」調查員以「中紀委薄熙來專案組成員」的身分與唐俊杰（自 2000 至 2011 先後擔任遼寧省政法委祕書長、省政法委副書記、綜治辦主任）的對話。

調查員：喂，是原遼寧政法委副書記唐俊杰吧？

唐俊杰：你哪位？

調查員：哦，我是中紀委薄熙來專案組的。關於薄熙來在遼寧的一些事情我們想向你了解一下。

唐俊杰：我什麼時候去？

調查員：你好。

唐俊杰：我什麼時候去？

調查員：我們先電話裡了解一下，如果我們要有必要的話，我們再給你發函，請你過來一下。

唐俊杰：好，好。

調查員：就是大概有幾個問題吧。

唐俊杰：你說。

調查員：頭一個問題就是在摘取法輪功煉習者的器官做移植手術這件事情上薄熙來做過什麼相關指示嗎？

唐俊杰：那個我分管這個工作。那個中央實際抓這個事，影響很大嗎？聯合以後。好像有他也是正面的，好像還是正面的。那個時候主要是常委會討論啊，好像還是正面的一些東西。你現在在什麼位置啊？你問這個問題我有一點⋯⋯你在什麼位置啊？

調查員：我是在北京，我是他們這個專案組。

唐俊杰：那好，那我不回答你的問題了，得到你準確消息再回答你好吧？我見到你公函我再答覆你。我不好回答，尤其涉及到這方面問題，我不好再回答你，好吧！需不需要我過去，你正式打一個文字的東西吧，你電話裡談這些事情我覺得很突然，我不太好答覆。

周黨反攻大動作

第二章

陳光標拿《紐約時報》當噱頭

被江澤民集團製造出的「中國首善」陳光標假借收購《紐約時報》
為名，卻拉出宣稱是「天安門自焚」偽案的受害者和表演者充當
傀儡，意圖重炒天安門自焚偽案謊言欺騙國際，顯示「天安門」
偽案是江澤民集團的死穴之一。（大紀元資料室）

第一節

自曝有比收購《紐時》更驚人事件

2013 年 12 月下旬，就在原中共公安部副部長李東生被官方宣布正式調查之後，一向愛出風頭、被中央電視台等官媒封為「大陸首善」的江蘇商人陳光標，在深圳「2013 國際華媒大獎」獲得「傑出華人」的頒獎會上，自曝「將赴美洽談收購《紐約時報》」，引得台下一片譁然。

陳光標對媒體表示，這次收購將由他和一位不願透露姓名、從事地產業的香港富豪朋友共同出資，對方意向出資六億美元，而他出資二億至三億美元，2014 年 1 月 5 日晚便會飛往美國，與《紐約時報》領導層進行為期半個月左右的洽談，「我提出了三個方案：參股、控股、收購，我們就圍繞這個進行討論。」

幾天後的 12 月 30 日，《紐約時報》一名女發言人稱，該公司「不會對謠言置評」。不過，陳光標還是提前飛到了美國，而且還帶了三個女人。

據《第一財經日報》記者報導，按照陳光標在其微博上貼出的登機牌，《一財》記者等候在紐約肯尼迪機場。不過，飛機到達近兩小時後，「身穿黑色大衣的陳光標才姍姍來遲，出現在國際到達的大廳。隨行共五人，其中三名為似乎臉部嚴重燒傷的中年婦女。」

《紐約時報》（The New York Times），是一份在美國紐約出版的日報，在全世界發行。近年來全球很多知名報紙相繼出售或出讓股權，但擁有《紐約時報》百年歷史的奧克斯‧蘇茲貝格家族毫無出售的念頭，而且這個全球最著名的報紙市值 24 億美金，不過陳光標只願出 10 億美金，而且還是合夥借來的錢。

在肯尼迪機場，陳光標對《一財》記者透露說，這次到紐約有三件事要辦，其他兩件事比收購《紐約時報》更重要，「絕對有慈善，絕對震驚世界。」「如果不能收購整份報紙，我收購一個版面也可以啊。我想收購頭版，然後進行改組，這樣，頭版上顯示『中國紐約時報』，搞一個中英文對照版本。」

他說將在 1 月 7 日召開新聞發布會，詳細說明那兩件比收購《紐時》還重要的事。他得意地給記者展示他的微信，上面列出已經邀請的 74 家國際媒體，但是沒有邀請中國媒體。「希望通過中文媒體翻譯外媒的報導的形式間接在中國報導。」陳說。

第二節

收購是虛招
「在紐約別秀過頭！」

2014 年 1 月 6 日，就在陳光標在紐約舉行記者招待會的前一天，《第一財經日報》記者宋冰、周佳又給陳光標發出了第二封公開信。信中用含蓄嘲諷的口吻，點出了陳光標對《紐約時報》的認識連最基本的常識都沒有，還敢奢談收購，簡直是笑話。

公開信寫道，「標哥：你在紐約還好嗎？這是《第一財經日報》記者寫給你的第二封信，1 月 3 日我們曾給你寫了第一封信，分析了《紐約時報》的 AB 股股權結構。

就知道你沒有認真看過，所以當我們 1 月 3 日在紐約肯尼迪機場見到你的時候，面對『想收購 AB 股中哪部分』的提問你感到莫名其妙。我們只好在現場為你講解了這個雙層股權結構，你還反問：『這個雙層股權結構，你是哪裡看到的？』

當然，這也不奇怪，你太忙了。你到紐約來做什麼呢？很愛造噱頭的你，始終不肯說。」

公開信還再次介紹了《紐約時報》的股權結構。《紐約時報》是以 A、B 雙層股權結構上市的。交易所上市，也就是普通投資者能擁有的股票，是 A 類股。而 B 類股很少交易，而且 90％的 B 類股為奧克斯·蘇爾茲伯格家族成立的一個信託所擁有。「雖然 A 類股和 B 類股在經濟上平等，每一股擁有相同的分紅權益，但是在股東大會上的投票權卻極為懸殊。A 類股股東的投票權極度有限，《紐約時報》全體 A 類股的股東，無論市值和股份有多少，加在一起只擁有 30％的投票權。而不論 B 類股在總股數中占的比例有多小，70％的投票權全部保留給 B 類股股東，也就是奧克斯·蘇爾茲伯格家族手裡。所以在 14 人的董事會中，B 類股東也就是奧克斯·蘇爾茲伯格家族指派了其中的 9 人，占絕對多數。

AB 雙層股權結構確保了奧克斯·蘇爾茲伯格家族可以用占市值 0.6％的 B 類股 100％地控制了《紐約時報》。」

「不過，據《第一財經日報》記者觀察，你對是否能收購《紐約時報》未必放在心上。你說，這次到紐約有三件事要辦，其他兩件事比收購《紐約時報》更重要。『絕對有慈善，絕對震驚世界。』穿著黑風衣的你在機場說，將於周二（1 月 7 日）開新聞發布會。」

最後，《第一財經日報》兩位記者還寓意深刻地暗示說：「標哥，這幾天紐約很冷，千萬別秀過頭，凍壞了身體不值得。」

誰知兩位記者的好意沒能改變事態的發展，陳光標恐怕一輩子都忘不了 2014 年那個寒冷得刺骨的紐約之行了。

陳光標收購《紐時》純屬瞎扯

不光《一財》記者提前看透了陳光標收購《紐時》只是虛招，大陸很多學者也撰文解析，陳光標提出收購《紐約時報》「純屬瞎扯」，甚至連中央電視台證券資訊頻道首席策略評論員兼節目製作總監與總製片人、經濟學家許一力，都在 2014 年 1 月 10 日在其鳳凰網的博客中發表長篇文章，解釋這其中的緣由。

他說：「陳光標風風火火地奔赴紐約，惡意收購《紐約時報》，然而卻被人家關了閉門羹結局也不了了之。且不說陳光標的英文名片上的名頭的可笑之處，單單回味這個事件就覺得夠可笑的啦：沒收購前先放出風要去收購，各大媒體也頭條伺候，結果去了之後，根本一大堆人去了紐約之後，連個收購的毛都沒碰到。

在美國，想買下一個類似於《紐約時報》這樣的媒體，如果沒有事前談好，想惡意收購，純粹是零概率事件。

《紐約時報》究竟用什麼將這位中國土豪拒之門外呢？簡單來說，是雙層股權結構。文章介紹說，「從全球的市場數據上看，使用雙層股權結構的公司非常多。從美國的臉書、谷歌、《華盛頓郵報》、《紐約時報》，再到中國的百度、360 等公司，雙層股權結構實際上是創始人及核心成員權力集中的結構體現。只要握有三分之一的 B 類股，管理層就可以大膽地運用激進策略，而不用擔心被辭退，而即使失去了大部分股權，握有一定數量 B 類股的成員仍然可以實際控制該公司，避免被惡意收購的風險。」

這種股權結構對創始人來說當然太完美了，不過天下沒有免費的午餐，雙層股權結構因為會攤薄投資人的投票權，所以並不是每一個公司都適合。什麼公司會採用這種雙重股權結構呢？我

們看到全球範圍內基本上敢於以雙層股權結構發行的都是底氣十足的『富貴人家』。皇帝的女兒不愁嫁，才敢開出這種霸王條款。還有一種是在傳媒業，大多數國際傳媒巨頭為了保證新聞的獨立性，都會選擇雙層股權結構進行控制權的鎖定。

　　但是這種模式並不意味著完全的密不透風。此前就有同樣運用該結構的《華盛頓郵報》被美國電商巨頭、亞馬遜創始人貝索斯收購的先例。不過這場收購案中，仍然體現的是《華盛頓郵報》本身的主動性。一方面，《華盛頓郵報》這樣的紙媒在網際網路衝擊下已經不太行了，另一方面，貝索斯的收購有巨額的溢價成分——價值 5000 萬的《華盛頓郵報》被 2.5 億美元收購，所以這其中最終的贏家實際上很難真正界定。

　　與這個事件相比，之前默多克的新聞集團收購道瓊斯公司的案例就要曲折的多。因為班克羅夫特家族雖然只掌握了道瓊斯公司 24.7％的股票，但擁有 64.2％的投票權。這讓默多克的收購成為拉鋸戰，最終同樣是內部瓦解，由班克羅夫特家族控制的非流通股股東的最終贊成率為 54％，收購成功。

　　經過這樣的分析，能看出來了麼，雙層股權結構能夠有效地避免惡意收購的發生，而陳光標這種土豪行為完全就是惡意收購，被回絕也是可想而知的。這不是炒作是什麼？」

第三節

海內外質疑「首善、首惡」

Most Influential Person of China
Most Prominent Philanthropist of China
China Moral Leader
China Earthquake Rescue Hero
Most Well-known and Beloved Chinese Role Model
China Top Ten Most Honorable Volunteer
Most Charismatic Philanthropist of China
China Low Carbon Emission
Environmental Protection Top Advocate
China's Foremost
Environmental Preservation Demolition Expert

Guangbiao Chen
CEO Recyclable Material Salvage & Reclamation Corporation
China Huang-Pu

陳光標英文名片
自封眾多名頭。

英文名片自稱「中國精神領袖」

　　雖然陳光標出價 10 億美元想要收購《紐約時報》，他還沒出行，人們就知道這個「首善」只是在演戲，他只是想藉《紐約時報》的名氣再度吸引眼球，來宣布那個他對《第一財經日報》記者提到的「比收購《紐時》還絕對震驚世界」的事。陳光標甚至提出，哪怕收購一個版面也行，好像《紐約時報》窮得要賣新聞版面了，《紐時》的頭版好像是誰都能夠隨意花錢購買的，好像《紐時》的採編獨立不存在了？

　　看到這消息的海外華人都樂了：丟人現眼開黃腔的事，你陳光標在大陸做就算了，怎麼還敢到紐約來撒野呢？你以為你和你兒子花錢在《紐時》登了幾次廣告，《紐時》就會出賣新聞版面了？

據《每日經濟新聞》報導，雖然《紐約時報》公司根本不理睬他這個小丑，「對謠言不評論」，「但陳光標美國之旅發放的名片，亮瞎了無數美國人。上面印有『中國最具影響力人物』、『中國精神領袖』、『中國最具號召力慈善家』等諸多頭銜。」

人們評論說，連習近平、李克強都沒有在名片上自稱是「中國最具影響力人物」，他一個小小商人，怎麼能有這麼大的口氣？還自封是「中國精神領袖」，他的精神是什麼呢？他又啟迪領導了誰呢？這樣一個行徑遭人質疑的人物，如今要把鬧劇舞台搬到紐約，很多中國人在其行前就很擔心。

一位署名「天涯海角客」的博主在《陳光標「首善」作秀應該要遠離政治！》一文中寫道，「從近段時間看來，陳光標的『善舉』並不僅僅只是個人的行為，也摻雜著許多政治的因素在裡面。最近陳光標『首善』要收購《紐約時報》成為了頭條，但從這消息一開始，從陳光標『首善』以往的舉止來看，收購《紐約時報》是假的，而帶有其他政治目的倒是真的。陳光標稱有比收購《紐約時報》更重要的事件，『絕對有慈善，絕對震驚世界。』最後還露了他此行的目的就是『希望通過中文媒體翻譯外媒的報導的形式間接在中國報導。』當然，消息是否可靠，我們固且等回應，但從陳光標在美國向記者派發的名片，有各種各樣的頭銜，如『中國道德領袖』等一連第一的名片，幾乎『亮瞎』了美國人。也讓中國人刮目相看；從這些舉動看來，再把陳光標之前種種的行善舉止聯繫在一起，很明顯他已陷入政治之中。

有句話叫做『物極必反』，當一件事情做得太過頭的時候，往往好事也會變壞事！而陳光標似乎很高調，很自信，但將來面對他的將會是什麼樣的結果呢？還真叫人不好說，因為我們的社

會有很多人，一開始通過媒體宣傳，都是很風光，很得意，但最後都落了個不好的下場。所以說『水滿則溢，月滿則虧』。所以對陳光標來說，現在應該要及時對自己的行為有所收斂，否則繼續下去，絕對不會是事半功倍，而是前功盡棄呀！

……對於現在中國的富人來說，官場邪惡，大家能躲避就盡量躲避，誰也不想讓自己陷入這無底深淵的漩渦之中，而陳光標似乎偏偏不信這個邪，他是『明知山有虎，偏向虎山行』，但結果會給帶來什麼呢？所以，奉勸陳光標，做你的『首善』就可以，不要為了一頂『中國道德的領袖』而讓自己深陷泥潭之中不可自拔。對於你個人來說，政治並不是你想像中那樣簡單的，不是你行個善，然後民眾說好就是好的那樣，往往有時候會讓人變得身不由己！當有一天醒悟，待回首的時候，可能是百年身了！因為前車可鑒，望陳光標『首善』能夠看到其中的厲害關係，遠離政治吧！莫讓自己往死胡同裡鑽了。」

高調慈善、暴力慈善受質疑

上述博客還把陳光標當成「首善」，不過在此幾年之前，大陸媒體界很多人都在議論陳光標是否真正有資格稱為「首善」。

據《商人陳光標的「慈善邏輯」》一文顯示，早在2008年，《南方都市報》深度部記者占才強就開始調查一夜成名的陳光標，調查結果與中共官方宣傳的大相徑庭，所以其稿子被中共中宣部「槍斃」了。隨後，《瞭望東方周刊》等媒體陸續想深入調查，也遭到同樣命運。

2010年9月，在陳光標高調宣稱死後捐出所有財產之後，《南

方人物周刊》、《新京報》、《21世紀經濟報導》去江蘇調查，持續兩周（中間中秋節放假），後又被陳知曉，通過有關部門「和諧」之。2011年4月，《中國經營報》、《華夏時報》爆出質疑報導後，《南方都市報》、《南方人物周刊》稿件才得以刊發。

面對這麼多媒體的調查和質疑，英國《金融時報》中文網在2011年4月29日發表了《陳光標：首善，還是首惡？》的評論。文章總結介紹了大陸媒體對陳光標的質疑過程：

2011年4月23日，《中國經營報》發表了長篇調查報導《破解中國「首善」陳光標之謎》，爆出「陳光標高調的慈善背後卻也暗藏玄機，在過去幾年，其承諾所捐項目多有水分，而作為其事業之本的江蘇黃埔目前也已陷入經營困境……」同日，《華夏時報》也發表了題為《陳光標縮水》的新聞報導。但兩篇報導尚未全面否定陳光標。

4月28日，《南方都市報》發表了報導《陳光標舊事再調查》，幾乎全面否定了陳光標的人品，而且火力更猛，爆料更多：「其震後馳援的事跡曾被疑為子虛烏有，而其在家鄉捐建的公益項目亦被指假慈善之名，謀一己之私。」「其撲朔迷離的公司業績及巨額善款來源，一直是懸在民間的巨大問號。」此外，這篇報導還提到了「一場與其『慈善工程』關聯的惡性事件，至今仍刺痛著當地人的記憶……」

而過去所有對陳光標「高調慈善」、「暴力慈善」等做法心懷不滿的人，其新仇舊恨似乎也都被這三篇報導所引爆。網上湧現不少質疑陳光標人品或其影響的文章，新浪微博上，有人甚至把曾經的「中國首善」稱為「中國首惡」。

但這三篇報導引爆的，並非都是討伐陳光標的聲音，恰恰相

反，聲浪更大的，卻是討伐這三篇報導的聲音。《中國經營報》
的報導在其網站上發表後，網民的大部分跟帖都是憤怒駁斥這篇
報導的帖子，在採寫該報導的兩位記者的微博上，也充滿了謾罵，
這類的評論如此之多，言辭如此之激烈，以至於其中一位記者不
得不「拉黑」部分評論者。

　　《南方都市報》的報導發表後，情況略有轉變：一些原來力
挺陳光標的人改變了態度，一些原來就討厭陳光標的人則強化了
以往的觀點。例如，一個署名「天子萬年」的網友發表評論說：「就
目前的揭露來看，『欺世盜名』的帽子他已經戴定了。這是性質
問題。以我的判斷，他的問題還不止於此，官商勾結會是他第二
頂帽子。會不會成為另一個『南霸天』，你就等著看吧！」

該追問捐贈是否屬實

　　不管哪一個陣營，這三篇報導所帶來的震撼都是非常強烈
的。中共改革開放30多年，中國有太多的偶像被拉下了神壇，
中國人也見慣了原來大紅大紫的英雄、模範最終卻變成小丑、罪
犯，但陳光標有些不同：他一直自稱「好人」，他的眾多粉絲自
然認同他的說法，即使那些反感其做事方式的人也認為，在中國
這個貧富分化日趨嚴重、同情心日趨稀缺的社會裡，無論如何，
陳光標畢竟還是在行善事。如果一個自稱行善的人，實際上卻是
在行惡，其震撼力自然遠遠超過歌星逃稅、官員貪污、教授涉黃；
如果陳光標本為好人，卻被冤為惡人，其負面影響也許更壞：許
多人擔心，原來就一毛不拔的中國富豪，看到陳光標的悲慘下場，
就會變得更加吝嗇，更加低調，或者在吝嗇和低調時會更加心安

理得。

其實，即使《南方都市報》的報導發表後，網上的挺陳派人數仍然多於反陳派。網友「黃曉清」說：「我支持陳光標，即使他的錢來路不明，但他在用錢做好事；比起多數默默無聞的大富豪，陳光標有膽量。」網友「回首不見」寫道：「即使陳光標的錢來路不明，他畢竟是在做善事，我仍然支持，中國有幾個有錢人來路都是乾淨的？又有幾個陳光標呢？最後，我寧願相信，這世界還有善良，即使墮落如當下！」

一些著名的企業家、經濟學家也出面支持陳光標。360 董事長周鴻禕在自己的微博中寫道：「大家都是普通人，有七情六慾優點缺點，為什麼要用神或者聖人的標準來要求呢？」分眾傳媒董事長兼 CEO 江南春也發微博說：「支持光標，現在做好事為何也有這麼大挑戰呢？」經濟學家郎咸平的評論則是：「捐總比浪費好，更比貪好。實實在在做好事，高調又何妨？」

但財經記者趙何娟認為：「我更看重的是陳光標捐贈真實性，而非他的捐贈風格。高調、低調本身沒有對錯，但是若是假捐贈則是誠信對錯問題，對慈善的影響負面意義大過正面意義；若沒有假捐贈，則最多是愛作秀、愛表演的問題。」

當時大陸民眾很多只是想到：「捐總比不捐好」這個層面，而沒有想到，假如一個人根本就沒有多少錢，卻有人不斷給他錢，把他製造成一個用假捐款堆積而成的「榜樣」，讓他不斷在前台散發鈔票、積累人氣，這裡面的黑幕不是很深嗎？那個幕後「恩主」是誰？他為何要不斷給陳光標錢呢？

下面讓我們先來看看大陸媒體是如何找出陳光標的不實之詞的。

周黨反攻大動作

第三章

大陸媒體動不了的「騙子首善」

雷鋒是毛時代造假的登峰造極版，而陳光標是當今中國造假的登峰造極版。曾有諸多媒體調查揭露其頂著慈善行騙，報導卻屢遭消音，陳光標的後台究竟有多硬？（AFP）

第一節

「假醫生」的假 CT 耳診儀

難以證實的捐助「成績單」

從 2008 年以來，至少《南方都市報》、《瞭望東方周刊》、《南方人物周刊》、《新京報》、《21 世紀經濟報導》、《中國經營報》、《華夏時報》等媒體記者相繼對陳光標做了調查，但最先引起轟動的還是 2011 年 4 月 23 日《中國經營報》的報導。兩年後的 2013 年 11 月 18 日，也就是陳光標宣布紐約之行的一個月前，《中國經營報》主任編輯李實以寫作花絮的方式，在《網易 UGC 精選》上連載了他們兩年前對陳光標的調查過程。

簡言之，「調查結果著實讓人吃驚，這個近幾年來一直高調『暴力』做慈善的中國『首善』，其形象和行為竟然和在閃光燈和攝像機鏡頭前大相徑庭：他 2010 年號稱超過 3 億的捐贈有眾多項目沒有落實，甚至有的受捐單位都不存在；他號稱年產值

已經過百億的江蘇黃埔再生資源利用有限公司，多年來的營業額最多的竟然只有幾千萬，而且幾乎年年虧損。而陳光標則不計其數的對外宣稱，他 2009 年的利潤超過 4 億，將其中的絕大部分做了慈善。陳自稱十幾年來，已經累計向社會捐贈了 14 億元之巨。」

比如他們調查發現，「陳光標當年對家鄉老年人活動中心和農貿市場的所謂 2600 多萬元的捐贈，更像是自家擁有的財產；2009 年所謂 1.3 億捐建南京黃埔防災減災培訓中心，是他公司所在地，更像是自己公司的地產投資項目。更要命的，陳光標之前宣稱自己的江蘇黃埔公司營業額已經過百億，可查詢其工商登記資料發現，該公司 2008、2009 年的營業額只有幾千萬，且負債率接近 100%，陳光標宣稱的數億利潤從何而來？」

陳的很多捐贈都難以證實，特別是後期他只捐現金，更是難以核對。比如「西南抗旱，捐款捐物約 6700 萬元」、「玉樹地震，捐款捐物 4300 萬元」，都只有籠統的一句話，具體捐給了哪裡？做了什麼？外界一概不知。

根據「成績單」，陳光標在 2010 年的「西南抗旱」中捐贈了價值 6300 萬元的錢物，其中 5300 噸的礦泉水就價值 1300 萬。記者核實發現，這 5300 噸礦泉水實際為他與時任北京博宥集團董事長丁書苗聯合捐贈的。在「玉樹抗震」的 4300 萬元捐款中，包括「丁書苗提供的 1000 萬元，鄂爾多斯永隆商貿公司董事長李琳提供了 500 多萬元。」如今丁書苗已經被審判，她是被判死緩的前鐵道部部長劉志軍的錢袋子。

貧苦出身 家有餓殍

據互動百科介紹，「陳光標 1968 年 7 月出生於蘇北一個貧苦農家。靠種地為生的父母生養了五個孩子。他父親家中，兄弟姊妹一共九個人，餓死了七個。而在他自己兩歲時，一個哥哥、一個姐姐，也先後餓死。十歲時開始利用小學中午放學時間，用兩只桶子從二、三十米深的井中取水，再挑到離家一公里的鎮上叫賣，一個中午放學的時間可掙兩、三毛錢。除了賣水外，兒時的陳光標還利用課餘時間，到村上去撿垃圾，撿破繩頭、破鞋底，打上孔後到集鎮的供銷社去賣。從小學三年級開始，家裡吃的油、鹽，用的肥皂，包括一家人穿衣的布料都是他做這些小生意積攢的錢來供給。

17 歲那年暑假結束的時候，陳光標掙了兩萬塊，成了全鄉第一個『少年萬元戶』。1985 年，陳光標考入南京中醫藥學院，畢業後他曾在一個中醫藥大學門診部搞過推拿和針灸。」

不過據《南方人物周刊》記者採訪發現，陳光標 17 歲時家裡還很貧困，他根本就不是什麼「少年萬元戶」。記者還採訪了陳光標第二任妻子白紅的父親白光，這位前岳父介紹說，1990 年代初，陳光標和第一任妻子離婚後，看上他女兒白紅，「兩家是親戚，認識早，陳光標嘴巴又好（能說會道之意）。」家裡人不大情願，但白紅還是和他成了夫妻。

再婚後的陳光標和白紅一起去南京打拚。他在街頭當起了江湖郎中，「穿一身白大褂，一副支架上放著儀器，給路過的人看病。儀器檢查完，然後開出藥方，對方給幾塊錢，一天能掙個百把塊錢。」

　　後來，陳說服朋友妻某出資合辦南京紅光醫療器械有限公司，生產該儀器，他本人負責推銷。「紅是他前妻白紅的紅，光是陳光標的光嘛。」

　　一位不願透露姓名的知情人證實，他，包括陳光標本人，都不相信這種診療儀器真能測出人身體某部位的病變，加以治療。理由之一是，「從來沒見他（陳光標），給自己和家人看過病。」在新街口老郵局旁做了十多年買賣的沈師傅回憶，他們曾給當時的陳光標取名「假醫生」，陳回敬：「別叫我假醫生，我不姓假。」

　　後來，陳光標對媒體稱，他那時候「一年之內，第一桶金已經輕輕鬆鬆地達到一千多萬元。」這個說法被其前岳父白光否認。這位年近八旬的老人告訴《南方人物周刊》，陳光標賣治病儀沒掙到什麼錢，後來轉型生產電動自行車，依然沒什麼錢，「還向我們老倆口借了一萬多，至今未還。」

　　與白光夫婦說法相互印證的是，面對記者追問，陳光標坦言，和第二任妻子白紅離婚時，他依然是一窮二白，「房子、汽車全都給了老婆」，「身上只帶了 3000 元，開始重新創業。」

靠欺騙與忽悠賺第一桶金

　　2014 年 1 月 13 日，大陸的中國企業家網發表了伯通的文章《原罪陳光標：靠欺騙與忽悠賺取第一桶金》，進一步揭開了陳光標靠假儀器掙錢的經歷。

　　文章說，2013 年 12 月 27 日，那位在電視節目中細聲慢氣的中年男子（陳光標），突然發表了一篇措詞強硬的長微博：「那場個別媒體對我的所謂『重磅新聞調查』的風波，有沉渣泛起之

勢。這一次，我絕不再軟弱……詆毀中傷、惡意誹謗，想搞臭我，搞倒我。『陳永洲』們再狡猾再猖狂，也難逃恢恢法網……將躲在暗中的黑惡之人繩之以法，我願花一千萬徵集有價值的線索。絕不食言！」

既然是「中國道德領袖」、「中國最具影響力人物」、「中國最具號召力慈善家」，自認為社會公眾楷模，就沒理由對輿論監督如此憤怒地嘶吼。這超乎尋常的情緒表達，難免讓人產生聯想——青筋暴起的背後，會不會隱藏著虛弱的喘息？

沒錯，這位如今熱中於將鈔票擺出各種造型的「企業家」、「慈善家」，其自稱的「第一桶金」，便是筆徹徹底底的不義之財。此原罪非彼原罪，不是「體制改革下的創富爭議」，而是一次標準的忽悠與欺詐。

陳光標多次向媒體講述自己貧苦的童年，直到從南京中醫學院畢業後，他的經濟狀況似乎也沒有得到根本改善，當針灸推拿大夫、開拉麵館、擺地攤，嘗試過各種生意，但是一直都不成功。

1991 年的一天，陳光標在街上閒逛時，在一家藥店門前看到許多人正圍著一台袖珍儀器諮詢。這個儀器只有普通收音機大小，名叫「耳穴疾病探測儀」，號稱把電極夾在耳朵上，就能測出身體哪個部位有病，很受老年人歡迎。

這台儀器原本的功能是：患者手持一端金屬棒，而另外一端由醫生在患者同側身體的耳部來回試探，無論是「心、肝、脾、肺、胃、膽、關節、腎、腦、胰腺、腸道、膀胱」哪裡的病變，一發現了，儀器上「那個紅燈就一閃唧唧唧」。

針灸大夫陳光標感覺天上掉了個餡餅，可是它的檢測結果不夠直觀，「如果能讓患者更直觀地看到檢測結果，效果一定大不

一樣。」於是就花 168 元買了一台回去。又花了 3000 塊錢請南京中醫學院和南京師範大學的專家研究後，陳光標得到了改造方法：買一台舊電腦顯示器，把顯像系統整體拆掉，只剩一個空殼子。然後找一個和螢光屏等大的塑料板，在上面畫個人體結構圖，「心上面裝一個發光管，肝上面裝個發光管，胃上裝個發光管」，再將這個裝上發光管的塑料板安置在已經掏空的顯示器正面。接下來從顯示器旁邊伸出兩根金屬棒，進行診斷。「一旦發現病變」，發光管就會亮，能在顯示器（塑料板）上直觀地看到身體哪個部位有疾病。

1994 年 11 月 7 日，陳光標為此申請了專利「新型電子疾病探測儀」，專利號：942428390，至今可在國家知識產權局的網站上查到。後來，曾有人感覺這個「看起來很漂亮的儀器抱起來很輕」，陳光標就找了個摩托車電瓶放進去，這次再一抱起來就感覺真材實貨，「還蠻重的」。

然後陳光標就帶著這個儀器回老家趕集，穿個白褂戴個白帽子，耳朵上戴個聽診器，顯示器上標了個廣告語「不用開口說句話，兩分鐘內知病情。」趕集的老鄉「一看是個高科技，是台電腦」，就排隊過來診查，診查費一元。回到南京後，陳光標在新街口郵電局門口的馬路上擺攤，並利用中醫專業給患者開藥方，將診查費提高到了二至五元，一天可進帳一、兩百塊錢。

兩個月下來，陳光標賺了萬餘元，感覺這樣掙錢還是太慢。於是陳請南京電視台來策劃了一個五分鐘的廣告宣傳片，到安徽的縣級電視台花 1000 元播放了 10 個晚上。然後不少個人診所、地攤商販就找過來，那段時間的生產供不應求。陳光標以 168 元進貨，然後買個外殼畫個人體圖，改造後整體成本不超過 600 元，

最後以一台 8500 元的價格出售，自己裝的幾十台很快賣完。之後陳又用賺來的 30 萬元去深圳買外殼、發光管進行批量生產，終於賺到了人生的第一桶金。據說，「連北京的各大商場都有陳光標的這種產品」。

1997 年，陳光標成立了南京金威利電子醫療器械有限公司。至今在網上搜索「實用致富機械大全」，還有此公司出售「獲得國際金獎」的 CT 型耳穴測病治療儀的信息。到 1998 年時，陳光標自稱「大概淨賺了兩千多萬」。一般來說，這種十幾倍利潤的業務不能算差了。然而就在風頭正盛時，這個被陳包裝改名為「跨世紀家庭 CT」的產品卻並未實現跨世紀的願望。1999 年 12 月 21 日，國家藥品監督管理局發文《關於全國醫療器械博覽會監督檢查情況的通報》，該文第二部分稱「部分產品宣傳材料不實，尤其是南京中醫藥大學金威利公司在宣傳材料中稱該公司的光標牌 CT 型耳穴測病治療儀具有 CT 功能。該公司在 1998 年成都博覽會就做過類似宣傳，至今仍未改正。」

CT 是計算機斷層掃描（Computed Tomography）的縮寫，是一種通過 X 射線掃描人體並重建圖像的技術。CT 機與「光標牌 CT 型耳穴測病治療儀」沒有任何功能相同之處，所謂「CT 型」恐怕只是陳光標那旺盛的營銷心機初次施展的成果。在日後的「好人牌新鮮空氣」等營銷事件中，人們還將一次次感悟這位拆遷大佬的忽悠功力。

從賣嘴皮子到變廢為寶

2008 年 9 月，《南方都市報》記者在撰寫《陳光標舊事再調

查：指使公安打老鄉？》時，專程到了南京新街口調查。

據媒體報導，1991 年，23 歲的陳光標來南京創業。在一次藥店的閒逛中，從一個袖珍疾病探測儀上發現了商機，之後簡單改進安上顯示器外殼，輸入生理圖像，患者手握兩個電極就能看到身體的疾病，被陳命名為「跨世紀家庭 CT」的新儀器誕生了。

新儀器身價倍增，由原來的 100 多元賣到了 8000 多元。隨後陳到老家鄰近的安徽做廣告，打開安徽市場，憑此掘得了人生第一桶金。

去安徽之前，陳曾在新街口一帶擺攤。

2008 年 9 月，《南都》記者在新街口老郵局旁，找到在這一帶做了 18 年買賣的沈師傅。談起陳光標他津津樂道，說陳以前擺的攤就在他旁邊。

「他這個人能說會道。」沈說：「那時擺攤就是『賣嘴皮子』。」但對陳賣的儀器，沈不以為然，「那個東西叫我們看就是騙人的。」

「他在這一帶做了幾年，那時就拿和某某領導人的合影，在攤上擺了兩、三張，但具體和誰的合影記不清楚了。」後來陳就消失了，再後來沈就聽說他搞再生資源利用，而且成了「大慈善家」。

「我一直在納悶，搞再生資源利用，我們的話說就是收廢品，怎麼能賺那麼多錢？」沈猜測，陳後來一定遇到了什麼機緣，才有了今天的成就。

相關報導顯示，到安徽淘金之後，陳又開發過一種「靈芝膠囊」賺到「第二桶金」。並於 2000 年組建江蘇黃埔，起初收購銀行不良資產，後來轉向拆遷和再生資源利用。2008 年 8 月 28 日，

江蘇黃埔一人員介紹公司業務時稱「主要還是做拆遷」。「簡單說，就是一邊拆房子，一邊對建築垃圾進行再利用。」陳光標對媒體也曾這樣解釋。

據報導和網路公開信息，江蘇黃埔 2004 年營業收入就「近59 億」，2006 年、2007 年營業收入均有「超過 90 億」、「有望達到 90 億」的說法，這讓一位從事再生經營行業的老闆咋舌，他認為，「90 個億，全世界也很難找到。」

而查詢由權威部門發布的 2006 年、2007 年「江蘇民營企業100 強」，均未見江蘇黃埔上榜，2006 年排在第 100 位的企業年營業收入 19.7 億元，2007 年排第 100 位的企業年營業收入為31.73 億元。

2008 年可謂陳光標登上「中國首善」元年。這年 4 月揭曉的一份「中國慈善排行榜」，他以 1.81 億元的上年度捐贈額居於榜首。對此，《南都》記者曾向陳光標求證，希望了解公司經營項目、年營業收入、利潤納稅等情況，並就公司 1994 年營業收入近 59 億元，2006 年、2007 年均近 90 億元的說法求證。

陳當時的回答是，「我只做再生資源利用，我什麼都不做，我就是變廢為寶賺了點錢，然後回報社會。這個行業，利潤一般來講 20％左右，我公司的銷售額，今年（2008 年）要突破 100億元。去年的淨利潤近 9 億元。我本來就是做循環經濟，不存在偷稅漏稅。全國所有做再生資源利用的企業，國家是免稅的。」

第二節

「陳善人」拆遷惡行：
千人血淚狀

據《南方都市報》記者占才強調查，1968 年 7 月 19 日，陳光標出生在以貧困出名的江蘇省宿遷市泗洪縣天崗湖鄉，用他自己的話說，「10 多歲前從來沒有吃過肉」。上學讀到初二後，他就去打工，擺小攤。據其家鄉人介紹，有媒體報導的他用拖拉機拉貨發財的故事，但當時他們家鄉的人根本沒有見過拖拉機。

陳光標 2008 年獲得所謂「大陸首善」的稱號，是由於把一大筆錢捐給了泗洪縣老年中心，但家鄉人說，那個豪華奢侈的老年中心只是他給他父母建的後花園，他捐的所謂商業街，也是讓縣政府強行關閉老街、發生暴力強拆後的結果，而且名義上是捐贈，但所有物業的主人都是陳光標的弟弟，投資披上了慈善的光環。

記者還發現，陳光標捐農貿市場是為了賣房子。陳光標捐的農貿市場和商住樓所處的地塊，在天崗湖鄉正街一條主幹道邊，

占地 20 多畝，2003 年還是天崗湖糧管所的地盤。一份由 30 多位村民寫的《哀告求救書》，這樣講述包括「老年活動中心」在內兩片占地 50 多畝土地變化的過程：

「2006 年，陳光標為修建農貿市場占用了 20 多畝的天崗湖糧管所，老弱病殘的職工被攆出無家可歸，而陳造了和農貿市場連在一起的幾十套樓房出售牟取暴利。2007 年 5 月以投建老年活動中心為名，以每畝 2 萬 3600 元賠償強行買斷了聯淮村七組的 33.5 畝耕地和一個面積近 10 畝的蓄水塘，還把緊挨這片地的居民房屋推掉。有村民不願在賠償協議上簽字，村幹部以停水斷電、計畫生育加倍處罰要挾簽字。」

村民們說，這些以慈善名義徵得的土地，所建造的老年中心、農貿市場、商業街等實際都是陳家的，這在當地盡人皆知。

農貿市場旁的商住樓，《南都》記者也拿到一份由購房戶提供、簽訂於 2007 年的「房屋轉讓協議」。該協議顯示，甲方為「陳景標」。協議附件同時寫明，這片建築面積 2520 平方米的商住樓「房屋所有權人」登記名為「陳景標」。購房協議還顯示，2007 年這套房的合同價是 12 萬元。而據購房戶介紹，兩年後每套房的賣價已經漲到 25 萬元左右。

暴力強拆的「道德典範」

最讓人震驚的是，陳光標曾給自己取名「陳低碳」，給兒子取名「陳環保」、「陳環境」，但作為以拆遷為主業的他，表面上給人講求道德的形象，由於後期他的江蘇黃埔主要以工業廠房拆遷為主，很少有人知道他也和那些強拆百姓土地的「拆遷隊」

一樣，早就幹過把老百姓打出家園的惡行。

據《南方都市報》記者占才強調查，當年在陳光標的家鄉、他捐贈的起源地，就曾發生過 2006 年 12 月 1 日的「12‧1」暴力強拆事件。

陳光標修建新的農貿市場前，當地有個農貿老街，長 300 多米，據經營戶講，1994 年改建商業街時，鄉領導曾承諾這條街「50 年不變」，但等到 2006 年陳光標搞所謂捐獻時，縣政府就決定強行關閉老街，把老街所有商舖都趕到新街。百姓不願遷，隨之而來的是一場「全武行」。

「村民描述，當日凌晨三點多，街上開來 13 輛警車，從南頭排到北頭，數百名穿制服人員將老街包圍。

村民潘麗華聞聲出門，『上百人在沿街逮人、打人，我抱著小孩，幾個穿制服的到我們家翻，叫我把孩子放下跟他們走。我上了警車，然後看到有三個人被送到醫院搶救。』

孫銀俠是生產隊組長，做婦女工作的，見村中婦女被打出面救助，結果被人抬起，頭朝下往地下摔，『當時我昏死過去了，怎麼被抬上車都不知道。』第二天醒來，她躺在醫院急救室裡，之後她和另外三人被送往拘留所關了七天。

在老街做乾貨生意的張飛眼睛被打青。經營戶王言剛被打得鮮血直流，至今他還保存著被打得滿口鮮血的照片，並向記者出示。村民王恆禮等人的血衣也一直保留在家中。

村民統計，這起事件至少 30 多人被打，4 人被送醫院，事後 11 人被拘留七天。一份以『王集街 1000 多群眾』名義寫的『血淚狀』說：當時街上哭叫聲刺人心肺、毛骨悚然，有的被揪住頭髮『架飛機』，有的衣不蔽體鮮血直淌，有的雙腳在水泥街面磨

破血流不止，在場群眾無不傷心掉淚。被打村民稱，當時有人當眾說：『有了陳光標的農貿市場，你們（老街）封也得封，不封也得封。』」

第三節

傍上軍隊高官後開始發財

　　不過據陳光標自己表示，當 2003 年他創辦江蘇黃埔時，他並沒有掙到多少錢，當他與第二任妻子白紅離婚時，車子房子都給了白紅，自己身無分文再一次創業，選擇了廢舊廠房拆遷。

　　按照其說了無數次的說法，2002 年一個偶然的機會，陳光標得知，為配合在南京舉行的第四屆華商大會，南京市將拆除老展覽館。由於親戚中有人幹這一行，他決定加入，試試運氣。

　　於是，黃埔再生資源利用有限公司（下簡稱「黃埔再生」）的前身——黃埔拆遷公司成立了。

　　經過招投標，陳拿下了老展覽館拆遷工程。「一接手才知道，這看起來破舊的老展覽館簡直就是一座『富礦』，僅拆下來的廢鋼材就賣了 400 多萬元。刨去工人工資等成本，陳光標淨賺了 285 萬元。」

　　「2005 年，公司工程量已達到了 20 億元。」陳光標說。但

大陸記者調閱的「黃埔再生」工商登記資料顯示，直到 2008 年，其全年營業收入才 4000 多萬，除去債務，公司淨資產僅 1300 多萬，當年虧損額達 400 多萬，無法達到億元企業的規模。

2010 年 9 月 27 日，在復旦大學演講時，陳光標依然說：「去年，我公司的營業額達到了 103 億，淨利潤達到 4 個多億。」哪裡接到那麼多工程，錢是如何賺到的，對於這類問題，陳光標最常見的回答是：「涉及商業機密。」

據專業人士介紹，幹拆遷這一行，「主要是拿合同難。」很多通知去競標的，都是「陪太子讀書」，走過場而已。「一手企業利潤可達 10 ～ 13％左右，而二手、三手承包商的利潤只能達到 4％左右。所以，我陳光標賺錢，其實比吃屎還難。」

但不久他就攀上了貴人。陳光標「曾給國防大學捐了兩輛當時還非常罕見的保時捷。當校方問他有何要求時，他先是感謝黨、感謝國家，後表示只想上思想理論課。校方安排他去將軍班上了三個月課，期間他天天挨個請將軍們吃飯，結果那幾年，所有國防拆遷工程全是他的，不知賺了多少個億。

跟軍隊搞在了一起，這才是陳光標發財的主要渠道。

2008 年 6 月，大陸官媒報導說，在「中國扶貧基金會」捐贈獎候選人之一「陳光標事跡」介紹中，有這麼一項：陳光標在江蘇黃埔還投資興建了「江蘇黃埔青少年國防教育基地」，該基地位於南京江寧區祿口鎮機場高速公路右側，占地近 200 畝，投資達 5000 萬元，是南京地區進行青少年國防教育的重要場所，對青少年實行免費開放。

不過《南周》報系記者調查發現，根本就沒有這個基地，只發現一個公司名叫：「江蘇黃埔青少年國防教育基地有限公司」，

其法人代表赫然署名：陳光標。

　　對此陳光標一口否認：「誰告訴你我辦過這麼一個企業，那不是我說的！」詭異的是，這樣一個高達 5000 萬的慈善大項目，是被誰列進中國扶貧基金會的候選人事跡中的呢？由於是國防教育基地，可免稅拿到土地，而後陳光標辦了公司，還算在扶貧先進事跡中，這樣的騙局他也敢幹？

第四節

14 億捐款都去了哪兒

2011 年 4 月 29 日，《南方人物周刊》發表了記者陳磊的報導，追查陳光標宣稱的「14 億捐款」都花在了什麼地方。

調查發現，這是一筆糊塗帳，人們根本不知道他到底捐給了誰，捐了多少，因為很多都沒有收據，承諾了而沒有兌現的捐款很多。不過，記者還是跟蹤調查了幾個具有代表性的「陳氏捐款模式」。

1.5 億自捐自用

根據網路上廣為流傳的《全國道德模範陳光標 2009 年的「特殊成績單」》和新華社記者鄧敏《陳光標捐資建防災培訓中心累計培訓兩萬多人》共同證實：陳光標於 2009 年 1 月捐資 1.3 億元，在南京江寧區勝利路 1 號興建了「南京防震減災培訓中心」。

2009 年 5 月 26 日，在「培訓中心」落成之時，陳光標麾下的黃埔集團還舉行了一場聲勢浩大的捐贈儀式，中共全國政協常委、江蘇省政協副主席等多位副部級高層，出席了此次捐贈儀式。

讓人不解的是，陳光標的「黃埔再生」公司就是在這座「培訓中心」大樓裡面，無論辦公還是對外接待，陳在南京除此並無其他辦公場地。其屬下員工稱，這也是陳光標「黃埔集團」的總部所在。

自己捐，自己用，還能稱為「捐贈」，這就是陳光標後台硬的表現。

由於打著捐贈的旗號可以免費或非常低的價格拿到土地，陳光標用這種「自己捐、自己用」的方式，「捐」了 2600 萬元，在老家江蘇泗洪縣天崗湖鄉修建了「老年活動中心」，但只有陳的父母住在裡面。

陳光標對外狡辯說：「我沒收門票，所以就叫捐。」不過，其他老年人都不會進到這個陳家後花園的。陳還說：「多次找鄉政府洽談移交事宜，但是由於運營費用比較大，移交不出去。」「你說，等我父母過世後，我還會去『老年活動中心』住嗎？早晚都是國家的。」

等他父母去世後，陳家是否會把活動中心賣出去，就難說了。不過陳光標「捐獻」的農貿市場的幾十間臨街門面房，現在就開始出售了，收入都給了陳家。「好幾年前買的，一套十多萬。陳光標弟弟出面賣，但大老闆是陳光標。」一位商戶說。

「我們沒收到捐贈」

中國紅故事網站在《公益獻愛心：中國第一慈善家陳光標》一文中列舉：2003 年以來，陳光標先後捐建了希望小學、光彩小學、博愛小學 16 所，其中江蘇豐縣 4 所，江蘇泗洪 2 所，青海玉樹藏族自治州 10 所，捐資累計 320 萬元。

但記者調查發現，陳光標別說在青海玉樹修建 10 所希望小學，連一個希望小學都沒有。「陳光標沒有在當地捐建過任何學校。」

2010 年 8 月 13 日，陳光標在南京舉辦捐贈儀式，稱通過中華慈善總會、江蘇省光彩事業促進會向遭受泥石流災害的甘肅省舟曲縣以及新疆、青海、雲南、貴州、四川、山西等省區捐贈 1000 萬現金、5000 台電腦，款物合計共 2600 萬元。

不過《華夏時報》報導，新疆青基會祕書長費立剛表示，陳光標宣稱的支持新疆教育事業而捐贈的 1000 台電腦，至今只到位 500 台。「我曾就此事多次聯繫陳光標，希望其承諾的捐贈盡快到位，但結果令人失望，現在他都不接我的電話了。」

安徽《新安晚報》報導，2010 年春，陳光標組織的 21 支打井隊趕赴西南旱區，在雲南省文山州打井 70 口，但記者只查到 4 口。

第五節

有宣傳部公安部保護
誰都敢騙

陳光標號稱用人民幣堆出「錢牆」，以此擺闊。在攝影鏡頭前，煞有介事地拿個螢光棒，說是測假器，戳戳點點說是真的人民幣。這個行為本身就是「此地無銀三百兩」。（新紀元資料室）

有央視和網路水軍「保護」

上述媒體在各自報導中給出了這個頂著慈善行騙的奸詐商人的許多欺騙證據，同時也報導了誰在暗中幫助這個欺世盜名者：中央電視台和網路水軍。

《中國經營報》主任編輯李賓舉例說，他們報導出來後，報社很快就收到無數謾罵的電話、郵件的攻擊，「到後來，我們終於明白這些電話為什麼會如此集中地到來。是的，這就是傳說中的『水軍』，他們不光在網路空間裡製造大量的謾罵垃圾和言論煙霧，還把這種習性延伸應用到了現實中。……我們的前台接待曾經接到一個傢伙的謾罵電話，上來就是劈頭蓋臉罵一通，我們

的小姑娘很耐心聽他罵完，然後對方終於忍不住說：『妳還真有耐心，其實我們也是受人之託，收了錢幫人辦事而已。』這個段子一度在編輯部流傳，也讓我們更加自信地面對所有謾罵電話。一個頂著全國道德模範名號的人不惜動用如此手段來對待質疑他的媒體。這正說明，他心中充滿了恐懼和不安。果不其然，幾天之後，謾罵的電話就如潮水一樣退去了。」

李賓還回憶說，報導出來後，央視主動邀請記者和陳光標做節目，「但是等到 4 月 25 日《東方時空》播出的時候，我們終於知道它這些說辭有多麼可笑。整個報導給了陳光標充分的表演空間，而對於本報記者所質疑的多筆捐贈均答非所問，拿不出有效證據。還煞有介事拿出一大本厚厚的記錄來證明自己累計捐贈已經超過 14 億元。而對於本報記者的採訪則基本沒用。」

「可能一般人不會去留意新聞業務本身的問題，但是作為媒體同行，對央視的新聞操守和業務水平則是一目了然。首先，如果要調查陳光標的捐贈是否到位，難道不用去各個受捐單位和地方查證，僅僅採訪陳光標本人，讓他拿著一些證書和獎狀以及自己整理的記錄就可以？況且，那些所謂的材料跟我們所質疑的項目往往風馬牛不相及（鑒於這篇回顧性文字的性質，我不能一一列舉那些項目）。其次，要調查陳光標之前宣稱對老家的兩個捐贈項目的虛實，竟然可以靠一通打給鎮黨委書記的電話解決，當地的老百姓一個都沒採訪，這樣的採訪難道能夠得到事實？」

文章最後說，「到底是因為陳光標動用了什麼資源得以和央視媾合，還是央視基於陳是其捧出來的典型而產生的『護短』表現，我們不得而知。」

陳光標與央視的密切關係，還可從更早的 2006 年看出端倪。

2006 年 10 月 29 日，陳光標捐建的天崗湖鄉農貿市場落成，同時，「中國民營企業發展與新農村建設論壇」也在此召開，中共官方報導稱，「這是我國第一次在農村現場舉辦的新農村建設論壇」，「國務院國資委國有重點大型企業監事會主席季曉南、中國經濟體制改革研究會副會長楊啟先、江蘇省副省長仇和、省慈善總會會長俞興德、省政協副主席黃因慧……參加了論壇。」

陳光標還請來了中央電視台的著名主持人王小丫。據知情人透露，2006 年陳光標還不被公眾所知曉，但那時他和央視副台長李東生、公安部部長周永康等人就很熟了，所以他能請動李東生手下的美女主持王小丫。

公安特務也在幫助陳光標

央視和陳光標是什麼關係，人們一直搞不懂，但人們都意識到，陳光標後台之硬，除了有中央電視台、新華社、網路水軍的保護，還得到了大陸公安特務的幫助。《南方人物周刊》記者陳磊還在微博上公布採訪陳光標時，他威脅記者的錄音以及簡訊。

錄音中陳光標說：「你還年輕，小夥子，可以搞其他人，到我，你要注意，我只能這樣提醒你。……到時候可能你連怎麼進去的都不知道。……我現在就可以告訴你，（有關部門）正在為這個很惱火。已經有部門點到你了，你要把這些事情搞清楚……（發怒）告訴你們，你們怎麼去採訪的，何時去的，我都知道，包括住哪個賓館，坐誰的車……」

在大陸，誰有權力監控到這些信息呢？只有周永康管轄的公安特務。也就是說，陳光標和政法委的人又拉上了關係。

　　2011 年 5 月 4 日，曾經對陳光標所謂「慈善事業」進行調查採訪的多名記者都在微博上表示，他們遭受到了「網路水軍」的攻擊謾罵，甚至是死亡威脅。

　　《中國經營報》記者葉文添在微博上表示，因為報導陳光標，自己和多名記者「均收到了死亡威脅和屍體照片，以及水軍刷頁的罵娘」。當天晚上 10 點多，知名財經記者趙荷娟也在微博上透露連續收到「死屍恐嚇郵件」，並已報警。「剛在老公陪同下從派出所作筆錄回來，並作了證據鎖定。」她還表示，經過比對，自己和葉文添等人收到的郵件幾乎完全一樣，由此可見，這是一次「有組織的特別針對行為」，直接與陳光標爭議一事有關。特別是，郵件中「被挖掉雙眼、全身起蛆腐爛的大頭屍體圖片」已經超出了底線，希望警方能夠對這種赤裸裸的恐嚇行動作出回應。趙何娟還透露，雖然她已報案，但尚未收到立案通知。

敢於欺騙溫家寶的奸商

　　上述媒體不但發現陳光標幾十倍地虛報公司收入，虛報捐款數目，他說的話很多都是假話，都是騙人的話，而且他不但騙普通百姓，而且他還敢騙高官，到處弄虛作假。記者們調查發現，就連當年被人們津津樂道的汶川地震千里馳援都是假的。

　　2008 年 5 月，發生汶川大地震，有接近陳光標的人士告訴《南方都市報》記者，地震後第二天，陳接到朋友打來的電話，大意為這是最佳的表現時機，趕快去。於是陳當天飛赴成都，並在那裡租了 10 台左右的挖掘機開赴災區。

　　在媒體和網路上，這支隊伍很快變成「60 台大型挖掘機、

120 名精心挑選的機械手」，當地租來的機器也變成了「從南京和合肥浩浩蕩蕩開赴而來」。

令人生疑的是，最先報導陳光標「先進事跡」的《南京日報》等媒體，口徑並不一致——有寫陳光標從南京出發，有寫武漢出發。但大災難引發的慌亂，讓陳光標在資訊海洋中脫穎而出——他抱著孩子痛哭的照片，「60 台大型機械千里馳援」的故事，被媒體反覆傳播。人們忽略的常識是，60 台大型機械，從南京、合肥等地千里馳援四川，是否有可能？

在舉國救災熱潮中，一個被忽略的事實是，地震巨大的破壞力對於拆遷行業而言，意味著天大的拆遷機會——《南京日報》一位記者就在地震重災區德陽市漢旺鎮看到，陳光標等人在廢墟上掛出了「要拆遷，找江蘇黃埔」的標語。

在隨後的一次媒體採訪中，或許無意，陳光標透露：地震後，他賺了接近兩個億。很快，似乎感覺到不妥，他又補充道：「幾乎都捐出去了，大約占 80％吧。」

大陸媒體還報導說，由於有情報部門的人幫忙，他能提前知道國家領導人會去災區什麼地方，他提前趕到奮力救人，最後「巧遇」領導後，騙得領導人的稱讚。

比如在汶川地震災區，陳光標見到了時任總理溫家寶，還得到了他的表揚。溫家寶握著陳光標的手說：「你是有良知、有靈魂、有道德、有感情、心繫災區的企業家，我向你表示致敬。」

從那以後，陳光標更是名聲遠揚，不過他對外說：「我從不在做慈善的地方做生意。」但 2009 年 11 月在武漢接受媒體採訪時，陳光標脫口而出的一句話是：「差不多 60％是因為做慈善結交的生意。」

陳光標不愧是「活雷鋒」騙子

在大陸，陳光標經常自稱是「好人」，喜歡做好人好事，是當代「活雷鋒」。對於了解真實雷鋒騙局的人來說，陳光標確實是「當代活雷鋒」。他動不動就穿上雷鋒那種綠色軍大衣、挎上假衝鋒槍，擺出雷鋒狀，網上可查到這種照片，有人稱他是雷鋒的隔代兄弟。

今天大陸人人皆知，雷鋒當年做的那些號稱的「好人好事」，要麼是假的，要麼是事先設計的。那個家喻戶曉的雷鋒幫助老大娘，「老大娘」是事先找來的演員，當時拍攝的軍隊攝影員都已出來證實。

陳光標也如此學樣。據國內媒體報導，他的所謂給「無家老人」發錢的真實情況是，他在街上找來十幾個老頭、老太太，然後在院子裡站好，挨個發幾張人民幣，同時讓專門的攝影師拍下來……第二天就見報了，說什麼陳光標給空巢老人捐款。當事人揭露說，「陳光標的那些捐贈照片，很多都是假的，都是找人做出來的。」

人們評論說，雷鋒是毛時代造假的登峰造極版，而陳光標是當今中國造假的登峰造極版。可以說，陳光標就是活雷鋒，而其造假陣勢比雷鋒還大，美國人還沒聽說過雷鋒呢，而這個陳雷鋒、陳來瘋都鬧到《紐約時報》上了。

時事評論家曹長青評價陳光標，是騙子、惡棍、精神病。他說，當初注意到這個人，是看到國內媒體報導，說陳光標領著公司幾十名員工，到飯店吃剩飯，說是為節約能源。從畫面看，桌上大碟小碗、飯菜豐盛，哪是什麼「剩飯」？而且玻璃

窗外，擠滿了記者拍攝。這完全是作秀！你吃「剩飯」怎麼找來那麼多鏡頭？但既然要做媒體秀，為什麼不讓記者進來拍個夠？他不能，因為記者一進來，就會從廚房看到根本不是剩飯剩菜。他是玩假的。

陳光標還時不時號稱用人民幣堆出「錢牆」，以此擺闊，據他自己說，已堆過六次。有一次號稱重量達 1.5 噸，有 1 億元，有次說是 16 噸，那就等於 10 億元。陳光標在找來的「攝影記者」鏡頭前，煞有介事地拿個螢光棒，說是測假器，戳戳點點，走了一圈說，都是真的人民幣。這個行為本身就是「此地無銀三百兩」，宣告那是假錢。

首先，按中共當局的貨幣規定，他根本沒有任何可能從銀行提出 10 億現金。第二以中國那種國情，在露天擺出 10 億現款，人們就得瘋搶，派多少人都保不住，大概得把陳光標本人都撕成碎片。別說 10 億，100 萬他都不敢真擺出來。他根本不敢讓任何記者檢驗人民幣真假，只是自己宣布，這小丑先自己心虛了。

他還賣過什麼所謂的罐裝「清新空氣」，罐上印有他頭像，一瓶 5 塊錢。這個騙子從哪兒灌的氣（他說是從新疆和台灣採集的空氣）？呼吸他那騙子氣的人，沒吸都得被氣死！那些所謂的陳光標空氣現在都哪兒去了？那些不負責任的媒體報導之後就沒了下文。陳光標的罐裝空氣就是他本人：一個該送精神病院的騙子。

不過，在官方媒體吹捧的報導中，陳光標既不是騙子也不是瘋子，那他到底是誰呢？能幹出普通正常人無法幹出的事，這背後有什麼黑幕呢？

周黨反攻大動作

第四章

陷得比賴昌星還深的商幹特務

陳光標不僅有公安特務保護，還有央視、新華社包裝，發財「恩主」是軍隊高官，周永康、李東生、李長春、劉雲山等，還有江澤民都是陳的大靠山。至此，陳光標的真實面目昭然若揭：又一個江澤民集團打造的偽善土豪、商幹特務。（AFP）

第一節

陳光標的後台「恩主」

陳的關係網和真實身分

既然有些媒體調查發現陳光標說的、做的嚴重不實，為何媒體扳不倒這個騙子呢？作為一個公司老闆，公司財產和他個人財產是兩個概念，他為何能隨意誇大收入，而中共工商局沒有核對公布其稅收呢？既然陳光標的拆遷回收業務並沒有給他帶來多少利潤，那他作秀的錢從何而來的呢？為何中央電視台要一直吹捧這個騙子呢？

看看陳光標接的工程，就能知道他的後台在哪。2008 年成為所謂首善之後的兩年中，陳自稱已是中國最大的環保拆遷公司。其黃埔公司接過的引人注目的業務有迎中共「國慶」60 周年長安街拓寬改造拆除工程、商務部老辦公大樓拆遷、奧運會結束建築物輔助拆除工程、央視過火樓金屬幕牆拆卸等官方拆遷工程。

對政治派別敏感的人都能看出來，陳光標與江澤民派系的人很熟：江派親信、北京市長劉淇給了他長安街和奧運工程，薄熙來把持過的商務部、還有周永康的頭號馬仔、原央視副台長的李東生等等。

在大陸，陳光標自封的頭銜很多：「中國首善，全國抗震救災英雄模範、全國道德模範、全國勞動模範、全國五一勞動獎章、CCTV 經濟年度人物大獎、中國最具號召力慈善家……」幾年前他的頭銜更多達 21 個：江蘇省第十屆政協委員、南京白下區第 16 屆人大常委、江蘇紅十字會副會長、江蘇進出口商會副會長、江蘇省慈善總會副會長、全國 51 個市縣榮譽市民……

早在 2011 年民間就有人披露說，陳光標是靠黑社會賣軍火起家的。2011 年 3 月 9 日，在大陸論壇「貓眼看人」，有自稱陳光標同鄉的多位民眾披露：「我是泗洪人，他其實是個賣軍火的。而且他只是個初中文憑，把中國舊軍火賣給小國家。」

「我也是泗洪人！樓上那說的對，初中文憑，剛在百度百科看到他拿過南京中醫學院學士學位，我都一楞……聽朋友說他是賣軍火的，其實在泗洪大家都知道，只不過不敢說……我還聽說他家死了條狗連市公安局局長都親自去查的呢……」

2011 年 5 月 11 日，江蘇南通的網民「朕非曹操」在微博說：「剛才看北京衛視訪談陳光標，絕對的作秀，超噁心，他是民間軍火商，具體原因大家知道的。」

2013 年 8 月 9 日，江蘇南京的顧建在微博披露：「今天『610』滋事，應該從軍火商陳光標和建築商季建業兩個蘇北人身上徹查，請他們各自清者自清、明者自明，一個是軍方背景，一個是警方背景，金盾押運也要自證無關。」

2014 年在紐約，陳光標給出的名片中頭銜也很多，除了「中國首善」，還有「中國最有影響力的人」，時事評論員周曉輝評論說，這連中南海的高官都未曾如此霸氣，陳光標憑什麼？陳光標當然不是憑自己，至於憑什麼，先問問高調愛炫的陳光標幾個不可告人的祕密。

「誰可以讓他獨獲軍隊工程的標案，谷俊山？誰可以讓他總攬南京政府拆遷作業 80％以上的工程，季建業？誰可以讓他參與公安部全國徵地拆遷方案的制定，周永康？誰可以讓央視為他量身打造『中國首善』的螢幕形象，李東生？誰可以在他成名後封鎖他昔日的負面消息，劉雲山？答案，以上皆是。

再來檢視陳光標的媒體成名史。陳光標散見媒體的宣傳報導，連最基本的籍貫資料至少出現有江西、江蘇、安徽等三個不同版本，這個底層出身的貧民，卻在 2007 年憑空被捏造成『行善大王』，且一躍成為『中國首善』並於 2008 年四川地震被正式打響名號後，就此一路高調，甚至變態地海內海外沿路灑紅包。

先不說陳光標看上去怎麼也花不完的錢哪裡來，民眾對他 10 年來捐了 10 多億善款的說法從來沒信過，媒體也不是完全沒有追蹤過他宣稱的賑災業績，只是相關新聞都被中共中宣部擋下。特別是，對於陳光標如此粗鄙醜陋的「善行」，只見許多公知起而撻伐，反而號稱專業打假的方舟子、仇富的司馬南、仇商的孔慶東等人卻都悶聲不響。

原來都是系出同門，原來都是養兵千日。陳光標的「特殊任務」，用於 2012 年。這一年 8 月，也是陳光標第一次和《紐約時報》打交道，他在該報購買半個版面刊登釣魚島廣告，不過陳光標動機非為自己愛國，也非為釣島主權，其真正目的是刺激國

內民眾發起第二輪激進、且最終演變成暴力燒搶打砸的反日遊行
抗議活動，因為時當薄熙來正式被提訴，江系人馬例行性反撲的
製造亂局。

　　至此，若問陳光標是誰？誰讓他有錢這麼玩？不過又一個江
澤民集團打造的偽善男巫、帶血土豪，替曾慶紅、羅幹、周永康
等人在國際商界執行特務和統戰。」

　　《新紀元》也從北京知情人那裡獲悉，陳光標發財的主要「恩
主」，是他在國防大學認識的軍方的人，但隨後擴大成了江澤民
派系的人，政法委書記周永康、央視副台長李東生、主管宣傳的
李長春、劉雲山等人，還有其背後的江澤民，都是陳光標的大靠
山。「陳的那些錢，都是幕後人給的，是要執行任務的。」

陳光標傍上了江系靠山

　　據大陸媒體報導，從江蘇一個普通農戶走出來的陳光標，早
年曾經販賣過水和冰棒，販賣過糧食和花生，倒騰過棉鞋，當過
「假大夫」，成立過醫療器械公司，靠出售靈芝膠囊賺取了豐厚
的利潤，其後於 2000 年組建了江蘇黃埔投資集團，剛開始主要
業務是收購銀行不良資產，進行整合、盤活再出讓，但並沒有賺
到什麼錢。

　　直到 2004 年 8 月，陳光標動用各種關係，以 60 萬元的價
格拿下南京市中心展覽館的拆除工程，並為此成立了黃埔拆遷公
司。不算其他物資，老展覽館僅拆下來的廢鋼材就賣了 400 多萬
元，22 天時間裡，陳光標淨賺 285 萬元。

　　嚐到甜頭的陳光標從此在拆遷行業一發不可收拾，他還為這

種生意帶上了一頂美麗的光環：「循環經濟」。而 22 天拆除展覽館的「事跡」在南京也不脛而走，陳光標還得到了時任南京市市長蔣宏坤的親自接見。據陳光標稱，當時市長還拍了拍他的肩膀，鼓勵他說：「光標啊，南京城內的拆遷工作才剛剛拉開序幕，把這項任務交給你，全南京人都信得過。」

蔣宏坤憑什麼這麼相信陳光標？陳光標到底動用了什麼關係，得到了蔣宏坤的信任呢？據知情人向《新紀元》透露，這背後就有江澤民派系的軍隊高官在牽線搭橋。

說起這個蔣宏坤，也不是一般人物。他在江澤民的嫡系回良玉任江蘇省委書記期間，開始不斷被提拔。2001 年 1 月升任蘇州市委常委、同年 10 月任南京市委副書記；11 月任南京市委副書記、副市長。他在 2003 年回良玉任政治局委員和副總理後，升任南京市委代市長，隨後轉正，並在 2009 年接替據稱是江澤民外甥的王榮出任蘇州市委書記，在當地官場已形成龐大的「張家港幫」。

有消息稱，蔣宏坤以權謀私，不僅與早前落馬的南京市市長季建業是同鄉，而且與紅星美凱龍車建新、金螳螂朱興良私交甚篤，中間疑涉權錢交易。

不管江系是否藉蔣宏坤之言表達了對陳光標的欣賞，但從此以後，陳光標的拆遷工程蒸蒸日上，幾乎承攬了南京市內 80% 以上的拆遷工作量，如滬寧高速老橋梁、南京金陵啤酒廠、南京鐵合金廠、南京河西奧體中心所在地區、南京煤製氣廠、南京老國展中心、南京重油氣廠、南汽老廠房、淮陰發電廠、南京熱電廠等數十家企業的拆除工程，都能找到陳光標的身影。

除此而外，陳光標的拆遷公司還走出了南京，走到了江蘇其

他城市，走到了北京、上海、廣州、四川、香港，這其中包括奧運會結束建築物輔助拆除工程、迎「國慶」60 周年長安街拓寬改造拆除工程、商務部四號、五號老辦公大樓拆除工程、中共央視北配樓的金屬幕牆及網架拆卸工程、上海寶鋼焦爐拆除工程等。據悉，僅央視這一個項目，就可以產生約 2000 萬元左右的價值。

而網上有統計顯示，陳光標從事廢舊拆除工程，業已拆除面積近兩億平方米，相當於拆了 380 個「鳥巢」。據說拆除下來的混凝土廢渣，可以鋪一條從南京到上海的高速公路，僅回收的鋼材即可建造一批數量可觀的航母。

在中共現行的體制下，沒有一定的背景，或者向相關人員送上豐厚的回扣，恐怕陳光標是無法得到如此多的令很多公司羨慕不已、利潤豐厚的工程。想必在這一過程中，利益為大、信口開河的陳光標為江系某些人所關注，並以金錢為誘餌，使其選擇了依附。有了江系這樣的靠山，他才敢於恐嚇記者，敢於說出封殺記者的狂言。

可以說，陳光標坐大，同此前被抓的江蘇上市公司金螳螂老板、江蘇首富朱興良的經歷類似。資料顯示，金螳螂設計施工了一大批大工程，包括 2008 年奧運會主會場（鳥巢）、國家大劇院、國家博物館、北京人民大會堂江蘇廳、首都博物館、通用中國總部大樓、世界佛教大會主會場——無錫靈山勝境梵宮、蘇州博物館和北京希爾頓酒店等幾十家五星級酒店。而能拿到這些工程的主因是朱興良和官員們走得很近，積累了不少人脈，而來自北京的消息證實，其背後高官不僅僅指向回良玉，而且也涉及到了江澤民家族與周永康的諸多私人關係。

原來，周永康原籍江蘇無錫，高中就讀於著名的蘇州中學，

朱興良正是藉周永康曾在蘇州就讀的名頭與周建立了私交。朱興良被抓後，周永康曾藉訪問蘇州中學之時，與江蘇書記羅志軍與省長李學勇探討了「保住朱興良」的可能性。沒有相關的利益糾葛，周為何要保他？

　　至於陳光標到底攀附上了江系的哪些「貴人」，雖然暫時是黑幕，但馬腳早已露出，應該與能掌控央視、掌控媒體、掌控警察和國安的某些江系馬仔有關，否則陳的大膽狂妄，陳在紐約上演的這場鬧劇就缺乏合理的解釋了。可以預見的是，隨著靠山江系的衰落，陳光標可悲的下場也將到來。

第二節

陳光標是總參情報部商幹特務

陳光標是總參情報部商幹特務

　　中共現行的特務系統主要分為：中共國家安全部、總參謀部、總政聯絡部、統戰部及各大軍區下設的情報系統。其中總參謀部的勢力最為龐大，分為總參二部（即總參情報部）和總參三部，其特務體系遍布世界各地及中國內陸，從事情報收集與執行特殊任務，如恐怖襲擊和暗殺等。2014 年 1 月 8 日，在美國以收購《紐約時報》為名，上演醜劇的陳光標即是總參情報部的高級商幹特務，他與中共特務圈中的江派人馬關係密切而複雜。同時陳光標在重大問題上直接向曾慶紅彙報，直接聽命於曾的指揮完成各項特務任務。

總參二部、三部有各自不同的工作重點

總參二部、三部及總政聯絡部都中共軍隊系統的特務機構。總參二部即為總參情報部，總參三部是總參技術偵察部，二者的工作側重點不同。

總參情報部過去主要負責搜集軍事情報，包括三部分功能：向外國派遣以各種身分為掩護的搜集軍事情報的特務；從外國的公開出版物上分析軍事情報；向駐外使館派出武官。其工作重心在國外的軍事情報搜集，但近年來其工作範圍擴大到國內的各領域，已不僅限於對軍事情報的搜集。在江澤民 1999 年發動對法輪功的迫害後，總參情報部直接參與對國內法輪功學員的監控、情報搜集、祕密抓捕、審訊、關押等迫害中。對海外法輪功學員的監控、情搜、破壞等也是總參情報部工作重點之一。

總參三部即為「總參謀部技術偵察部」，負責搜集海外軍事情報，監聽、監查海內外的電話、電郵、網路傳媒、網路通訊、破解無線電及各種密件、分析衛星情報等是總參三部的工作重點。

總參三部下設多個局，有十幾萬監聽大軍，負責所有國際長途電話。據悉，所有的國際長途電話都有監聽並錄音，只需在錄音設備上預先輸入一些特別的詞彙，例如一些中共領導人的名字、一些敏感的事件名稱、以及一些隱諱的詞語，包括法輪功、「六四」等敏感字眼，當錄音機感應到這些詞彙時就會自動錄音，監聽人員就會立即對這個電話進行跟蹤監聽檢查。

江派對總參特務系統的控制

原總參情報部部長楊暉是江澤民派系選中的人，江令其掌管著中共最龐大、最重要的特務系統——總參情報部。但在2011年，胡錦濤藉查辦黃光裕案把楊暉逼出總參，在時任中共國防部長梁光烈的運作下楊出任江派老巢南京軍區參謀長，明升實降。

江澤民1989年入主中南海之前出任上海市委書記，他與南京軍區的高級軍官關係密切，到他掌權後，南京軍區將領隨即被提拔重用，漸漸成為江派在軍中的班底人馬，直到18大前後胡錦濤、習近平才收回南京軍區的實際控制權。江澤民當政時期的中共軍委四總部軍頭皆為江的親信，包括曾任總參謀長、國防部長的梁光烈，還有前總參謀長陳炳德，這些當時控制軍隊要害部門的人都出自南京軍區。

梁光烈1999年12月至2002年11月任南京軍區司令員，2002年11月至2007年10月任總參謀長。陳炳德從1993年12月至1999年12月在南京軍區任職，歷任軍區參謀長、軍區司令員，2007年至2012年陳炳德升任總參謀長。在長達10年的時間裡，江派通過梁、陳二人控制著總參謀部，尤其牢固地控制著總參情報部。

在梁光烈、陳炳德先後控制總參謀部期間，兩人在總參情報部內部培植了眾多黨羽親信，因梁、陳都出身南京軍區，又稱其為「南京系特務幫」，原總參情報部部長、現任南京軍區參謀長楊暉是南京系特務的主要代表人物。

南京系特務頭子楊暉

楊暉，中共軍方高級別特務，出生於 1963 年，1978 年進入中共軍隊，曾入讀「南京外國語學校（主要培訓中共特務學校之一）」、南斯拉夫貝爾格萊德大學、中國社科院研究生院、中國人民解放軍國防大學戰略班。楊暉曾先後在中共駐南斯拉夫使館、前蘇聯使館、俄羅斯使館、哈薩克斯坦使館任職。

2001 年，楊暉任總參三部（即總參謀部技術偵察部）副部長，從 2005 年至 2007 年暫離總參兩年，而後再次回總參任職，2011 年在總參情報部部長的位置上調任南京軍區參謀長。楊暉前後在總參謀部共任職將近 10 年。

陳光標是中共軍方的「商幹特務」，亦稱「商業圈高級別特務」，他與特務頭子楊暉和楊暉馬仔劉鵬輝的關係不一般。陳光標發跡於南京，被軍方江派南京系特務幫吸收，他的級別與賴昌星差不多，屬高端商業領域特務，極具情報與政治滲透價值。為了讓陳光標在上層商業圈發揮作用，並在關鍵時為中共站台，中共特務機構在他身上投入大筆金錢，一手打造出陳的富豪形象。

中共特務分三大類

在中共特務系統中，大體有三種情報人員：密工、商幹、掛靠。

「密工」：是專職特務，在行政編制內領取工資，這種人在圈子裡被叫作「密幹」或「密工」，全稱叫「祕密工作者」。這一類人基本上是受過專業培訓的職業特務。

密工主要來源基本分三部分：一是各院校國際關係專業的畢

業生，例如位於南京板橋的解放軍國際關係學院，和北京海淀的國際關係學院。二是一些公安、政法院校的畢業生；三是少數地方大學外語專業的畢業生，如南京外國語學校。這些被中共選中的人，都有一個共性，那就是「政治過硬」。

「商幹」：是屬「半在編」，在圈子內被稱為「商幹」。所謂「半在編」，就是因為這些人的名字上了中共特務系統的電腦，人員雖然已經進入特務系統的行政編制，但卻不拿工資，屬特務機構發展的幹部人員。這些為所在特務單位搜集各種各樣的信息資料，並按質量等級換取報酬。

遠華案的主犯賴昌星，就是總參情報部（也有說他是國安部的人）的正處級「商幹」特務，有工作證、有拘捕權，還有總參情報部的全國特別通行證，可以自由進出軍事與情報禁區。這類人並不指望從出賣情報中獲得多大利益，而是更看重作為特務幹部而享受的特權，為自己的不正當生意提供權力保護，和從常規渠道得不到的商機。

「掛靠」：就是社會上俗稱的「線人」，這種人是最多的，他們完全不在行政編制內，但利用與特務機構的特殊關係獲得生意上、經濟上的便利，從而得到金錢利益，並將部分經濟獲益返回給特務機構裡的個人作為保護費。

陳光標是總參二部商幹特務

陳光標與賴昌星一樣，都是中共特務系統發展的典型的「商幹」特務。絕大多數的商幹特務都沒有在軍隊服過役，不具備任何軍事背景，因而外界對於這些缺乏軍人氣質的人，並不會引起

太大的警覺和防範。

像賴昌星與陳光標這類生意人，人際關係廣泛，在社會上活動能力強，往來各個團體之間，尤其混跡於各個政治派別間，因此是中共特務機構發展的重點情報人物。通常的手法是許諾賦予其生意上的特權，換取這些人加入特務組織為其效命。這是如總參與國安部等特務機構發展商幹特務的標準操作手法。

從陳光標讓人眼花繚亂的各種頭銜上就可看出他對特務機構的價值，其中雖不乏摻雜著水分，但也能看他在社會上的活動範圍之廣，接觸各色人物之多。

陳光標的頭銜有：江蘇省第 10 屆政協委員；南京市第 14 屆人大代表；南京市白下區第 16 屆人大常委；10 屆全國工商聯執委；中國致公黨江蘇省委委員；中共江蘇省委研究室特約研究員；南京大學名譽校董；南京中醫藥大學董事會副董事長；中國國際商會常務理事；中國國際再生資源專業委員會副主席；世界華人青年聯合會副主席；中國海峽兩岸博愛基金委員會副主任；中國南亞商務理事會常務理事；東盟國際友好促進會副會長；中國電力促進會副會長；江蘇省光彩事業促進會副會長；江蘇省紅十字會副會長；江蘇省慈善總會副會長；江蘇省進出口商會副會長；江蘇省法律援助基金會副會長；江蘇省兒童少年福利基金會副理事長；江蘇省青年商會副會長；江蘇省私營個體經濟協會副會長；江蘇黃埔投資集團董事長；江蘇黃埔再生資源利用有限公司董事長。

陳光標歸屬上海局 巧妙接受軍事特務培訓

真實的陳光標是依靠中共軍方的支持，以倒賣軍火起家，積

累巨額財富。他的公司在江蘇參與過大量的強拆，但從中央到地方媒體對此隻字不提，只是一味的頌揚「陳大善人」，在這背後都有軍方特務系統出面消音、歌功的作用。

在 2010 年或更早些時候，楊暉出任總參情報部部長期間，陳光標曾進入中共國防大學學習三個月之久。外界盛傳，因為陳送國防大學兩輛豪車保時捷，因而得以進入國防大學將軍班學習。但真正的原因是，陳光標要接受近一步的特務專業培訓，總參情報部在背後導演了這齣戲。

總參情報部下設五個局：廣州局、北京局、天津局、上海局、瀋陽局。而這些局都是以駐這個城市的某某辦公室的名義出現，比如說廣州局，就是廣州市人民政府第幾辦公室，北京局就叫北京市人民政府第幾辦公室。陳光標歸屬上海局管轄，同為歸屬上海局的還有楊暉的鐵桿親信劉鵬輝綽號「京城小神仙」，因涉入黃光裕案現已逃亡海外。

商幹特務擁有商業特權

劉鵬輝曾透露其真實身分是總參情報部的情報人員隸屬上海局，並稱，凡是商人，只要加入總參情報部的組織體系，都歸他和時任總參情報部部長楊暉指揮，加入者就算犯法，殺人放火，總參情報部都能將其擺平。陳光標與楊暉、劉鵬輝的關係複雜，內幕甚深。

劉鵬輝曾揚言，誰敢擋發財路，總參可以通知公安部、安全部，隨意把「阻撓者」安個罪名抓起來，就像總參三部隨時可監聽對手的電話那樣。條件是，每年要向他和楊暉上交「組織會費」

6000 萬元，並安排公司 20％的股份給他們。黃光裕、陳光標就是這樣做的，賴昌星也曾公開說他為中共的情報事業做了「大貢獻」。

外界一直質疑陳光標的錢從何而來，很多人懷疑他是特務系統的人，但人們苦於找不到公開的證據。直到 2014 年 1 月陳光標紐約之行後，這個謎團才被徹底揭開。

第三節

陳執行過的「特殊任務」

2012 年 8 月 31 日，當時釣魚島衝突日漸升溫，陳光標花了三萬美金在美國《紐約時報》上登出半版廣告，竭力煽動大陸民眾的所謂愛國熱情，結果引發了幾十年來從未有過的反日高潮。（新紀元合成圖）

激化中日矛盾 替江派登釣魚島廣告

2012 年 8 月 31 日，當時釣魚島衝突日漸升溫，陳光標花了三萬美金在美國《紐約時報》上登出半版英中雙語廣告：「日本右翼分子正在侵犯中國釣魚島」，「釣魚島自古以來就是中國的領土」，竭力煽動大陸民眾的所謂愛國熱情，結果引發了幾十年來從未有過的反日高潮。

在日本侵華「9．18」事變 81 周年的當天，大陸上街遊行反日的城市從 52 個增加到近 100 個，許多城市的遊行出現「打、砸、搶」事件，並且各地抬出相同的毛澤東畫像和類似文革的標語口號，一些城市甚至出現了相同的橫幅：「釣魚島是中國的，薄熙來是人民的」，而且人們發現，很多公安冒充民眾在遊行隊伍中帶頭打砸搶，製造混亂。

9月15日的北京，有人製作了巨幅的五星紅旗，還打出了「願提十萬虎狼旅，躍馬揚刀入東京」，「打倒日本帝國主義！戰無不勝的毛澤東思想萬歲！」的大橫幅，很多人還高舉毛澤東的畫像，說「因為你們的軟弱，毛主席又回來了！」、「寧願大陸不長草，也要拿回釣魚島」。

在北京還出現了教授當眾打老人的惡性事件。打人者是北京航空航天大學教授韓德強。他在自己的微博上發文解釋《我為什麼打這個漢奸？》他說：「見到兩個青年人舉著一幅床單，上書『毛主席，我們想念您』；此時，聽到一個刺耳聲音：『想個屁！』回頭一看，是個老頭；我大聲說：『在此時此地你罵主席，你就是個漢奸！你就是日本人的內應！』他不理，我就上去給了他一個耳光！後來，我陪著那兩個青年人繼續往日本大使館方向遊行，這個漢奸還在隊伍裡繼續詛咒，被我看到，我又上去搧了他一記耳光。」

此文一出引起很大反響，韓的行徑被比作先前北大教授孔慶東罵人一般。人們直稱韓德是「文革標本」、「毛糞教授，人文之恥」韓德強是「烏有之鄉」（帶有政治左翼與毛澤東思想色彩的中國政經評論網站）的「理論家」，也是現代毛左的一面旗幟。

9月20日《新紀元》獲得獨家消息，對於民間反日遊行失控，出現大量打砸搶燒事件，胡錦濤相當震驚。「胡認為有人希望藉釣魚島事件的反日示威，挑起內亂」，騷亂事件中的多起打砸搶事件證實和警方人員有關，「是否和政法系統直接相關，仍在調查當中，但北京已經掌握了一些證據。如果屬實，原本周永康平穩下台的各方默契可能出現變化。」

《新紀元》分析說，江澤民團伙利用遊行暴亂給胡錦濤、溫

家實施加壓力，但效果適得其反，周永康治下的公安、武警鬧得越凶，反而促使胡溫下定決心拿下薄熙來和周永康。現在回頭來看陳光標在海外刊登釣魚島廣告，這也是江派給胡溫施壓的一個步驟，陳光標執行的也是江澤民派系下達的「特殊任務」：促使民間騷亂升級。

有意思的是，一年後的 2013 年 8 月 6 日，陳光標之子陳環境又在《紐約時報》登廣告宣示釣魚島主權，不過這次卻沒能引起多大的波動。

台灣比大陸富 撒錢在新北、桃園遭拒

2011 年，陳光標聲稱他在台灣捐了 5.1 億台幣，是他以往單筆捐款中最多的一次。此舉被質疑在台灣搞統戰，因為台灣民眾的生活普遍比大陸民眾富裕很多。

2011 年 9 月，國際貨幣基金組織公布的數字顯示，台灣以購買力平價計算的人均 GDP 達到 3 萬 5604 美元，排在德國之後，但超過英國、日本和韓國，位居全球第 20 名。而中國大陸為 7544 美元，排名第 94。也就是說，台灣人比大陸人收入多 4 倍。

據台灣政治大學經濟系教授林祖嘉介紹，2010 年台灣的人均 GDP 大約是兩萬美元，但台灣物價便宜，用兩萬美元買到的東西，在美國要用三萬多美元才能買到，所以折算成三萬多。能在全球排名第 20，這說明台灣人的生活水準和一般先進國家一樣了。

與之相對應的是，國際貨幣基金組織根據實際購買力而調整了的中國大陸的人均國內生產總值，是 7544 美元，排名 94。

資深評論員陳志飛教授分析說，中國 13 億人口中，起碼有 1

至 2 億人生活在每天不足兩美金的貧困線之下。在城鎮，如果把全國人民的工資除以 GDP，這個比例按照官方數據是 22 年來一直呈現下降趨勢，而且下降了 20％，造成現在的情況。

工資占 GDP 的比率，中國人平均是 18％左右，2009 年只有 8％，而歐美等發達國家穩定在 58％左右，全球平均是 40％。也就是說一般的國家會拿出 40％的國民生產總值，退還給他的公民作為報償，但中國不到全世界水平的一半。

陳志飛說：「我估計比馬克思《資本論》當中剝削剩餘價值還令人不可接受。GDP 不但不是中國繁榮的一個標誌，倒是中國人民被剝削的一個標誌。」

陳光標守著大陸底層 2 億多民眾衣食困難的情況下，他一面在大陸假捐款，一面到台灣去撒鈔票，無外乎是為了給中共撐面子：「你看，我們共產黨治下的大陸人富裕了，現在是大陸人來救濟台灣人了！」在中共嚴格管制外匯的情況下，一個普通商人，這樣大張旗鼓的把人民幣換成台幣拿到台灣，沒有中共當局的特批是不可能的。當時中共統戰部長就是江澤民派系的杜青林，而在背後掌控的是曾慶紅。

陳光標到了台灣也故意讓民眾到現場領取鈔票，令台灣各界反彈強烈。2011 年 1 月 24 日據《聯合報》報導，在陳光標去台灣之前，稱已備妥專門印製的五萬個紅包，要派送給台灣的弱勢民眾，在台灣十幾個縣市中，新北市、桃園縣認有治安疑慮且觀感不佳，明確拒絕；新竹縣、南投縣表示歡迎，花蓮、屏東、高雄等縣還在考慮。

桃園縣府社會局表示，大陸企業家要捐款 500 萬元給桃園，對岸愛心很難得，照理不該拒絕，但因對方要求不能用代理人，

且要人到縣府當面發錢，讓縣府很為難，社會局幾經思量，已拒絕這項好意。局長張淑慧表示，捐贈只是「救一時之急」，不能變成「社會烙印」，如果雙方不是在平等、尊重的情況下，社會局不能接受這項贈予。

而陳光標的特務活動最突出的，則是 2014 年 1 月 7 日在紐約上演的「慈善」鬧劇。

周黨反攻大動作

第五章

紐約鬧劇大曝光
騙子露餡了

江派商幹特務、「中國首善」陳光標以購買《紐約時報》為幌子騙取海外媒體到場，請出聲稱是在 2001 年天安門自焚偽案中被嚴重燒傷的母女。此鬧劇再次讓 2001 年的天安門自焚案件成為國際焦點，有人分析他可能引火上身。（大紀元合成圖）

第一節

煽動仇恨是陳光標的主要任務

陳光標 2014 年 1 月 7 日在紐約高調帶兩位面容全毀的女子亮相，以重炒 2001 年「天安門自焚偽案」。對於陳光標執行的這場政治表演，西方媒體基本持負面意見。（視頻截圖）

　　2014 年 1 月 7 日，陳光標在紐約曼哈頓中央花園南側昂貴的 JW 萬豪酒店，召開了新聞發布會。紐約中文媒體悉數到場，但陳光標此前邀請的 70 多家西方媒體只有少數到場。陳光標以卡拉 OK 開場，手拿麥克演唱自己作詞的《中國夢》，多少讓媒體有些意外。陳光標看到無人鼓掌還自打圓場：「啊，記者們手裡都拿著東西，不需要鼓掌。」

　　接著他戴上耳機，教訓翻譯要好好做，否則不給勞務費之後，開始介紹自己。他感謝「偉大的中國共產黨」的改革開放讓他這個苦孩子有了今天，並宣布來美三件事：一是收購、參股、合作《紐約時報》；二是以自己的拆除行業進軍美國市場，參與競標拆除舊金山一座大橋；但是記者會的重頭戲是請出兩個自稱在 2001 年 1 月 23 日天安門自焚案中被嚴重燒傷的郝惠君和陳果母女給媒體拍照。

陳光標自稱已經為兩人整容花費了 117 萬美元，但人們看到的依舊是：頭頂光光的，五官基本都燒壞了，雙手都燒沒了，只有兩隻胳膊。兩人如同機器人一樣背誦事先安排的台詞，陳光標則在一旁反覆叮囑她們說慢點，說大聲點。陳還宣布將安排兩人在美國接受半年的整容，預計要再花費 250 萬美元。

據自由亞洲電台報導，「兩人很熟練的重複了一段在央視節目中慣常出現的對法輪功的譴責。現場有記者提出，根據《華盛頓郵報》文章，2001 年天安門自焚事件是中國政府安排的，為了挑起對法輪功的仇恨。兩位是這一陰謀的受害人，請他們講出事實真相。

陳果：『我們是聽信了劉雲芳講的那些蠱惑人心的鬼話。他是整個事情的策劃人。』陳果還透露，王進東已經死了，可能病死的。陳果說這些年生活在養老院。由於多年來外界無法採訪到當事人，記者希望對陳果做專訪，她拒絕了。」

據《大紀元》報導，現場有記者提問道，自己也讀過法輪功的書籍，法輪功認為自殺、殺人都是不對的，並沒有鼓勵自焚的內容，她們為什麼還要去自焚，而且還把後果都算在法輪功身上呢？

這個燒傷患者「陳果」回答說：「是聽信了劉雲芳的話，劉雲芳是整個事件的策劃人。」而劉雲芳就是中共喉舌報導所謂的「自焚」七人中的一人，是那個在現場沒有給自己澆汽油、說話前後矛盾者。據法輪大法「明慧網」的報導，法輪功學員、中央音樂學院學生王博介紹，她認識陳果，陳果的確曾是中央音樂學院學生，是王博的同學，原來學過法輪功，但 1999 年結識王博的時候，陳果已經不煉法輪功了。

真假自焚母女內幕

1月7日，親臨新聞發布會現場的「追查迫害法輪功國際組織」發言人汪志遠質疑，這兩個燒傷患者是否是真正的「陳果和郝慧君」。他表示，據「追查國際」的調查，自焚偽案是中共江澤民等最高當局為誣陷、抹黑、詆毀法輪功，煽動民眾仇恨法輪功而製造的一個陰謀，其中有多點疑問。

汪志遠問陳光標：「據『追查國際』的調查，自焚的主要成員王進東等人前後不是一個人。『追查國際』委託全球公認的中文語音研究權威——台灣大學語音處理實驗室，對自焚參與者王進東等人，進行了不同場合的語音鑑定。其結果是，在天安門廣場喊話的『王進東』的聲音，與最後在勞教所接受記者採訪的『王進東』的聲音，不屬同一個人。我今天問你的是，你如何確認這兩個人就是陳果和郝惠君？」

陳光標說兩人的護照可以為證。但中國每年成千上萬的人靠假護照偷渡出國，以護照為證，引發各界更深的疑問。

據知情者2005年1月24日在「明慧網」披露：「陳果母女一起被軟禁在開封市北郊福利院中，有一名叫展金貴的開封市公安局退休警察，負責對陳果母女的禁衛。公安人員常年24小時值班，她倆不得與任何外人接觸。」而陳光標憑什麼能夠將當局24小時隔離的人帶走「整容」。

此前也有人在網上披露，陳果已經死於大面積感染。在中共嚴密封鎖消息、24小時軟禁陳果母女的情況下，目前的陳果就是中共刀俎下的「魚肉」，不論她死活都是中共利用來欺騙民眾、煽動仇恨的工具；即使活著，也在中共的掌控下，無法自由地講

出真相。所以她們的真實情況外界無從知曉。

汪志遠分析說：「從我們調查的結果可以推斷，今天的陳果和郝慧君很可能是中共找的替身，她們怎麼能承認當眾撒謊呢？」13 年前的「天安門自焚偽案」中還有個 12 歲小孩劉思影，在傷癒出院當天接受了積水潭醫院院長和醫政處處長的訪問。訪問了很長時間。但兩人走了之後，這名小孩很快就進入了病危狀態，之後迅速死亡。「我們懷疑是殺人滅口。」汪志遠說。

燒傷人的真實身分

不過更多調查顯示，當年陳果在「被自焚」時，早已不是法輪功學員。

2007 年 4 月 27 日，石家莊市中級法院對法輪功學員王博一家的非法二審開庭。北京六位律師以一個律師群體出現在辯護席上，不顧中共的阻撓，首次當庭為受害法輪功學員所做的無罪辯護，令中共驚恐。過程中王博揭開了自焚偽案的又一騙局：其中的「自焚者」陳果，是王博的同學，原來學過法輪功，1999 年結識王博的時候，陳果已經不煉法輪功了。

王博在 2005 年的一個自述中說：「我在上中央音樂學院期間認識陳果，雖然她以前煉過法輪功，但從 1999 年我認識她的時候開始，她已經不看《轉法輪》，也不認為李洪志師父是我們的師父。她認為河南有一個叫劉某某的才是真正的『高人』，而且，還邀請我和我的母親去河南聽所謂的高人『講法』……」

陳果口中所謂的「高人」是劉雲芳，就是中共喉舌報導所謂的「自焚」七人中的一人，就是在現場沒有自淋汽油、說話前後

矛盾者。

關於陳果的身分，新華社的報導內容前後矛盾，先稱陳果的母親郝惠君「自1997年練習『法輪功』以後，漸漸變得少言寡語，癡癡呆呆，常常精神恍惚，萎靡不振。」後稱陳果「在母親的影響下，1996年起，她也煉起了『法輪功』。」新華社的兩種說法，不但時間上前後矛盾，內容上也邏輯混亂，假如母親煉功後變得痴痴呆呆的，聰明的女兒怎麼會受母親的影響呢？這再次印證了大陸百姓那句笑話：新華社的報導，除了日期是真的，其餘都是假的。

明慧網2002年1月24日發表的一篇大陸知情者投稿的文章中也表示：「看過《焦點訪談》後，我們當晚就找到了離中央音樂學院最近的煉功點的一位老學員了解陳果的情況，這位老學員講他自己從1995年秋到這兒煉功。音樂學院的大法學員都在這裡煉功，他經常看到與陳果同宿舍的張倩來煉功，但從未見到過陳果，張倩還去音樂學院自發組織的學法小組學法，從未見到過陳果。」

王博的母親劉淑芹也披露，因為王博知道陳果事情的真相，為了封住王博的嘴，中共不惜動用一切手段，摧毀王博一家人。

公安部高官透露「自焚」內幕

在「自焚」偽案發生後的十年中，有很多知情人向海外透露的消息證實，天安門「自焚」是中共一手策劃的，在事件發生前，中共內部早已有消息走漏出來。

中國民主黨國內負責人之一林春水曾經向海外透露，公安部

一高級官員 2001 年 1 月 28 日向他提供的消息：王進東 23 日自焚，賈春旺（當年的中共公安部長）22 日就知道消息。他還表示，在中共中央政法委的會議上，羅幹曾經說（大意）：「根據掌握的情況，即使我們王進東不自焚，也會有張進東、李進東等跳出來表演。」

明慧網 2010 年 10 月 13 日發表一篇文章，大陸一位知情者披露，2001 年過年前，他所在單位領導告訴他，大年三十期間天安門廣場要發生自焚，並告訴他說，這個消息是上級通知的，北京方面下來的。該文分析說，按照常理，若不是中共自導自演這場鬧劇，既然它都能通知基層單位，有人要在天安門廣場搞自焚，並明確說是大年三十，要想制止這件事情的發生，根據中國的現狀及中共的勢力和防範能力，它完全可以控制天安門廣場不讓任何人出入，怎麼會在天安門廣場發生這場「自焚」鬧劇呢。

也有來自中共喉舌內部的人士向海外披露，所謂的「自焚」是當局策劃、喉舌央視配合造假。郝惠君與陳果母女是自焚者中長相最好的，特別是陳果，是中央音樂學院的大學生，長得秀氣苗條。那麼為什麼要留著她們母女？顯然是在為這次自焚留下所謂的「證明」——為構陷法輪功、煽動民眾仇恨之用。

第二節

少女自述六年被騙苦難

因為王博（中）知道陳果事情的真相，
為了封住王博的嘴，中共不惜動用一
切手段，摧毀王博一家人。（明慧網）

　　早在 2005 年 12 月 14 日，《大紀元》就發表了《少女自述
六年苦難 稱中共媒體騙人》的報導。文章這樣寫道：

　　「12 月 13 日王博在公開信中首次披露了 1999 年以來她被欺
騙、折磨和利用的痛苦往事。她稱《焦點訪談》和新華社完全歪
曲報導了她和父母的經歷。王博，女，中央音樂學院學生，因信
仰法輪功被迫退學。19 歲時被判勞教三年，後在嚴酷精神折磨下
『被轉化』，隨後配合『610』抓捕了自己的父親。2002 年中共
官方媒體以其為轉化典型大力報導，並讓其復學。復學三年裡，
『610』派專職警察左右不離的『陪讀』。目前其母劉淑芹，其
父王新中均被關押在石家莊市勞教所。」

　　據明慧網報導，王博在給全世界民眾的信中寫道：「我現在

才發現，最險惡的就是他們笑著騙你。如果說這個凶神惡煞地對待你的話，你還能夠看清真相。可是他們對待我的時候，他們總是笑咪咪的，可是使出來的招都是特別陰的。他們總是用各種方法，看到你擔心什麼，那麼他們就會利用這一點，達到他們的邪惡目的。」

王博在信中說：「我是在 1996 年接觸法輪功的，由於我當時正在上高中，課業非常緊張，所以我很少煉功和學法。在 1999 年高考結束後，我剛剛要開始煉功，中共政府就開始了瘋狂地鎮壓法輪功。在 2000 年底的時候，我到天安門打橫幅向世人講清真相，告訴大家法輪大法是正法。正因為我說了真話，中共政府非法判我勞教三年。」

是誰毀了這個家？父親逃亡在外 母女被勞教

在 2002 中央電視台的《焦點訪談》節目中，聲稱：「這個家庭因修煉法輪功而名存實亡」，但其父王新中在 2002 年自述全家三口修煉故事時表示，「1996 年前，我和我愛人感情不和，準備在 1996 年王博上高中後協議離婚，我從單位申請了房子，做好了離婚的準備。

就在 1996 年 7 月我愛人開始修煉法輪功，通過修煉我發現她從思想、性格、身體各方面變化非常大，也改變了對我的看法和態度，隨後我也開始了修煉。我們按照真、善、忍去做，事事為別人著想，遇事找自己的不足，我們夫妻相互溝通，互相理解，生活重新出現生機，我們的家庭和睦了。各種疾病不翼而飛，扔掉了多年存藥的大箱子，退掉了準備離婚住的房子。

　　王博有了歡樂的家庭，這個家庭的變化，使她認識到了修煉做好人的意義，嚴格要求自己，並重新開始了學習鋼琴。大法在她身上體現出超常的智慧，學習成績穩步提高，並在 1999 年高考中以優異的成績分別被中央音樂學院、天津音樂學院、河北師範大學三所院校錄取。

　　就在我們對美好的幸福生活充滿信心的時候，1999 年 7 月 20 日江澤民政治流氓集團開始肆意歪曲迫害法輪大法，迫害因煉功身心受益的廣大法輪功學員。我們法輪功學員感到有責任向政府表明我們的意見，曾經依法上訪，卻遭到殘酷迫害。兩年多來我先後被開除黨籍、撤銷職務、調離工作、停發工資。以致 2001 年 5 月在單位無辜遭市『610』一夥員警毒打，電棍、警棍拳腳相加，將左眼打出淤血，後腰受傷，被迫流離失所。我愛人也被銀行開除公職，多次被非法拘留、關押，後被勞教三年。王博上大學一年後，因不放棄修煉法輪功，被迫退學，後因依法進京上訪被非法勞教三年。

　　我們只為說一句真心話，不放棄真、善、忍大法修煉，卻遭到了如此迫害，一個好端端的家庭支離破碎。如果沒有江澤民政治流氓集團的迫害，我們將在不同的崗位服務於社會，是個美滿幸福的家庭，然而《焦點謊談》卻不顧法輪大法使我的家破鏡重圓、幸福美滿這一被許多人所了解的事實，嫁禍於法輪功，顛倒黑白，欺騙世人。」

王新中多次被抓 最先識破騙局

　　據國際營救組織介紹，王新中曾是石家莊鐵路分局機務段

的幹部，平易近人，工作兢兢業業。2001 年 5 月份，石家莊市「610」歹徒越權闖進機務段，對正在上班的王新中大打出手，後又從單位直接劫持王新中，對其刑訊逼供，然後把受傷的王新中交給機務段，責令看押軟禁。王新中走出單位大門後被迫流離失所。

2001 年底，王新中回家時，被已經接受洗腦的女兒王博帶著警察抓進了河北省會洗腦班。在謊言欺騙和高壓威脅下，警察稱若不配合就不許王博回校讀書，為此王新中曾一度妥協，接受了中央電視台的採訪。等節目播出後，王新中發現自己被欺騙了。播出的節目跟當時他們的本願大相徑庭，於是認清洗腦班偽善的真實面目，2002 年 5 月藉機逃出，再度流離失所。

2002 年 10 月，王新中在山西省臨汾市，被堯都區公安分局政保大隊抓捕，被關在堯都區看守所裡八個月。據悉，河北省「610」為撈取政治資本，曾與山西省官員私下交易，山西省「610」要價三、四十萬元，方答應給人。隨後王新中被關押在石家莊市勞教所二大隊。

鄧小平都「悔過」了，何況一個 19 歲的女孩？

2000 年 9 月，王博因未寫放棄修煉的保證而被迫退學。她曾三次去北京上訪，後於 2000 年 12 月被判勞教三年，關押在石家莊勞教所，當時她年僅 19 歲。2001 年 4 月，王博被石家莊市勞教所當作「頑固分子」，送到北京新安女子勞教所強制洗腦。

王博在信中說：「我剛剛去的時候，他們騙我說是參觀什麼展覽，我拒絕，等到把我送到新安勞教所裡面，將我送到所謂的

心理諮詢室裡的時候，我都不清楚到底把我抓來是要幹什麼，直到開始跟我談話，強迫我，要求我穿上他們當地的勞教服的時候，我才明白他們是要『轉化』我，我才第一次聽說了『轉化』這個詞。之後就是沒日沒夜的談話，不允許我睡覺，時間越來越長，我越來越疲勞，非常睏，已經睜不開眼睛，他們怕我睡覺，就強制我站起來，不讓我坐著。後來還曾經強制我蹲在牆角，倒立頭，不許我動。

在我非常睏的情況下，他們強制讓我穿上了當地的勞教服，之後呢，我清醒的時候，我認為他們對我這些強行施加給我的東西都是不應該接受的，於是我要脫下這身勞教服。那裡的惡警就讓我坐在椅子上，然後把我的雙手和椅子，就是那個腿之間的那個橫梁銬在一起，也就是我的上身和大腿整個是重疊的，我的手基本上是觸地的。時間長了之後，我的手整個都變成黑的，而且腫得很厲害，到最後他們想把手銬解開的時候，已經解不開了，因為手腫得太厲害，手銬已經都嵌在手腕上了，這樣，到第六天下午的時候，我已經沒有什麼意識可言了，頭腦一片混亂，已經是非常非常地睏，根本沒有辦法正常思考問題，當時的感覺心都發慌，整個人進入一種傾向就是睡覺。」

在連續六天六夜不讓睡覺的「封閉式」灌輸中，白天黑夜都被強迫看各種顛倒黑白、混淆是非的謊言錄像，19歲的少女終於支撐不住了。一位網民曾評論說，別說是父母掌上明珠的小姑娘了，就連鄧小平、劉少奇這樣從死人堆裡走過來的老漢，都抗不過中共的洗腦折磨，他們都寫了悔過書，何況一個溫室裡的嬌嫩小花呢？她哪見識過中共整人的手法呢？

央視《焦點「謊」談》惡意扭曲 誣陷受訪者

王博被轉化後，說是提前解教，實際上是被送到了「河北省法制教育培訓中心」，也就是老百姓說的「洗腦班」，在那當「助教」，每月工資 600 元。王博在信中談到自己為何要誘騙父親被抓：「他們說，我們現在得知妳的父親在外面事情做得挺大的，這要是被抓起來的話，怎麼也得判刑了。……我當時也是因為糊塗，不想讓我的父親再吃苦，最後他們就欺騙我，說如果我父親早些明白過來可能會更好一些，所以我就配合了抓捕我父親的行動。在這件事情發生之後，我馬上就發覺不對勁了。我就特別後悔。」

在談到突如其來的採訪時，王博說：「我覺得作為記者，作為媒體，最重要的就是真實；我的父親、我的母親都是這樣想的，而且也都希望通過我們能夠告訴大家煉法輪功的人不是不理智的，更不會去做一些自焚的事情。我們在家裡面也都是因為修煉法輪功之後，一家的矛盾化解開了，大家都是生活得很好，所以說，我們就這樣接受他的採訪。」

「當時採訪的時間大約有三個小時，可是真正《焦點訪談》播放出來的時候，時間已經很短了，而且裡面的話都是經過刪減了，雖然有些話是我講的，但實際是已經變了，不是我真正要表達的意思。」

「尤其這裡要提的是，新華社在《人民日報》上一篇參考，那裡面的話是完全篡改的，根本就不是我說的話，從我嘴裡不會說出那麼仇恨的話，不會說出那些煽風點火的話。當時我和我父親看了這份報紙後就非常生氣，我們沒有想過中國最大的報紙上

怎麼會出現這樣的，就是篡改了的、根本就和事實不符的言論，而且它有幾篇話起點就是在誣陷我，而且真的是我覺得他們其實就是在有意這樣做，他希望我斷掉重新走上修煉的路。我沒有說過那些話，可是我確實是接受了採訪，所以我就是要負責任的。這些話使我沒有勇氣再去面對法輪功學員，我覺得他這樣做實在是太卑鄙了，他們只是為了達到他們的目的，就可以這樣不擇手段、完全不講道德。我的父親也是因為這個，發現這個事情是一個騙局，我們都被他們利用了。」

時刻被監視痛苦難抑 想起大法禁止自殺才活下來

王博父親發現被騙後，很快就逃離了洗腦班。結果警察就更加嚴密的控制王博，對她實行軟禁，沒有任何自由。後來她復學後，河北省「610」一直派人進行「陪讀」，無論她走到哪裡都有人跟蹤於其左右前後，就連過年時，王博也是在全面監控下去所有的親戚家走了一遍，有的僅待了十幾分鐘，有的甚至是當地派出所警察先出面「偵察」後，王博才在石家莊市「610」、市公安局的挾持下看望親戚。

對這樣時刻被監控的生活，王博很痛苦，她在自述中說：「我越來也越看清了他們的面目，但是由於我長期看不到法理，沒有辦法和其他人接觸，所以我沒有辦法化解，我對他們的怨恨越來越深。自己的精神狀態是非常不好。經常就是大哭，我經常有時候中午一個人的時候，吃飯的時候實在受不了了，就放聲地大哭。而且我的這種自虐的心理越來越強，我就開始亂吃藥。因為在我還有自由的時候，我爺爺是高血壓，我給我爺爺買過降壓藥，我

還沒有空給爺爺送去，他們就軟禁了我，不再給我任何自由。然後我就開始一大把、一大把地吃降壓藥，然後就是暈倒，磕得頭上也是包，摔得很厲害。有一次把尾骨也摔壞了，當時就覺得活著真的是沒有什麼意義。還被他們這樣誣陷了。」

「後來還有一次，就是有一點什麼小事，可能刺激我做出一些自殘的事情，有一次我就把左手腕，特別狠地拿刀子割了三刀，血一下子就流出來了，當時流出來的時候，我就忽然想到了師父說不讓自殺，自殘都是有罪的，是不理智的，所以我就停下來了。……有的時候，自己沒有自由，就真的是想自殺。」

「惡黨一直在胡說，煉法輪功的人怎麼怎麼自殺，法輪功會讓人自殺。可是現在我就可以告訴全世界所有的人，在那個時候我糊塗了，我不再煉了。但是在這關鍵的時候，在我要放棄自己的生命的時候，竟然是大法，是我想到了李洪志師父的話，所以我才活下來。」

王博在公開信的最後，呼籲大家看清中共的虛假面目，每個中國人，只有脫離共產惡黨，才能真正的獲得自由。

第三節

鬧劇失敗 國際譴責

法輪大法信息中心敦促美國進行徹查

對於陳光標上演的這齣鬧劇，總部位於紐約的法輪大法信息中心 2014 年 1 月 7 日當天第一時間發布公告聲明：「2001 年天安門自焚案的自焚者不是法輪功學員，該事件是中共當局親自導演，用之來煽動公眾對法輪功的仇恨。法輪大法信息中心呼籲美國社會對此敲醒警鐘，敦促美國媒體對此進行徹查。」

法輪功發言人張而平揭露：「當時所謂天安門自焚這個事情出現之後，西方記者就和我們聯繫，然後他們表示，要採訪所謂自焚的人士，都被中共當局拒絕了，而且只讓所謂的 CCTV、《人民日報》、新華社去採訪。」

從 2001 年 1 月 23 日的所謂「天安門自焚事件」在電視播出不久，國際媒體都想進行調查，但都被中共官方拒絕了。僅有的

幾篇報導，都是在案發當天和中共中宣部禁令下達前短暫時間內進行的，但僅僅這樣倉促的調查就已經發現很多破綻和疑點，此案被國際社會公認為「世紀偽案」、或「天安門自焚偽案」。

美國《華盛頓郵報》在 2001 年 2 月 4 日頭版頭條發表署名菲利普‧潘（Philip P. Pan）的調查報告《自焚的火焰照亮了中國的黑幕——自焚的動機乃是加強對法輪功的鬥爭》。菲力蒲親自到自焚身亡的劉春玲的家鄉開封實地調查，鄰居們說從來沒有人看見過劉春玲煉法輪功。而且調查得知：劉春玲不是開封本地人，生前在夜總會靠陪吃、陪舞謀生；劉春玲曾不時毆打老母和幼女；從來沒人見到劉春玲煉過法輪功。

法輪功發言人張而平說：「法輪功根植於佛家，其核心原則是真、善、忍，通過打坐煉功來促進個人的身心健康。」他說：「法輪功的主要著作——《轉法輪》和其他的教導明確禁止殺生和自殺。並且，（中共）國家媒體所播放的視頻中，自焚者的打坐的動作是不正確的。這些人如果不遵守這樣最基本的教導和按正確的方式來打坐的話，他們可能是法輪功學員嗎？」他說：「他們（自焚者）的行為不能代表法輪功，法輪功鼓勵人們要真、善、忍，珍惜一切生命，包括自己。」

揭露「天安門自焚」真相的影片《偽火》獲得第 51 屆哥倫布國際電影電視節榮譽獎，該紀錄片揭開了部分漏洞：如數十個滅火器哪裡來？所謂自焚組織者王進東全身燒焦，頭髮和裝汽油的塑料瓶卻完好無損，而且聲音鑑定前後不一致；燒傷女孩劉思影氣管被切開了還能唱歌；重度燒傷患者居然嚴密包紮，違反醫學常識；另外，為什麼拘禁外國記者，沒收現場的拍攝錄像，為什麼警察背著滅火器巡邏等等。

2001 年 8 月 14 日在聯合國會議上，「國際教育發展組織」進行權威性技術鑑定後，就「天安門自焚事件」，強烈譴責中共當局的「國家恐怖主義行徑」：所謂「天安門自焚事件」是對法輪功的構陷，涉及驚人的陰謀與謀殺。聲明指出：錄影分析表明，整個事件是「政府一手導演的」。中共代表團面對確鑿的證據，沒有辯詞。

另外兩個有力的證據是，在法輪功的主要書籍《轉法輪》第七講中明確指出：「殺生這個問題很敏感，對煉功人來說，我們要求也比較嚴格，煉功人不能殺生。不管是佛家、道家、奇門功法，也不管是哪一門那一派，只要是正法修煉，都把它看的很絕對，都不能殺生，這一點是肯定的。」同時，對於自殺的問題，在李洪志先生的著作《法輪佛法——在悉尼講法》中也明確指出：「自殺是有罪的。」目前在全世界 114 個國家和地區約有一億多人學煉法輪功，除了中共編造的這一起所謂法輪功自焚案之外，全世界其他地方、其他時間都沒有再發現所謂法輪功自焚案，這也從另一角度證明這是中共強加給法輪功的栽贓誣陷。

國際社會譴責中共欲再次誣陷法輪功

2014 年 1 月 7 日在陳光標新聞發布會後，「美國之音」記者當即質疑，「如果是一位一心只為他人著想的慈善家，何以忍心將兩位在一場至今未被獨立調查的自焚中倖存的面容全毀的母女登台當眾亮相？」並稱這是記者看到台上兩人時的第一感想。

CBS 電視台 1 月 7 日報導說，陳光標讓這兩名女子展示她們可怕的燒傷，她們的臉布滿疤痕，好像戴了面具，不像真實的。

從錄像上看，那個所謂陳果的左眼部位被一種厚厚的透明的膠狀物質故意覆蓋著，不像燒傷整容後的人皮。

英國《金融時報》指出：「沒有任何證據表明自焚者是法輪功的人。」路透社的電訊寫道：「北京正在利用身體被燒焦的恐怖形象，來作為與法輪功打傳媒戰的最新武器。」

一句話，對於陳光標執行的這場政治表演，西方媒體基本持負面意見，很多媒體都在指責陳光標這個「慈善家」，很多媒體稱中共在紐約上演的鬧劇只是一個國際笑話。

如《華爾街日報》1 月 8 日報導說，在《華爾街日報》對他的採訪剛開始時，陳光標就擺好了姿勢與聘請的當地保鏢合影，但保鏢們以責任為由，拒絕了陳光標請他們在合影時把槍也秀一下的要求。陳光標拿出的名片上印有「中國最具影響力人物」、「中國首善」、「中國最具號召力慈善家」等諸多頭銜。他還承認炒作是自己形象的一部分。

港台等媒體錯判局勢 自毀聲譽

令陳光標徹底失望的是，他在紐約的新聞發布會，不但海外媒體大多是負面反饋，連大陸官媒也對此三緘其口，新華社在事發兩天後才給出一個英文報導，突顯中南海的分裂。

2014 年 1 月 9 日，海外多維論壇網站出現一篇名為《新華社：陳光標助法輪功自焚者治療（中英文）》的文章，出示一份新華社英文版對此事報導的影印件，通篇是對「天安門偽案」的陳述和對法輪功的誣衊。多維還編譯成中文，並稱新華社刊登過。

但實際情況是，陳光標這次的消息在大陸遭罕見封殺，所有

刊登的網站都撤稿、刪除 。大紀元記者搜索發現，新華網從來沒有刊登此文。

就在大陸媒體對江派在海外炒作自焚案持「抵制」態度，卻有一些江派背景的海外中文媒體錯判形勢，在陳光標事件上暴露了其被中共滲透，接受中共指令的真實身分。

如香港《星島日報》及《明報》等港台媒體報導了陳光標在紐約詆毀法輪功的說辭。這類媒體自我設限，審查新聞來討好中共。或者股權被中共收購，受中共操控。這些媒體對國際大媒體的報導斷章取義，幹著助紂為虐的事情，毒害其讀者，斷送聲譽。

外界評論說，法輪功問題是試金石，在關鍵的時刻，這些媒體的真實背景便會暴露出來。

此外，2014 年 1 月 1 日，美國舊金山中領館發生縱火案。1月 7 日，《世界日報》發表記者陳運璞的文章《僑領談縱火案 李心培憂：背後有人支持》，文中以親共僑領李心培的言論，影射該起縱火案與法輪功學員有關，煽動華人社區對法輪功的仇恨。《世界日報》不負責任的報導，受到當地法輪功學員的強烈抗議。

1 月 10 日上午，舊金山灣區部分法輪功學員來到舊金山《世界日報》報社辦公樓前，舊金山法輪佛法學會總協調人黃雲博士宣讀了公開信，要求撤掉誣衊文章，並道歉。

《世界日報》報社接收了法輪功學員遞交的公開信，及《九評共產黨》、揭露天安門自焚騙局偽案的錄像等資料，並承諾今後將本著立場公正的原則進行報導。

江派特務在美國一東、一西的故意煽動對法輪功的仇恨，最後都以失敗告終，畢竟人們還是有辨別真偽的良知善念。

第四節

陳光標懸了 國信辦急刪新聞

　　陳光標的賣力炒作，不但在國外惡評如潮，在國內也遭到同樣負面的對待，有人分析他可能因此引火上身，給自己帶來無窮禍害。

　　2014 年 1 月 8 日，據加州伯克利大學分校創辦的「中國數字時代」披露，國信辦急令各大網路，刪除最早由騰訊網轉載的這條《陳光標美國開發布會為自焚者提供 200 萬美元手術費》的新聞。

　　很多人認為，這次陳光標要倒楣了。據德國之聲報導，旅美新媒體人北風表示：「陳光標這次十有八九要拍到馬腿上，把全世界的目光聚焦到法輪功問題上，對中共來說可不是件開心的事情。」

　　他說，「六四」問題和法輪功問題，還是中共當局不敢拿到檯面來講的事情，中共當局還在繼續當初的定性和作法：「這是

讓他們臉上無光的事情，和法輪功相關的『勞改營』、『偷摘器官』都是飽受國際社會的指責，且不論這母女倆她們的炒作真正原因是什麼，但當外界重新聚焦到法輪功這個問題時，對當局來講都是失分的過程。從當局最近布置的一系列頂層設計來看，不會突然來這麼一招，讓國際社會轉移焦點，所以國信辦刪文太正常不過了，陳光標這次真的有可能拍到馬腿上了。」

他還表示，很難想像中共當局把敏感事件的試水交給一個不靠譜的商人來實施，「類似的議題即使要操作，中共也會讓一個更精細、更穩妥的對象來操作。昨天有一個美國資深媒體人說，羅德曼和陳光標在推特上成了兩個小丑，美國這邊的媒體和一些公眾對陳光標的印象也是非常負面。由負面的人來做一番義正嚴辭的指控的話，其實效果絕對大打折扣，我想不太可能是中國官方派給他的任務。」

北風認為，陳光標「這次我看他回去懸了。對於習近平這種愛面子、愛名聲的人，讓陳光標這樣的人在外折騰的話，也會臉上無光，一句話就能把他查個半死。」

2014 年 1 月 12 日，大陸作家余耕也表示：「眾媒體敢明目張膽剝陳光標畫皮，按中國特色理論，非陳光標這頭妖孽原形畢露，而是他背後主子即將完蛋。善於人知便是偽善！早些時候，我批評陳的高調慈善，便遭遇很多人攻擊，甚至是身邊人。現在想來，價值判斷真的很重要，可惜的是我們的價值觀，早在『我們是某主義接班人』的歌聲中毀得支離破碎。」

復旦大學新聞學院畢業的大陸小說家任曉雯說：「以前我說了一嘴陳光標有貓膩，被很多人指責，認為只要做慈善了怎麼著都可以。在中國，每個妖孽背後必有一潭很深的水。現在看到不

止一篇揭露文章出來，說明陳靠山危矣。不要離權力太近，因為隨時會被當個小卒拋出去犧牲掉。」

也有大陸民眾舉報說，「中國首善」在前台表演，幕後的導演究竟是誰？透過最近海外媒體關於江蘇官場的報導，不難看到江蘇省委書記羅志軍、南京市委書記楊衛澤甚至蘇州市委書記蔣宏坤等人的幢幢鬼影。羅志軍積極推行江澤民的迫害政策，曾親自跑到監獄督陣對法輪大法弟子強制轉化，揚言一旦發現誰出獄以後發表「嚴正聲明」，要立刻抓回來重新判三年以上。無法無天，惡行昭彰，早就上了明慧網的惡人榜。南京市副市長陳剛的妻子李敏修煉法輪功，端正賢良，相夫教子，家庭和睦，孩子品學兼優。在強行壓制下，通過法院離婚，導致家破人散，李敏無辜入獄成囚，失去公職。羅志軍最近惡有惡報，被王岐山調查，已限制其行動自由，不能離開江蘇省，連賣菜小販也盡人皆知。但為掩飾其內心虛弱恐懼，還在頻頻露面。

周黨反攻大動作

第六章

被中共竭力掩蓋的
自焚真相

中央电视台"焦点访谈"录像回放……

刘春玲身上的火焰已经基本熄灭，突然，有人用物体猛击她的头部，刘春玲随即倒地，一条状物快速弹起，从死者脑后飞出数米远，又以极快的速度从空中落下。

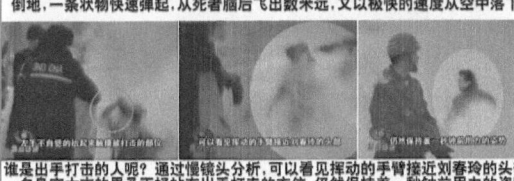

谁是出手打击的人呢？通过慢镜头分析，可以看见挥动的手臂接近刘春玲的头部一名身穿大衣的男子正好站在出手打击的方位，仍然保持着一秒钟前用力的姿势

2001 年的天安門自焚偽案，李東生就是直接參與、策劃者之一。
圖為《焦點訪談》慢動作分析，清晰可見「自焚者」劉春玲被一
名警察狠擊致死。（明慧網）

第一節

追查國際：
自焚案是構陷法輪功的陰謀

　　鑒於中共江澤民集團打手陳光標打著「慈善」的幌子，自 2014 年 1 月 7 日起在美國紐約炒作 13 年前的「天安門自焚偽案」，追查國際（追查迫害法輪功國際組織）於 1 月 7 日發出公告，再次重申「天安門自焚偽案」是中共構陷法輪功的陰謀，以正視聽。

　　公告內容如下：

　　「追查國際」的調查證據證明，這場所謂「自焚」事件是江澤民、羅幹等當時中共最高層策劃的一場陰謀。其目的是誣衊法輪功，欺騙全國民眾，使民眾盲從中共迫害法輪功的政策。

　　第一個證據是，經語音鑑定，自焚的主要成員王進東等人前後不是一個人。「追查國際」委託全球公認的中文語音研究權威——台灣大學語音處理實驗室，對自焚參與者王進東等人，進

行了不同場合的語音鑑定。其結果是，在天安門廣場喊話的「王進東」的聲音，與最後在勞教所接受記者採訪的「王進東」的聲音，不屬同一個人。可以斷定，前後出現的「王進東」，至少是由兩個以上的人所扮演。

第二個證據是，參與自焚的成員之一，12 歲的劉思影，在出院的當天突然死亡，十分蹊蹺，涉嫌被謀殺滅口。「追查國際」從積水潭醫院的醫務人員處調查得知，2001 年 3 月 17 日，劉思影在傷勢經各方面治療基本癒合、身體正恢復健康的情況下，準備出院的當天，星期六的中午 11 至 12 點左右醫生突然發現劉思影已處於病危狀態，並很快死亡。劉思影在死亡之前，曾接受過北京市醫政處處長和醫院負責人較長時間的談話。在談話時劉思影還活蹦亂跳，很正常，而在他們離開之後大約兩小時，劉思影突然進入病危，並迅速死亡。當時醫護人員普遍認為，這個小孩的死亡非常可疑。

第三個證據是，「自焚」人員在天安門到積水潭醫院的護送途中似被轉換調包。參與自焚的相關人員被搶救脫離現場後，送往積水潭醫院的車程時間大約只需 20 分鐘左右，但他們花了兩個小時。這是一個令人質疑的破綻。這中間發生了什麼事情？這個過程中他們把這些人（自焚燒傷者）運到哪裡去了？由此，不難得出與「多個王進東」證據相互印證的結論：這些涉嫌人員的身分在事發後被動了手腳。

據新華社 2001 年 1 月 30 日對自焚事件的報導稱，1 月 23 日 14 時 41 分，在人民英雄紀念碑的東北側，王進東首先點燃火焰，不到一分鐘，幾名民警連用四個滅火器，迅速撲滅了這名男子身上的火焰，並用值勤警務車將其迅速送往醫院救治。幾分鐘後，

人民英雄紀念碑北面，四名相距不遠的女子點燃了身上的汽油。僅過了一分半鐘，火焰均被撲滅。事件發生後不到七分鐘，北京急救中心的三輛急救車也及時趕到現場，將傷者緊急送往北京治療燒傷最好的積水潭醫院。

根據上述新華社的報導，自焚者應該是在下午三點之前被槍救脫離現場，送往醫院，加上天安門到積水潭醫院十公里左右（相當於六英里左右）的路程，這些燒傷者應該很快就被送到積水潭醫院。

然而根據調查，積水潭醫院多位工作人員確認，自焚者在傍晚五點多才被送到積水潭醫院。那麼，從下午三點左右到傍晚五點左右，中間約有兩個小時的時間，去向不明，涉嫌人員轉換調包。

第四個證據是，自焚錄像顯示劉春玲被一穿軍大衣的男子用重物擊打並倒地。從中央電視台《焦點訪談》節目中自焚現場錄像的慢鏡頭可以看到，有一名身穿大衣的男子手持一重物，用力向死者劉春玲的頭部擊打，導致劉春玲急速倒地，並用手護衛被打的左側頭部。「追查國際」有理由認為劉春玲極有可能是在現場被打死，而非被燒死。

如果進一步想一想，這史無前例的天安門自焚，一個突發的事件，只燒了一至二分鐘，而央視全程錄像報導，遠、近鏡頭、特寫畫面，拍得那麼好！？很多警察拿著滅火毯、滅火器都在現場同步滅火等等，這些事實證明這個「自焚」事件是一場陰謀。

詳細證據請查閱「追查國際」的網站（http://www.zhuichaguoji.org/），或直接來電、來函諮詢，我們可以隨時回覆。

我們呼籲全世界全面追查中共的反人類罪惡！懲辦罪犯！因

為徹底清算中共迫害法輪功的罪惡，是一場史無前例的人類道德良知的保衛戰！是正與邪的大篩選，是對每個人、每個組織、每個國家政府的道德良知的全面檢驗！願人們在這歷史重要時刻，審時度勢，明辨善惡，站在正義良知的一邊，為民除害，建立歷史功勛，切莫錯過機會！

「追查國際」將一如既往地幫助和協調國際社會正義力量及刑事機構，在全球範圍內徹底追查迫害法輪功的一切罪行以及相關的機構、組織和個人，無論天涯海角，無論時日長短，必將追查到底，協助受害者將罪犯送上法庭，嚴懲凶手，警醒世人。

追查迫害法輪功國際組織

World Organization to Investigate the Persecution of Falun Gong
電話：1-347-448-5790；傳真：1-347-402-1444；
郵信地址：P.O. Box 84, New york, NY 10116
網址：http://www.zhuichaguoji.org/、http://www.upholdjustice.org/

相關文獻

1. 《語音驗證結果報告》，網址：http://www.zhuichaguoji.org/node/39，2003 年 4 月 19 日。
2. 《「天安門自焚疑案」調查報告（一）》，網址：http://www.zhuichaguoji.org/node/41，2003 年 5 月 16 日。
3. 《「天安門自焚疑案」調查報告（二）》，網址：http://

www.zhuichaguoji.org/node/42，2003 年 8 月 15 日。

4.「追查國際」關於「天安門自焚」偽案十周年回顧，網址：http://www.zhuichaguoji.org/node/12180，2011 年 1 月 20 日。

第二節

「天安門廣場自焚」疑雲叢生

2001 年 1 月 23 日的所謂「天安門自焚事件」組織者王進東全身燒焦，頭髮和裝汽油的塑料瓶卻完好無損。警察拿著「滅火毯」，卻垂在王進東的身後，明顯是在擺拍作戲，不是在救「火」。（明慧網）

在「自焚事件」發生後不久，明慧網發表了分析中共《焦點訪談》報導的十二大邏輯漏洞。

疑點一：警察先到位，然後自焚者才開始點火

《焦點訪談》中有一個鏡頭：一個著火的人蹣跚著向前走，三個警察分別在「自焚」者的左邊、右邊和前面站著，手裡都拿著滅火器，左邊的警察首先開始滅火，然後幾乎同時，右邊和前面的警察開始滅火，從左邊第一個警察開始滅火到火被三個警察合力撲滅，整個過程大約兩秒鐘。

我們來分析一下這個鏡頭，天安門廣場本身沒有滅火器，所以警察的滅火器有兩個來源，一是 IVECO 警車上配的滅火器；二

是人民大會堂裡或廣場其他建築裡的滅火器。一般一輛小型車裡配一個滅火器，而且是小型的，大型車可能會配兩個滅火器，但一輛 IVECO 裡絕不會配三個大滅火器，也就是說三個滅火器應該是從不同的地方拿來的。試想當時的情況，自焚者向身上倒汽油，這時警察不會立刻就去拿滅火器，因為在天安門廣場自焚，史無前例，警察絕不會看到一個人向自己身上倒東西就立刻去拿滅火器。然後自焚者點燃身上的汽油，這時三個警察開始反應，分別從遠近不一的三輛警車的座位底下或旁邊，或從人民大會堂，取出滅火器，在奔向自焚者的過程中，拔掉滅火器保險栓，衝到自焚者面前，實施滅火，先到的警察先開始滅火，然後其他兩個警察先後趕到，分別開始滅火，而這時自焚者還在向前蹣跚地行走。

一個人自焚，由於燒灼的巨大痛苦，走不了幾步就會跌倒。假設三個警察是從開始反應到從車裡拿滅火器，再到狂奔幾十米衝至自焚者面前，整個過程不超過十秒鐘，而三個警察從遠近距離懸殊的三個地方跑過來卻幾乎同時到達現場。央視鏡頭顯示，離自焚者最近的一輛警車距離不到十米，其他警車都在幾十米開外，但奇怪的是，三個警察事先站在自焚者的左邊、右邊和前面的方位，然後幾乎同時開始滅火，大約兩秒鐘內即把火撲滅。從鏡頭上看，第一個警察開始滅火時，另其他兩個警察並不是從別處狂奔過來，而是已經在自焚者旁邊站好了。這個場景更合理的解釋應該是：警察先到位，然後自焚者才開始點火。

疑點二：哪來的滅火器

鏡頭中出現了兩個滅火器，而且還是類似大樓裡消防用的大

滅火器，長度大約相當於一個成人的手臂，而 IVECO 這種小型客車裡配的是較小的那種滅火器，大概只有一個成人的前臂那麼長，那麼警察這些大滅火器是從哪裡來的？可選答案是：1. 人民大會堂或廣場上其他建築；2. 警察事先準備好的。如果答案是 1，那就和上邊第一條描述的場景，衝突就更大了。所以這些滅火器只能是事先準備好的。如果說警察事先知道有人要自焚，在警車裡準備好了滅火器，但仍然不能解釋為什麼三個警察先站好方位，然後才開始滅火。

疑點三：央視攝影記者真幸運

央視記者簡直太幸運了，居然捕捉到了如此突發、短暫的焚燒鏡頭，特別是現場從地面拍攝的那幾個近距離鏡頭。更「幸運」的是，攝像機最近鏡頭離焚燒現場居然只有幾米到十幾米。

關於「六四」事件的錄像帶中有一個鏡頭：一個人擋在裝甲車前，而裝甲車想從這個人旁邊繞過去。那是從遠處的樓上拍的，畫面很不清晰。當時記者特意同步留言：「請注意下面這個珍貴鏡頭。」他們知道能拍到這種短暫現場鏡頭是不容易的。而自焚案的拍攝者「恰巧」在廣場，「恰巧」離自焚者不到 20 米，「恰巧」攝影機處在待機狀態（不然從點火到滅火幾秒鐘的時間，攝影師根本沒有時間調整攝像機）。

對這一條更合理的解釋是，攝影師是事先安排好來廣場拍攝「自焚」的。

疑點四：大面積燒傷後 說話底氣十足

《焦點訪談》中放了幾個醫生描述燒傷者狀況，說氣管燒傷，需要切開喉管做手術。眾所周知，人身上著火，身體周圍的氣體溫度非常高，這時人呼吸吸入灼熱氣體，必然會燒傷舌頭、聲帶、氣管。所以醫生說得沒錯。但電視上顯示，「王進東」坐在廣場那裡，火已經滅了，但卻聲如洪鐘地大喊「宇宙大法是人人必經的大法」（這句話不是法輪大法裡的內容）；躺在地下的小女孩也是聲音清脆，包括後來她躺在醫院裡接受採訪。王進東和小女孩都是聲音清楚，底氣十足，絲毫沒有聲帶、氣管受損的跡象，在大面積燒傷後，不但不昏迷，而且說話底氣十足，這難道不蹊蹺嗎？

新華社報導說：「12歲的小姑娘劉思影全身燒傷面積達40％，頭、面部四度燒傷，雙眼瞼外翻，呼吸困難，顏面、雙手基本毀損。郝惠君、王進東等人也都有吸入性損傷和嚴重的燒傷……」然而，身受如此重傷的陳果和劉思影卻仍然能在新華社的報導裡與記者對白。一位美國醫生看完此報導後，笑著說：「氣管切開手術後，人是絕不可能在這麼短時間裡恢復講話能力的。新華社要麼在撒謊，要麼在創造『醫學奇蹟』。」

疑點五：和法輪功法理多相違背

在中共央視中多次出鏡、名叫劉葆榮的中年婦女說，自焚發生時，她看別人先點著了，冒黑煙，而她覺得「德」燃燒應該冒白煙，因為「德」是白色物質，「業」燃燒才應該冒黑煙，因為

「業」是黑色物質。因為她的這個思想疑慮，她瞬間決定放棄自焚，並且立刻放棄了對法輪功的信仰。

法輪功著作裡從來沒有說過「德」燃燒冒白煙，冒白煙就是德，冒黑煙就是業，德多的人燒出來冒白煙，業多的人燒著冒黑煙等等，法輪功也從來沒有把「德」和燃燒聯繫起來。

而電視中的劉葆榮卻依照白色物質燃燒應該冒白煙，黑色物質燃燒應該冒黑煙的不合常理的邏輯，而否定了在幾秒鐘之前還要為之付出生命的「堅定信仰」，讓人不由得懷疑，她是否真的是法輪功學員。

其他和法輪功法理相違背的地方有：

法輪功的法理不容許殺生或自殺。法輪功主要著作《轉法輪》中說：「對煉功人來說，我們要求也比較嚴格，煉功人不能殺生。」這不僅僅包括不能殺人，而且也包括不能殺動物和其他生命。《法輪大法——悉尼法會講法》中說：「自殺是有罪的。」也就是說，無論殺生或自殺，在法輪功中都是被禁止的。

資深媒體人石藏山在《中國新年天安門的火焰》一文中指出：

官方報導那位自焚未遂的女士的話說：按照大法說的，達到一定境界，圓滿升天時煙應該是白的，一瞬間就達到了，元神走了，肉身扔下，變成舍利子。

這位女士的話，很明顯和法輪功的法理不同甚至有重大衝突。

按照法輪功的理論，中國大部分氣功都是在體內煉丹，包括佛教。佛教「涅槃就是和尚死了，肉身扔了，他自己的元神帶著功上去了。」（《轉法輪》第170頁）「和尚百年之後火化時就有舍利子……就是那個丹炸開了……」（《轉法輪》第32頁）

但是法輪功不同，「我們煉法輪，而不煉丹。」（《轉法輪》第36頁）「我們法輪大法這一門本體也要，元嬰也要……」（《轉法輪》第170頁）。

佛教修練是練丹的，修練結束後涅槃圓寂，肉身死亡，火化後丹就成了舍利子。而法輪功不練丹，只煉法輪，用某種更高級的能量代替肉身，因此身體能夠常駐不衰，但修煉出來的元嬰也要。因此法輪功修煉結束，不是類似佛教涅槃升天的方法，而是連肉身一起帶走。

顯然，官方報導的這位女士不是法輪功弟子，並且根本不懂法輪功的法理。

官方的自焚報導中其他所謂「法輪功弟子」的語言，也多有不符法輪功理論和用語之處，比如稱修煉結束稱為「升天」，到天上去「當法王」、「有很多人侍候」等等。

疑點六：自焚前「喝汽油」難以理解

劉葆榮聲稱，她在自焚前喝了半瓶汽油，然後才向身上倒汽油。稍有常識的人都應該知道，喝到肚子裡的汽油是不會燃燒的，劉葆榮「自焚」前為何要喝汽油讓人難以索解。

疑點七：劉葆榮是先看到別人燃燒 還是看別人沒動

自焚未遂的劉葆榮還說：「原定下午兩點半，七人同時在廣場不同位置點火，當時我的錶不準了，見還沒人動，就拿出了包裡的雪碧瓶……」，「是警察救了我一命」，因此她要「感謝警

察」。

　　而在另一個鏡頭裡，她又說，看到別人燃燒冒出黑煙，她認為應該冒白煙，因為「德」是白色的，「業」燃燒才應該是黑色的，因為「業」是黑色的。於是產生了懷疑。

　　這兩種說法前後矛盾，到底劉葆榮是看到別人沒動，她先喝了汽油，還是看到別人先燃燒時冒了黑煙、產生懷疑因而放棄自焚的？

疑點八：1996 年已開始煉功的女兒 1997 年又在母親的影響下「開始」煉功

　　新華社關於自焚事件的長篇通訊裡寫道：「郝惠君是開封市回民中學音樂教師。她的同事反映，郝惠君過去一直工作很好，性格開朗，能歌善舞。自打 1997 年練習『法輪功』以後，漸漸變得少言寡語，痴痴呆呆，常常精神恍惚，萎靡不振。去年 12 月，她到天安門廣場參與非法聚集活動，被有關部門送回學校。受她的影響，正在北京學習音樂的 19 歲的女兒陳果也癡迷『法輪功』，並同她一起到過天安門廣場鬧事。」

　　而後面的另一段又寫道：「19 歲的陳果走上音樂之路是她媽媽啟蒙的。12 歲時，她曾參加中央電視台銀河少年藝術團赴新加坡演出，在學校的成績常常是『優』。然而，當她母親迷戀上『法輪功』後，在母親的影響下，1996 年起，她也煉起了『法輪功』。」

　　也就是說，1996 年便開始煉功的女兒，卻是在 1997 年才開始煉功的母親的影響下開始煉的。這種明顯的前後矛盾讓人匪夷所思。

疑點九：「王進東」的打坐似是而非

在央視畫面中，一個叫「王進東」的男子以散盤坐姿在自焚，以此來表示此人是法輪功學員。但法輪功學員指明，王進東的散盤姿勢根本不算是法輪功的打坐方式。法輪功要求的是雙盤，至少也得是單盤，只有初學者或有特別困難的人，才能勉強先採用散盤。新華社的報導稱王進東一家人從 1996 年就開始「迷戀『法輪功』」。故而法輪功學員都認為，一名已修煉四年以上的人還只能散盤，是非常不可思議的，因此從一開始就不相信新華社的報導和宣傳。但對不煉法輪功的民眾，這種似是而非的打坐姿勢就有一定的迷惑力。

疑點十：為何沒收現場拍攝的錄像帶？

在央視關於自焚的近距離特寫鏡頭的來源受到質疑後，北京當局曾聲稱那些特寫畫面是美國 CNN 記者拍攝到的。但 CNN 國際部負責人隨即否認了這種說法，稱事件一開始，他們的攝影師就被逮捕了，攝影器材也被沒收了。

為何要拘禁外國記者、沒收現場拍攝的錄像帶？為什麼不允許 CNN 記者如實報導當時的事實真相？為什麼不讓 CNN 的記者出面佐證新華社的報導？

疑點十一：發稿速度異常迅速、內容前後不一

新華社歷來對敏感新聞發稿都需要經過一審、二審，甚至多

審，但對天安門自焚事件，卻在事件發生僅兩個小時後便對外發了英文稿，速度之快，令人生疑，似乎稿件已提前寫好。一個星期後《人民日報》做出了更為詳細的報導，而這時報導中自焚的人數從原來的五人增加到七人，其中一個是年僅 12 歲的劉思影。

在種種自焚報導疑點被指出後，中共方面一直在力圖彌補這些漏洞，《焦點訪談》也先後三次追蹤報導「自焚」者的最新情況，然而法輪功方面的追蹤調查也不斷發掘出更多的疑點。比如說：王進東頭臉部分多處三度燒傷，但是最易著火的頭髮卻完好無損；同時，盛著汽油的塑料雪碧瓶竟然在烈火中完好無損；多次上中央電視台的「王進東」的臉型從外觀上有很大差異；「追查迫害法輪功國際組織」委託台灣大學語音處理實驗室進行的第三方語音比較鑑定表明，出現於中央電視台《焦點訪談》第一、第二、第三集中的「王進東」不是同一個人，等等。

第三節

中共誣陷法輪功
是這樣編出來的

江澤民集團為了給鎮壓法輪功找出理由，惡意編造了所謂的「1400 例法輪功學員死亡案例」等，不過，稍微分析中共官方公布的死亡案例，不難發現裡面漏洞百出，純屬栽贓陷害。（大紀元）

從死亡率看 1400 例 突顯法輪功祛病之奇效

中共編造的「煉法輪功導致 1400 人致死致殘」案例，與其他栽贓謊言一樣，不允許任何第三方核實調查。中共既是原告又是法官，還兼任了偵破和檢查工作，其他人沒有任何說話的機會，誰要同情法輪功，誰就會被株連一起遭到迫害。

但人們還是可以從不同角度看到真相。根據中國統計年鑑 1998 所載的全國平均死亡率，1000 萬人中每年約有 6 萬 5000 人死亡（0.65%）。如果按照當時中共官方公布的修煉法輪功的人數（6000 萬至 8000 萬）來計算，法輪功修煉者的正常死亡人數每年須達到數十萬人才能符合全國平均死亡率。可中共費盡心思

才編造出 1400 人，退一萬步講，這些人如果真與法輪功有關，這個死亡比率也遠遠低於全國平均死亡率，甚至不夠個零頭。這反襯出法輪功延年益壽，祛病健身的奇效。

事實上，在中共非法鎮壓法輪功之前，法輪功祛病有奇效的報導屢有報導，在此僅舉兩例：《羊城晚報》1998 年 11 月 10 日刊登了一篇題目為《老少皆煉法輪功》的文章。文中寫到，11 月 8 日，廣東省體委武術協會有關領導到廣州烈士陵園等處，觀看了 5000 名法輪功愛好者的大型晨煉活動。煉功者來自各行各業，年齡最大的 93 歲，最小的僅 2 歲。

當時，廣東省有近 25 萬人修煉此功法。在煉功現場，體委的人詢問了幾位法輪功的受益者，其中有一位女士原患高位癱瘓，全身 70％部位麻木失靈，大小便失禁，修煉了法輪功以後，不久便可以站立，爾後又可以行走，如今紅光滿面，煉功的動作靈活自如。

《醫藥保健報》1997 年 12 月 24 日報導了一篇文章，標題為《祛病健身首選法輪功》，記者採訪報導了在「望花立交橋」煉功點的部分學員煉功受益的例子：一位 65 歲的老人是患病 20 多年的老病號，肝、肺、胃、關節全有病，體重只有 35 公斤。修煉法輪大法後經過了一個多星期的病灶加重反應後，身體一天比一天強壯起來，至今體重 55 公斤，面色紅潤，年輕。她的老伴是冠心病、小腦萎縮、腦血栓患者，原來經常處於休克與住院搶救的狀態，學習法輪大法後身體很快痊癒。

另一位 70 歲的政府退休幹部，原先曾患胃病、腦血栓，每年都進行稀釋血液治療，每日都口服藥物。煉此功法幾個月後，一切症狀都消失，連混合痔瘡都好了，滿面紅光；一位副廠級幹部因患乙型肝炎四處求治無效而與法輪功結緣，之後才真正扔掉

藥罐。現在其父母兄弟及妻子都進入這個行列，一家人身心健康，和睦幸福……

精神病患者自殺、殺人 中共嫁禍於法輪功

下面僅舉幾例說明：

1. 家住重慶永川雙石鎮雙橋街 70 號的龍剛，一直患有精神病，後因精神病復發跳河死亡，被中共歪曲報導，硬說其煉法輪功。中共歪曲報導此事後，龍剛的母親於 2002 年 1 月 13 日在「明慧網」刊文澄清事實：

「兒子有沒有精神病作為父母是最清楚的，天下哪有不心疼子女的父母。兒子確實有精神病，當時是精神病復發跳河死亡，與法輪功沒有任何關係。這是誰也抹煞不了的事實，作為他的父母，我們必須說真話，不能昧著良心誣衊法輪功。」

「在我兒子死後，一位姓杜的記者來採訪我兒媳婦，叫她說自己的丈夫是煉法輪功的，把一些誣衊法輪功的話寫在紙上，叫她照著上面寫的念，並要兒媳婦配合他說法輪功不好的話。當時兒媳婦迫於壓力這樣做了。第二天還給了她 200 元錢。用錢收買良心。他們還教我孫子說誣衊法輪功的話，電視上的假新聞就是這樣編出來的。」

2. 中國黑龍江省牡丹江市，有位叫張清賀的工人，因患貧血、神經衰弱及其他慢性疾病，曾服過八個月中藥。後因支付不起藥費，經醫生開方自己配藥吃。但由於不懂藥理，他自己往裡加了兩味中藥，服藥後就處於意識不清、不能自制的狀態。一天他吃完藥後準備自殺，被母親和妹妹發現了前去勸阻，張清賀在藥力

作用下殺傷自己的親人。

張清賀被牡丹江市公安局愛民分局收審後，多次被逼強制承認煉過法輪功，並被逼迫承認是因為煉了法輪功才出現惡性事件，而且告訴他承認了就可以不被判刑。

3. 1999 年 10 月 28 日，海外《僑報》在頭版醒目位置上，刊登了一篇題為《閩籍青年在美煉法輪功發瘋》的文章。《僑報》上所提到的「閩籍青年」姓林，1999 年 10 月 29 日，有法輪功學員在紐約曼哈頓找到了這位小林的舅舅王先生。交談之後，發現一些事實與《僑報》所說的根本不同。

王先生稱，他的外甥小林是幾年前由福建長樂偷渡來美國的，來美後一直在佛羅里達州的餐館打工掙錢，以償還五萬美金的偷渡費用。由於工作繁重，加上想念在大陸的妻子和女兒，精神和身體上壓力都非常大，一年多前，腰部開始經常劇烈疼痛。後來有一個餐館同事教了他一種氣功（不是法輪功），從此小林就經常講話不正常了，常說胡話。這個與法輪功毫無干係的人，也被中共利用來嫁禍法輪功。

公安唆使殺人犯冒充法輪功 可免死罪

2000 年遼寧盤錦市電視台曾報導「魏家殺母案」：事後了解到這位被殺的老年人是以揀破爛為生，其女在海城遊手好閒，打麻將，沒錢了就找母親要，母親沒錢給她，她便在晚上將其母殺死。後來，公安部門的人給其女出主意：「妳就說妳煉法輪功，往法輪功上一推沒死罪。」當地的老百姓都知道她不是煉法輪功的，但迫於中共強權的壓力，只能背地議論。

另一起所謂「井架上吊」案，中共造謠說，死者是因為煉法輪功才上吊尋短見。真實情況是：死者是吉林市郊的外來戶（農民），以修車為生，由於沒有正當的營業手續，修車工具被城管沒收，他不堪巨大的生活壓力尋了短見。周圍人都知道，死者生前沒有煉過法輪功。在家屬要告城管部門時，當地民政部門為了給政府部門開脫責任，給予撫恤，把死者說成是煉法輪功的。

公安部門在死者身邊擺上白酒和有關法輪功書籍對死者重新錄像。這確實矇蔽了一些對法輪功一無所知的民眾，但無法欺騙那些對法輪功略有了解的人，因為法輪功書中講的十分明確，法輪功學員不能喝酒。但當時當地公安部門並不知道這一點，所以在錄像中露出破綻。

許諾減免醫藥費 收買病人誣陷法輪功

中央電視台曾播出一個所謂的「羅鍋事件」，說一個叫張海青的人煉法輪功煉出了羅鍋。事實上，據張海青的妻子事後披露，當時張海青因患脊椎炎到北京協和醫院看病，醫院排隊掛號的人很多，隊很長。這時來了一個中央電視台的記者，對當時排隊的人說誰如果上電視說法輪功不好，就先給誰掛號，並且藥費減半。

當時，張海青因著急看病，就胡說自己是煉法輪功煉成了羅鍋，並且按記者寫好的台詞說了些誣衊法輪功的話。結果是先掛了號，但藥費沒有減半。後來張海青的妻子也說中央電視台盡騙人，藥費都是自己花的。

黑龍江有一位名叫李淑賢的病重農婦，去醫院看病，醫院院長承諾只要承認病是因煉法輪功出現的，就可免費治療：李淑賢

家住黑龍江省哈爾濱市阿城區新華鄉崔家屯，婚後在阿城區大嶺鄉居住。1999 年 7 月，李淑賢患胃潰瘍住進哈爾濱第四醫院，病重期間因生活貧困交不上住院費，醫院院長主動給他們出主意說：「你們就說李淑賢是煉法輪功煉的，就能獲得免費治療，並在生活上還能給予照顧。」李淑賢及家屬為了利益同意了。

於是，哈爾濱市《新晚報》記者迅速趕到醫院採訪，用編好的台詞讓李淑賢的丈夫照著說，還告訴他：「你得帶著表情，說得像真的一樣，人們才會相信。」事後李淑賢病情不斷加重，醫院卻沒有遵守承諾免費為其治療，而是強制李淑賢出院，回家後沒多久，李淑賢便病故。

李淑賢之事也塞入栽贓法輪功的 1400 例中，被央視多次播放，造成十分惡劣的影響。了解此事內幕的人曾問當地官員：為什麼中央電視台向全國人民撒謊呢？官員說：「這麼大的媒體哪能不出現一點紕漏呢！」

被中共迫害致死者 也被收入「1400」例

為了編湊「煉法輪功死亡」的證據，中共還將被迫害致死的法輪功學員也收入「1400 例」中。如：甘肅省武威縣西陽小學女教師黃欣金，因堅持煉法輪功，被公安屢次騷擾，並被學校開除教職，停發工資。後來當地公安把她劫持到精神病院，進行了二十多天慘無人道的迫害折磨，回家後其又被家人軟禁。十幾天後，她的家人說她跳樓了。她丈夫報告了公安局，此事被中共大做文章，謊稱黃欣金煉法輪功煉出了精神病，跳樓摔死了。黃欣金遺體沒做任何法醫檢查就被火化。

周黨反攻大動作

第七章

一張蠢牌
牽出幕後主使

陳光標在紐約上演的整容鬧劇，不但曝光了其潛伏特務的身分，還曝光了三個幕後人——周永康、曾慶紅、江澤民。（大紀元合成圖）

第一節

暴露了陳光標 牽出了幕後人

　　陳光標宣布其紐約之行，是在北京高層拿下「610」頭目、公安部副部長、原中央電視台台長李東生之後。這兩件事具有因果關係。

　　李東生 1999 年 6 月 10 日就被江澤民任命為專職鎮壓法輪功的「610 辦公室」副主任，負責在媒體宣傳上誣陷法輪功。江澤民給「610」下達的密令，就是要對法輪功實施群體滅絕，要「名義上搞臭、經濟上搞垮，肉體上消滅」。於是，李東生在 2001 年配合當時的政法委書記羅幹，以及江澤民的幕後軍師曾慶紅，搞出了這場震驚全球的「天安門自焚」騙局。歷史上任何一個政府，也沒有利用如此卑鄙殘忍的方式，誣陷一群按照真善忍修煉的好人。

　　2013 年 12 月 25 日，李東生落馬後，海外媒體大量報導了天安門自焚真相，這令江澤民為首的「血債幫」極其恐慌，不惜使

出其精心培植了多年的所謂「中國首善」的王牌特務。

陳光標事件昭示周永康並非終極老虎

中國問題專家章天亮從陳光標紐約之行的後續效應中,推斷出陳光標案牽出了比周永康更大的「老虎」。

他分析說,毋庸質疑,江澤民集團(以下簡稱「血債幫」)鎮壓法輪功屬反人類罪和國家犯罪行為,而「天安門自焚」騙局則是煽動仇恨和為鎮壓製造藉口的關鍵點,因此這一騙局就成了「血債幫」的最高機密。

陳光標能夠接觸到該騙局的當事人,還能順利安排她們到紐約行騙,其中內幕絕不簡單。要麼是陳光標能夠接觸到「血債幫」最高機密;要麼這兩個毀容者並非陳果及郝惠君本人。她倆和陳光標一樣,只是負命出來作秀而已,而真的陳果與郝惠君已經如在天安門廣場被武警用鈍器打死的「自焚者」劉春玲一樣遭到滅口。

然而無論哪種情況,都說明了一個至關重要的問題——周永康並非習近平「打虎」行動的終極目標。

薄熙來在 2012 年 3 月 15 日被免職,之後周永康仍全力支持薄,為此不惜動用武警這一準軍事力量發動 3 月 19 日晚的政變。當時外界的觀察普遍認為薄熙來事件已經深刻傷害了中共的臉面,而中共通常以黨內妥協來「止損」,因此預期周永康會平安過關。但隨之又發生了周試圖暗殺習近平和習近平神祕隱身事件;接著就是《紐約時報》2012 年 10 月刊登了周永康馬仔李東生提供的溫家寶家族所謂「貪腐醜聞」。

　　這讓胡、溫、習、李意識到兩個重要問題：第一、跟血債幫的妥協是行不通的；第二、最關鍵的是，打虎不能停在薄熙來這一級，還必須向上追查周永康。

　　陳光標事件，幾乎是歷史的重演。周永康在 2013 年 12 月 1 日（甚至更早）既被限制行動、失去了和外界的聯繫，那麼是誰在主使陳光標？或許周有一、兩個死忠的部下，救周心切？但他們絕不會有資源和能力動到「自焚」騙局這一血債幫最高機密。

　　薄熙來出事後，是周在保薄；周永康出事，是誰在保周？

　　由是觀之，陳光標的鬧劇之所以還能上演，說明周永康背後還有更高級別的大老虎。其策略可以概括為「暗殺」和「捆綁」兩種方案。血債幫的理想是「幹掉習近平，自己來幹」；當這個目標達不到時，就退而求其次，「幹不掉你，就捆綁你跟我們一起幹」。

　　周永康通過《紐約時報》釋放溫家寶的「醜聞」就是告訴胡習，惹惱了血債幫，所有中共高層的醜聞，不管真假一起拋出，大家同歸於盡，誰也玩兒不成；陳光標事件，更重要的也是警告習近平，迫害法輪功的罪責誰也負擔不起。

　　中國大陸全面封殺陳光標的新聞已經部分表明了習近平的態度。如果《紐約時報》事件並未嚇住習近平，陳光標事件豈止是枉費心機，簡直是在提醒習近平別忘了周永康背後還有更大的黑手。

　　如果說攻擊溫家寶的《紐約時報》事件是斷送李東生和周永康的重要誘因，那陳光標事件恐怕就要曾慶紅和江澤民來埋單了。

陳光標紐約行是血債幫最後一搏

很多媒體都評論說，陳光標的紐約之行，目的就是為了再次炒作天安門自焚，特別是要在法輪功洪傳的紐約「搞點事」，完成其政治任務。

2001 年自焚偽案發生後，當事人死的死，關的關，據說陳果母女被關押在外界無法接觸的地方，一關就是十多年，而陳光標，一個普通民營企業家，沒有「610」的同意，怎麼能接觸到陳果和郝惠君，而且還能把這兩個所謂犯人，通過嚴屬的政治審批，辦出護照，辦好簽證，帶上飛機，帶到紐約呢？沒有血債幫最高層的許可，這是根本不可能的。陳如果只是個商人，絕無打通層層關節的能力，這必然是「血債幫」高層推動的結果。

那麼為何這時血債幫要在「法輪功的地盤」上重新炒作自焚騙局呢？時事評論員章天亮分析說，從大陸激烈的權力鬥爭中，我們即可見到端倪。薄熙來下獄、李東生被捕、周永康隨時會被宣布雙規或逮捕，江系「血債幫」面臨土崩瓦解的局面。因「血債幫」以鎮壓法輪功為唯一特徵，它必須以攻擊法輪功來顯示自身的存在，以便讓基層的嘍囉們不至於立即停止迫害。

譬如，2013 年 11 月 5 日，「610 辦公室」主任李東生流竄到河北懷來縣土木鎮二台子村，就進一步迫害法輪功進行直接布署和指揮，叫囂強化宣傳，加大力度，要搞全方位、網格化管理，一個都不放過。半個月後，李東生即被宣布涉嫌嚴重違法違紀，並特意在公布時突出了他「610 辦公室」主任的頭銜。

現在大陸的法輪功學員告訴警察李東生被抓，許多警察嚇得變了臉色，感覺局勢將變，不敢再行迫害，而將散發真相資料的

法輪功學員放走。如果大陸警察盡皆如此，迫害將隨時終結。這就是江系血債幫恐懼到骨髓的事。

也有評論說，由於最近李長春和劉雲山家族的醜聞不斷被揭，江澤民原來牢牢控制的「宣傳系」也面臨淪陷，在中國無法再大力掀起對法輪功的攻擊。從掌握槍桿子的周永康到掌握筆桿子的劉雲山，江系鎮壓法輪功的兩大「支柱」都已失勢，在中國已無牌可打。唯有跑到海外再次撒謊，以顯示其存在，並且指望不了解中國局勢的人把這筆帳算在習近平的頭上，讓習背黑鍋。

陳光標這次的紐約活動，大陸媒體基本沒有跟進報導，國外也沒有中領館人員出席，可以說，血債幫想要展示「實力」，卻恰恰暴露了其迴光返照式的虛弱。

不懂正常人心理的黨文化蠢棋

然而，江派這一步棋，也被證明是步地道的蠢棋，他們動用了陳光標這最後一張王牌，換來的卻是絕對失敗的結局。為什麼這麼說呢？很簡單，黨文化培養的中共黨徒，忽視了人類正常社會民眾的心態，他們不懂西方民眾的心理狀態，以為在大陸能夠藉自焚案激起民眾對法輪功的負面態度，在西方也能抹黑一下法輪功。然而，血債幫的幻想徹底落空了。

當初羅幹、曾慶紅、李東生搞出天安門自焚案時，他們的想法就是利用當代大陸人「向強者屈服、向弱者攻擊」的變態心理，當大陸人聽說煉了法輪功要去自焚，普通中國人不是同情自焚的弱者，而是指責弱者。就好比一個小孩被小偷偷了東西，大陸家

長一般會指責孩子沒有照看好自己的東西，好像錯的是孩子，而不是小偷。一個女孩被強姦了，人們會批評她穿戴太漂亮，有勾引人之嫌，而不是去譴責強姦犯。這就是中共治下大陸人的變態心理。

而西方人不一樣。他們同情弱者，他們認為，要是沒有那麼大的冤屈，誰會去自焚呢？錯的不是自焚者，而是逼迫人自焚的制度或事件。再說，近年西藏上百名僧人被中共的壓迫制度逼迫走到了自焚的地步，西方人始終都是同情自焚者。而且中共炮製的所謂法輪功天安門自焚案，早就在十多年前已被西方人認清是中共的誣陷，這時，一個小丑式的陳光標，企圖藉重新炒作自焚案而激發西方社會對法輪功的負面想法，這都是不可能做到的。畢竟西方人有人類正常的思維模式，不會被中共的黨文化所毒害。

換句話說，曾慶紅、羅幹、江澤民搞出的這個陳光標紐約鬧劇，只是把自己推向了更大的深淵。

一個署名 uponsnow 的網友留言說，「陳光標和那個中共背景的美國中文電視記者的對話都快要把我蠢哭了，這倆傻 X 對美國無知地可怕，不愧是黨化教育出來的垃圾。」

署名「萬網互通」的寫道：「李東生下馬，司馬南失蹤，方舟子老婆美國物業曝光，陳光標荒誕演戲，戲一齣齣演，棋一步步走，大戲開始高潮。」他還說：「李東生下馬後，傻乎乎的陳光標成為一個棋子被人擺布，幹了一堆蠢事，在國內居然沒人知道，可見新聞封鎖的厲害，還有些蠢材讚美陳光標曾經幹過什麼好事，簡直被洗腦的徹底。」

曝光三政治局前常委的流氓氣

不過，無論是 2001 年中共在北京炮製的天安門自焚，還是 2014 年在紐約上演的整容鬧劇，有一個相同點就是：都來自相同的凶殘、邪惡的想法，都是不顧起碼人類道德良知的愚蠢做法。不難推斷，這兩次流氓誣陷，都出自相同的蠢人與惡人群，即羅幹、曾慶紅、江澤民流氓集團，也就是說，陳光標的紐約鬧劇，曝光了江派如今還是那批人在幹壞事，他們甚至手法、思維方式都還是老一套，讓人很容易識別。

不過人間有個理，假的真不了，真的假不了，假的就是假的，經不起推敲和檢驗。早在 2000 年 9 月，就有海外媒體根據中共高層人士透露的消息報導，中央政法委決定，由羅幹親自指揮，在各地犧牲一批打入法輪功內部的公安人員，誘騙有關「線人」，冒充法輪功學員製造自殺案，精心布置現場，渲染死者的痛苦表情，嫁禍法輪功。每個死者由公安機關賠償家屬三萬元。於是不久人們就看到了天安門自焚騙局，不過在全國其他地方並沒有出現。

周永康等中共政法委官員經常強調，在新疆、西藏等少數民族地區，矛盾衝突很激烈，離了政法委，中共就政權不保，國家就面臨分裂。不過，這都是周永康策劃的騙局：在新疆西藏最先挑起事端的就是周永康自己。新疆長期控制在江派周永康手中。每到敏感時刻，江澤民集團為攪亂政局和恐嚇國際社會及美國，都會暗中在新疆策動流血事件，不惜以軍人假冒新疆人或假冒漢人製造民族衝突。

2008 年 3 月，西藏及青海省等地藏人的和平示威，被政法委

演變成了暴力「打砸搶燒」事件，直接造成 18 名無辜平民死亡，400 多人受傷。從新華網發布的「西藏暴徒」照片中，一位海外華人認出拿漢式大刀砍傷漢人的一個所謂「藏人」是當地派出所漢族警察扮演的。她看見他演完後又換上了警服。

英國情報中心的全球定位衛星能從太空中監視著半個世界，其中包括西藏。衛星錄像發現很多中共軍人假扮僧人、中共利用特務挑動暴力事件的證據。但中共軍隊卻以平息暴亂為藉口，在拉薩採取鎮壓行動，由此造成數以百計的藏人死傷，民族矛盾進一步激化。

羅幹能讓酒吧女假扮法輪功去自焚，跟周永康讓警察假扮藏人去殺人一樣，都是上演「狼披著羊皮吃羊」的劇目，都是同出一轍的栽贓手法。不過，如今這場紐約整容鬧劇，不但曝光了潛伏特務，還曝光了三個幕後人，著實又幹了件蠢事。

第二節

「群體滅絕罪」要犯
——曾慶紅

曾慶紅（右）擅長陰謀，江澤民上台後就成了江的「狗頭軍師」。1999年7月起，曾慶紅鼓動各級黨委和組織部門打擊法輪功和「轉化」法輪功學員。「轉化」是從精神和肉體上對法輪功實行群體滅絕政策。圖為 1997年資料照。（AFP）

　　早在 10 年前的 2004 年 7 月 1 日，追查迫害法輪功國際組織就曾發出通告：追查「群體滅絕罪」要犯曾慶紅。通告指，分管人事組織的曾慶紅（或其代表），從鎮壓開始的 1999 年 7 月 23 日，就在中共喉舌《人民日報》發表談話，動員全黨參與迫害法輪功的運動，之後曾慶紅在中組部多次發話，鼓動各級黨委和組織部門參與和「法輪功」的長期鬥爭，要求打擊法輪功和「轉化」法輪功學員。「轉化」是這次鎮壓法輪功最重要的內容，是從精神和肉體上對法輪功實行群體滅絕政策。

　　2001 年，江澤民因鎮壓法輪功受到黨內外的消極抵制，難以為繼，其「三個月消滅法輪功」的狂言在法輪功學員堅持和平反迫害的抵制下完全破產。

2001 年 1 月 23 日，在江澤民的指使下，江的「大內總管」曾慶紅出謀，央視第一時間播出了時任政法委書記的羅幹夥同時任央視副台長的李東生共同策劃、自編自演的「天安門自焚偽案」，以嫁禍、醜化修煉「真善忍」的法輪功團體。「天安門自焚偽案」成為江、曾、羅繼續迫害法輪功的主要藉口，也成為不知情民眾仇恨法輪功的最主要原因。

據說在日本警界流傳一個故事：在日本，國安部不叫國安，日語叫公共安全委員會，簡稱公安。有一次擔任中共國家副主席的曾慶紅到日本訪問，曾慶紅要去泡溫泉，卻碰到法輪功學員在門前抗議迫害，但護衛曾慶紅的日本警察和探聽消息的日本公安們卻發現一個奇怪的現象，當曾慶紅看到法輪功學員打出「停止迫害、審判凶手」的條幅時，他居然瞬間就變得臉色蒼白，雙腿顫抖，無力行走；這讓敏銳的日本公安發現，裡面一定有問題，就去探查這個「國家機密」，當問了海外的法輪功學員，了解到中共迫害法輪功的殘酷和曾慶紅在其中的壞作用後，才大約明白了什麼叫作賊心虛。

雖然曾慶紅幹了壞事害怕，卻並不會阻止他繼續幹壞事。2004 年 6 月 28 日，在南非約翰內斯堡發生了一件震驚世人的槍擊事件。準備起訴曾慶紅的澳洲法輪功學員下飛機後，在途中遭到中共雇用的殺手槍擊，車胎被打破，司機戴維梁的雙腳中彈，一隻腳骨粉碎性骨折。而犯案使用的槍枝就是中共軍隊「六四」屠殺學生時所用的 AK47 步槍！

當時，來自澳洲的法輪功學員一行九人欲前往南非行政首都比勒陀利亞（Pretoria）的總統府賓館（Presidential Guest House）進行和平請願，途中遭到不明人士開槍襲擊。在第二輛

車上開車的法輪功學員戴維梁雙腳被射傷，送醫搶救。幕後黑手直指當時造訪南非的江澤民「大內總管」曾慶紅以及商務部長薄熙來。

曾慶紅主管中共黨內特工系統，在江澤民鎮壓法輪功過程中扮演重要角色，對數千法輪功學員被迫害致死負有不可推卸的責任，因而被法輪功學員告上聯合國與國際法庭。薄熙來也因為在大連與遼寧對法輪功學員殘酷的迫害而被多個國家起訴。

經常搞暗殺的特務頭子曾慶紅

曾慶紅與周永康等人，不但在大陸多次安排暗殺胡錦濤，在海外也策劃暗殺法輪功學員；對法輪功創始人李洪志先生，更是多次派國安特務追殺到台灣、香港、甚至加拿大。

胡錦濤任中共總書記以來，也至少遭遇了三次驚心動魄的暗殺，其中兩次發生在黃海，而背後的主使正是江澤民，江的心腹周永康也捲入其中。

2006 年 5 月，胡錦濤前往黃海視察北海艦隊。當胡乘坐一艘最先進的導彈驅逐艦巡視時，兩艘軍艦突然同時向該艦開火，並打死了驅逐艦上五名海軍士兵。胡錦濤做夢也想不到有人竟敢在光天化日之下謀殺他。載著胡的導彈驅逐艦在驚慌失措之下，立即調轉頭急速駛離艦隊演習海域，直到安全海域。為避免再遭暗殺，胡換乘艦上的直升飛機飛回青島基地，未作停留，也未回北京，而是直飛雲南。一個星期後，胡才回北京露面。

本已來到青島準備慶賀的江澤民空歡喜一場，而負責執行暗殺行動的中共海軍司令張定發不久後「患病」死去（有人稱其死

於謀殺），中共官方既沒有弔唁和悼詞，官媒也沒有發布其死訊。

2009 年 4 月 23 日，在青島附近的黃海海域舉行了一場 14 國海軍共同參與的海上大閱兵。作為軍委主席的胡錦濤理所當然要參加。此時的胡已今非昔比，自上次遇刺後，他對軍隊的關注和人員的提拔都要親自過問，對於軍隊的異動也早已加強防範。

閱兵開始之前，胡已經得到密報：江系人馬準備在 23 日早上九點開始閱兵時，在 14 國海軍艦艇的面前，赤裸裸地將胡擊斃，搞個震驚世界的「黃海謀殺案」。胡遂改變計畫，先行會見了 29 國海軍代表團團長，同時派軍隊中的心腹將企圖謀殺自己的海軍艦艇官兵「搞定」。12 時左右，胡錦濤才開始閱兵。江刺殺胡的陰謀再次失敗。

參與謀害中共黨魁的不僅有江澤民在軍隊中的親信，還有被江一路提拔上來的周永康。周雖非主謀，但無疑是幫凶之一，其罪非小。周為何能得到江如此的青睞，成為其小圈子中的重要人物？這當然與其緊隨江鎮壓法輪功的政策密切相關。

當前中共高層各派分崩，局勢動盪，很顯然，不願為鎮壓法輪功背黑鍋的胡溫等高層，與身負血債、想要保命的周永康沒有任何中間路可走，周一旦得勢，絕不會放過胡溫等人，這從其參與暗殺胡，還有此前海外媒體曝光周永康和薄熙來策劃「謀反」即可看出端倪。

暗殺法輪功創始人未果

江澤民出於對法輪功的妒嫉和恐懼，曾不斷尋機想暗算法輪功創始人，但屢屢以失敗告終。

台灣：

1999 年江澤民及其幫凶企圖用五億美元重金和最惠國待遇為條件引渡法輪功創始人未果，又向中共特務部門祕密下達了暗殺令，由國家安全部和總參聯合組成一個特別行動組，專門負責搜探法輪功創始人的行蹤，並招募訓練人員，準備暗殺法輪功創始人。

據可靠消息來源，中共江澤民集團派遣了不少男女特務，尤其是女特務偽裝成法輪功學員，逢人就問法輪功創始人的具體住址，口口聲聲要保護「師父」。每個活動他們都參加，在人群中亂竄，可是陰謀並沒有得逞。

2000 年 12 月初，《中央日報》登載了與台灣法輪功負責人的訪談，江澤民及其幫凶由此判斷法輪功創始人可能到台灣講法。12 月 18 日台灣《自由時報》報導，台灣當局已經批准了法輪功創始人赴台。江人馬樂不可支，認為機會終於到了，隨即祕密派遣了特別行動組赴台，與台灣的黑社會組織祕密接觸，並花費重金收買，準備法輪功創始人在台灣講法時實施暗殺行動。

結果李洪志先生為了「不給台灣當局增添壓力」而未赴台，暗殺行動流產。

12 月 20 日，《大紀元》報導，法輪功在台發言人洪吉弘說：「師父悲天憫人，考慮兩岸關係，不願給台灣政府增添壓力，所以此次估計不會來台。到目前為止，我們未接到任何有關師父來台的信息。有關報章的消息，我不作評論。」

李先生臨時取消了行程，台灣的法輪功學員們倒沒說什麼，而在美國的江氏嫡親網站先不幹了：「台灣『法輪功』骨幹散布謠言，謊稱李洪志將於 24 日出席這次『心得交流會』並發表演講。」

香港：

2001 年香港法輪大法修煉心得交流會前，一份絕密情報送到江澤民的辦公桌上，內容大意是法輪功將於 1 月 13 至 14 日在香港舉行會議，其創始人將在 14 日會議上發表講話。江澤民閱後立即下達密令，要抓住這次境內機會，不惜一切代價，除掉法輪功創始人。

於是中共解放軍總參謀部、國家安全部及公安部三方聯手，立即制定了一個代號為「1‧14」的暗殺行動計畫，並跨界祕密展開。據悉江澤民對這個暗殺計畫非常得意。

在「1‧14」實施過程中，幾乎所有東南亞及北美等地的海外情報機構都進入特別狀態，並且香港、澳門幾乎所有的黑社會組織均被中共威逼利誘而涉入暗殺計畫，因為此計畫指定由港澳地區黑社會實施直接暗殺。

然而，人算不如天算，大會前夕法輪功創始人突然取消會議行程，只是在 1 月 14 日向大會發了賀詞，讓江澤民極為得意的暗殺計畫全部泡湯。據悉江澤民聽完「1‧14」中途夭折及法輪功創始人向大會發賀詞的彙報後，臉色鐵青，坐在那兒半晌沒憋出一個字來。

加拿大：

2002 年加拿大國會議員高度讚揚法輪功對加拿大、對中國、對全人類做出的特殊貢獻，並邀請法輪功創始人在法輪大法洪傳十周年之際，5 月 18 至 19 日到多倫多大學講法。這個消息被中共打探到，他們積極準備著又一次對法輪功創始人的謀殺行動。

也許是因為來的人多吧，本來安排好 5 月 18 日在多倫多大

學召開的第五屆加拿大法輪大法修煉心得交流會突然改在多倫多喜來頓酒店（Sheraton Hotel）能夠容納2300人的會議大廳內召開，大廳內座無虛席。會議憑票入場。江澤民的爪牙們和被收買的黑社會被這突如其來的改動打亂了計畫。5月19日上午，他們分頭行動，有的到學員中去打聽開會地點，有的自稱是剛從大陸和香港來的法輪功學員而混入了會場，並「如願以償」地坐在了最前排！

和任何一次心得交流會的安排都不同，這次大會在心得交流會結束時才宣布了法輪功創始人向大會發的賀詞！把殺手們的胃口吊到最後一刻，是為了讓受矇蔽的他們能夠以這種奇特的方式，一直坐到聽完真正修煉法輪功的學員們的體會，給他們一次了解法輪功、知道真相的機會。

最耐人尋味的是那束送上台準備獻給李先生的鮮花。

大家都知道一個常理，除特殊情況外，會議主持者自然會提前知道接受花的人是否會到場，否則就不會買鮮花了，如果接受者臨時沒到，自然沒有必要把沒有獻出去的鮮花舉到台上告訴與會者說這是要獻的花。

可是此次這樣的事情就發生了，法輪功學員把要獻的鮮花舉到台上，明確告訴所有與會者說：這就是要獻給李先生的花！話外音是：李先生就在這裡！

大陸特工成了法輪功修煉者

1997年初，羅幹指使中共公安部在全國進行調查，網羅罪證欲定法輪功為「X教」。而全國公安廳局充分調查後均上報稱「尚

未發現問題」。1998 年 7 月公安部一局發出公政 [1998] 第 555 號《關於對法輪功開展調查的通知》，先把法輪功定罪為「X 教」，緊接著又提出：要掌握活動內幕情況，發現其違法犯罪的證據。

羅幹發的文件明顯帶有先定罪、後找證據的構陷性質。當時陸續有中共公安、統戰部人員和特工到法輪功的煉功點上臥底學功，並和學員一起學習《轉法輪》。但沒想到法輪功無底可臥，學員的一切活動都是公開的，而且來去自由，既沒有人員登記，也沒有會費。很多臥底人員倒因此機緣而對法輪功有了深刻了解，反而成為堅定的學員。令羅幹吃驚的是，在全國各地的上報材料中，一條法輪功的罪證都沒搜集到。

在海外，江系特務也同樣派出不少特務打入法輪功學員內，臥底探聽所謂情報，但都頻頻失手。其中丁柯就是一個例子。

丁柯當時在中共國家安全部工作，曾經以《光明日報》記者的身分被派到海外（美國），一方面從事新聞報導，另一方面也替國家安全部搜集情報。

丁柯 1980 年代畢業後被分派到當時的中共中央調查部接受一個月的培訓，之後派到海外，在那段期間他被要求如何在接觸各式各樣的人群中物色可用的情報，特別是在海外近三千萬華人世界中。他說：「肯定是有些人對祖國有些不同的想法，中共當時以愛國情緒為主導，表面上是愛國，但不知不覺中人們就為中共當局提供了他們覺得有價值的服務。」

丁柯在 1999 年的 8、9 月份開始接觸法輪功，當看到 CNN 有線電視及其他一些西方主要媒體陸續報導在中國大陸天安門廣場、北京的一些法輪功修煉人靜坐、和平抗議鎮壓的報導時，讓他內心非常震驚。

他說:「我看到了一群人,其中包括很多老太太和小孩,他們在天安門廣場和平地、平靜地煉功、打坐,卻受到警察粗暴地打壓及拳打腳踢,當時看到,就非常同情這些因為維護自己信仰而受到如此虐待的法輪功群眾。你知道在 1989 年『六四』天安門事件以後,因江澤民的權威造成許多中國人不敢說、不敢做的。那麼在這個時候,1999 年天安門廣場上出現了這麼多為了維護真理、信仰自由、『真善忍』的一群人挺身而出對抗中共的淫威,當時讓我受到很大的鼓舞,因為在他們身上真的看到了一種很長時間我沒有看到的精神。當時我認為法輪功是一種氣功,是表現中國優秀傳統的功夫,因為我也練過其他的氣功,所以我知道氣功是真實的。」

丁柯表示:「對法輪功印象最深的就是你只要真正按照書中要求的『真、善、忍』標準去做個好人,你如果真的有做到,你就會體驗到一種變化,這種變化不僅對自己有利,還對周遭的人有利、對社會都是有幫助的。」

丁柯開始在英文網站上為法輪功打抱不平,但是當人家問丁柯法輪功的問題時,他表示:「有些問題我並不十分了解,所以無法做任何評述。所以我想我該到法輪功那兒實際調查、了解了解法輪功了,就像以前有一句話『你要想知道梨子的滋味,你就自己去嘗一嘗。』」

丁柯說:「我想跟那些擔負中共派遣任務到海外來收集情報或迫害法輪功的那些人說,不妨先放下你們的任務與法輪功學員交往一下、體驗一下,看看法輪功是不是讓人做好人,看看法輪功是不是使人身體健康、道德回升。所以希望他們能平心靜氣地衡量自己與法輪功的人,就會明白什麼是好,什麼是不好。」

第三節

曾慶紅捎話
「上最高位後抓江澤民補罪」

　　江派一手培植起來的中共「特務」陳光標於 2014 年 1 月 7 日在紐約上演自曝其醜的鬧劇還未平息。有消息稱，該鬧劇為中共江派管家曾慶紅所指使，並稱早在 17 大前曾胡鬥的最屬害的時候，曾慶紅就曾捎話給法輪功，說自己坐上最高位就停止迫害法輪功、抓替罪羊來彌補過錯，包括抓捕元凶江澤民。

　　消息還稱，2014 年抓周永康不算什麼，必然好戲連連，只是不知道後面是誰抓誰了。

　　2014 年 1 月 11 日，時評人士邢仁濤撰文《首曝曾慶紅捎話抓捕江澤民》，披露了中共前國家副主席曾慶紅所言上述內容。並稱，這也是後來江澤民不太信任曾慶紅的原因。

　　文章稱，紅朝末期，大崩潰、大動盪已經成形，而現在主流社會人人幾乎都知道江澤民帶領中共江派人馬大規模活摘法輪功學員器官牟取暴利的事了，此罪不審，就是同罪。抓捕、審判此

罪，這才是今天的道德制高點和道義大旗。

想當年，鄧小平靠「制止文革、撥亂反正」，大範圍平反冤、假、錯案，給自己贏得了絕對的權威，延續了本要崩潰的社會政權。

今天，現成的江派作為「反面資源」已經擺在當朝執政者的案板上了，這是建立權威和轉移社會矛盾的最佳資源。在有遠見的政治家眼裡，江澤民、周永康簡直就是送上門來的肥肉，這種負資產到了明智的政治家手裡就可打出一手好牌，成為自己的正資產。

文章還稱，活摘器官中獲得巨大經濟和政治利益的，首當其衝的就是江派管家曾慶紅。曾慶紅在今天勢微力薄的情況下，還派陳光標到紐約繼續垂死掙扎的原因是：要麼捆綁大家一起死，要麼就要去斷頭台；絕對沒有和局，誰相信有和局誰就在等死。

所以可以推斷 2014 年抓周永康不算什麼，必然好戲連連，只是不知道後面是誰抓誰了。按照過去推算，抓周永康應該是在一年前，才更容易收攏人心、處理殘局；時間的拖延已經讓當今執政者越來越可能失去高舉道義大旗的資格，畢竟十幾年來幾萬甚至可能是幾十萬被活摘器官的世紀大血案，和殘酷鎮壓下導致的幾百萬法輪功人員的非正常死亡案例已經不是一個小事情了，這已經遠遠超過納粹黨對猶太人的迫害。

曾慶紅曾要求胡錦濤放棄中共國家主席

2007 年 1 月 10 日，「自由亞洲電台」報導稱，路透社引述一位沒有透露姓名的、和中共高層關係密切的消息人士的話說，中共中央政治局常委、中央書記處書記、中共國家副主席曾慶紅

的政治盟友，要求胡錦濤在 2008 年任期結束之後，不再連任中
共國家主席的職務，而由曾慶紅接任國家主席，這個要求在中共
黨內引起了不小的爭論。

　　分析認為，曾慶紅到 17 大時已經 68 歲了。按照他在 16 大
幫助江澤民逼退李瑞環的規矩，曾慶紅在 17 大也要退休。因此，
他必須爭取再進一步，得到中共黨政軍三大最高權力之中的一
個。否則，即使能勉強保住中共政治局常委，仍然是屈居人下，
此後就再也沒有機會了。以曾慶紅的野心當然不甘心就此罷休。

　　曾慶紅長期以來輔佐江澤民，其人以黨務和情報為權力重
點，屬於軍師和宮廷陰謀家的角色。

第四節

保利換人 曾慶紅被「特別關照」

2014 年 1 月 9 日，香港影視大亨邵逸夫逝世，習近平、中共人大委員長張德江、前總理朱鎔基、溫家寶等人發送唁電，國務院港澳辦主任王光亞、原香港中聯辦主任彭清華、澳門中聯辦主任李剛及國務院港澳辦原主任魯平、原副主任陳佐洱、陳滋英等也發送唁電或表示慰問。

外界注意到，中共前常委曾慶紅和江澤民不被露面。根據中共高層「露面」潛規則，曾慶紅或被「特別關照」了。調查、軟禁？目前無法證實；而江澤民已經連續缺席中南海高層排名，「失蹤」八個月了。

中國問題專家石藏山表示，邵逸夫追悼會名單顯示中共高層嚴重分裂。這個露面規格說明兩個敏感問題：首先，根據目前露面的規格，顯然是過去管理香港事務的中央主要官員都有露面，唯獨缺少曾慶紅。

　　曾慶紅曾掌管香港事務十多年，跟香港富豪非常熟悉，曾慶紅沒能露面，這一點非常說明問題。顯然，曾慶紅處境非常不妙。曾可能被軟禁或者已經接受調查，不能再公開露面。

　　2014 年 1 月 15 日，中共國資委官網宣布，徐念沙將出任中國保利集團公司黨委書記；免去陳洪生中國保利集團公司黨委書記、黨委常委、黨委委員職務。

　　徐念沙是已故原中共軍委副主席劉華清的女婿，而劉華清是前中共黨魁江澤民、曾慶紅的「冤家宿敵」。此時正值中共派系激烈搏擊，高層公開分裂，此次人事布局頗具意味，令外界諸多推測。

　　此前不久，保利集團下屬的保利華億傳媒控股有限公司總裁董平也被帶走調查。董平是曾慶紅在保利安插的代言人之一，在瓜分利益蛋糕中，他代表著江派在保利的利益。董平被帶走調查與親共媒體拋出曾慶紅，都顯示曾的勢力大衰，在保利內部及其他位高權重的部門，曾慶紅和江派的黨羽開始被清洗，很多人預測，曾慶紅也將面臨如薄熙來、周永康一樣被清算。

　　保利集團的前身是「保利科技有限公司」，始創於 1983 年，由中共軍方總參謀部、總裝備部和中國國際信託投資公司聯合組建，1992 年在保利科技有限公司的基礎上成立中國保利集團公司。

　　保利集團的背景複雜，各利益集團勢力盤根錯節。保利掌管著中共軍方及政府的大宗生意，包括軍火出口生意，其背後同時受中共太子黨與江派曾慶紅勢力控制，內部各山頭利益糾葛。曾慶紅羽翼豐滿後於 1999 年 3 月把保利攬入自己懷裡，他把保利集團從軍隊劃歸到中共中央大型企業工作委員會管轄，成為政府架構下的國企，曾慶紅勢力藉此滲透其中。

而保利從其成立之日起就受中共軍方控制，歷任第一、二把手的多是老軍頭後代。保利集團名譽董事長、總參裝備部少將賀平是賀彪的兒子、鄧小平女兒鄧榕的丈夫；保利副董事長是姬鵬飛的兒子姬軍；保利董事、黨委副書記王小朝是楊尚昆的女婿；葉劍英兒子葉選廉是保利主要負責人之一；保利前任董事長王軍是王震的兒子；保利剛被免職的董事長陳洪生是原江西省委書記陳正人的兒子。

曾慶紅和江澤民派系在 1989 年「六四」學潮後登台。其勢力壯大後，與太子黨利益階層不斷發生衝突。江澤民目前身體狀況極不穩定，一會清醒一會糊塗，曾慶紅是江派背後真正的掌門人。雖然曾慶紅自己是太子黨出身，但面對巨大的金錢與權力誘惑，他與其他太子黨們也免不了勾心鬥角。因保利內部分贓不均，背後的太子黨勢力已經與曾慶紅翻臉，矛盾激化之後就是你死我活的鬥爭。

當王立軍事件爆出曾慶紅與江澤民、周永康等策劃政變後，習近平與中共大佬及太子黨們非常惱怒，致曾慶紅在黨內四面受敵。2014 年新年後，海外親共媒體突然高調報導，曾慶紅深涉周永康案，並稱曾慶紅與中共石油系腐敗窩案有直接關聯。

第七章　一張靈牌　牽出幕後主使

周黨反攻大動作

第八章

製造網癱和離岸醜聞逼宮

周永康馬仔、「610」頭目李東生被正式免職，中南海政治搏殺劇
碼達到衝突新高點。繼陳光標紐約鬧劇失敗後，中共江澤民集團
接二連三再出毒招：大陸網路癱瘓、國際記者同盟的報告，企圖
逼宮捆綁習近平。（大紀元合成圖）

第一節

大陸網路大癱瘓 江派再逼宮

2014 年 1 月 21 日，中國大陸網際網路突然出現訪問故障，由曾慶紅把持的中共黨媒，將事故栽贓給《大紀元》等被中共封鎖的網站提供翻牆服務的軟件公司。（大紀元合成圖）

2014 年 1 月 21 日下午 3 時 10 分左右，大陸網際網路發生前所未有的大災難：當用戶想訪問帶有 .com、.info、.net 和 .org 等域名的任何網站時，出現在他們眼前的卻是一個 IP 地址為 65.49.2.178 的美國公司的網頁，而且鏈接速度很快，25 毫秒就能在大陸各地數千萬網路用戶終端，鏈接到太平洋彼岸的這家美國公司的網站上。

事發九小時後，被民眾稱為是由中共江澤民派系人馬控制的《環球時報》搶先報導說，這個 IP 地址屬於美國北卡羅萊納州卡里鎮的動態網 DIT（Dynamic Internet Technology）公司，他們是翻牆軟體「自由門」的創始人。「其服務對象包括《大紀元》、美國之音、自由亞洲電台等，為中國的網際網路用戶提供被屏蔽網頁的訪問服務。」

大陸媒體轉載此文時，大多暗示是動態網導致了網路大癱

瘓。幾年前《新紀元》曾經採訪過這家幫助大陸民眾突破網路封鎖的動態網公司，一個小鎮上的民間公司，就能讓大半個中國的網路癱瘓好幾個小時，假如真是這樣，中共在其標榜炫耀的「網路戰爭」中就不堪一擊了，怎麼可能還和美國白宮或五角大樓網際網路的發明人抗衡呢？懂點網際網路知識的人一看就知道，這是中共官方的誣陷造謠，目的就是嫁禍人。

只在大陸出現的國際性根域名錯誤

大陸曾經出現過兩次類似根域名故障，一次是 2013 年 7 月 6 日，上海聯通 DNS 設備發生故障，導致 2G、3G 的手機用戶無法上網。另一次是一個月後的 2013 年 8 月 25 日，.cn（中國）根域名服務器全線故障。這次是時隔五個月，大陸再次發生 DNS 故障。

不過這次不同的是，出現登錄故障的是頂級域名為 .com（商業機構）、.net（從事網際網路服務的機構）、.org（非營利性組織），而且令人奇怪的是，事故只發生在大陸，連香港的網路都沒有問題。

目前管理頂級域名的「根服務器」，全世界只有 13 台根，名字分別為「A」至「M」，其中十台設置在美國，另外三台設置於英國、瑞典和日本。假如這 13 台機器中某個出現問題，那全世界的用戶都會受影響，怎麼這次只有大陸上網出事呢？

民眾分析是中共防火牆故障

第二天，「網易科技頻道」發表了專業人士撰寫的文章《DNS

被污染後續：中國網際網路為何輕易被劫持？》，他們分析是中共自己搞的長城防火牆鬧出了事故，反而誣陷好人，結果遭到眾人唾棄和打臉。文章還附上了一幅 PS 的「打臉圖」，大陸民眾紛紛大讚並且轉發。防火長城（Great Firewall，常用簡稱：GFW，也稱中國國家防火牆）是中共為了監控網際網路而設立的一套審查系統。網際網路創立的最終目的就是促進信息的交流，而防火長城的主要功能就是阻止信息流通。

在網易文章的跟帖中，最熱門的評論帖說：「明明是自己測試長城防火牆的時候技術人員太蠢，搞的 DNS 大面積污染，人家自動切斷你的請求，怎麼栽贓到美國頭上呢？揭開真相——採用域名劫持（域名污染）技術，使用思科（CISCO）提供的路由器 IDS 監測系統來進行域名劫持，防止了一般民眾訪問被過濾的網站。對於含有多個 IP 地址或經常變更 IP 地址逃避封鎖的域名，GFW（長城防火牆）通常會使用此方法進行封鎖。」有 3000 多人留言中，其中超過 770 人力挺該觀點。

更多的專業分析指向了大陸官方為阻止民眾訪問國外網站而建立的防火牆，有民眾公開說：「有能力做這事的組織不多……其實我想到只有一個：那就是造長城的……」該帖子贏得超過 400 人力挺。有的說，「我猜測是境內網際網路管理機構員工手誤，烏龍指。」

美專家找到原因：金盾防火牆人為所致

很快，民眾的猜測得到了專家的認證。人民網 1 月 24 日罕見發表來源「驅動之家」題為《聽美國專家揭祕中國網際網路癱

瘓的原因》的文章，稱美國人找到此次中國發生的大規模網路癱瘓事件的原因——中共防火牆的工作人員人為造成。

文章表示，《華盛頓郵報》的一篇文章援引美國專家的分析，中共屏蔽網站是利用了網際網路架構的一個弱點。當用戶在瀏覽器上輸入一個域名如 Facebook.com，請求會先發送到一個 DNS 服務器，服務器會將域名解析到一個正確的 IP 地址——計算機識別彼此的一串數字。防火牆使用的 DNS 污染方法會將域名解析到一個錯誤或偽造的 IP 地址。

21 日的問題是所有的 .com、.net 和 .org 域名被解析到美國動態網的一個 IP 地址。加州伯克利國際計算機科學學會研究員 Nicholas Weaver 認為，中共防火牆通常的屏蔽規則是「Block everything going to this IP address」，而此次工作人員將其輸入為「Block everything by referring to this IP address」，因此造成了上述問題。

江派曾慶紅被指是幕後真凶

此次大陸大面積網路癱瘓事件發生後，被中共江派曾慶紅、周永康所控制的媒體《環球時報》第一時間高調報導，報導稱這是一場駭客攻擊，並罕見點名為《大紀元》等被中共封鎖的網站提供翻牆服務的美國研究翻牆軟體「自由門」的動態網公司，而這些敏感詞都是中共長期封鎖的，一直不敢讓大陸民眾知道的詞彙。

在中共迫害法輪功開始後，江澤民父子在封鎖網際網路的問題上不斷加大力度。耗資 60 億人民幣的「金盾工程」就是由江

澤民的兒子江綿恆一手操辦，用其來封鎖法輪功真相。為了攔截和過濾關於法輪功的真實信息，江澤民集團投入巨資建立和維護全方位的監視系統。

大陸的「金盾工程」和「金卡工程」把十幾億中國人置於高科技嚴密監視中，個人隱私隨時隨地都可能受到侵犯。

「金盾工程」一方面收買攏絡跨國網路公司，另一方面全面封鎖國外異議網站，加強中共對網路的監控。江綿恆實際上是江澤民統治之下的電子警察總警監。

著名經濟學作家何清漣形容：「金盾工程」是威權政治下的高科技怪胎。她表示，在金盾工程的嚴格控制下，這一「獨立於國際網際網路之外」的網路給中國帶來的不是資訊的自由交流，而僅僅是即時通訊工具如 E-mail 等對電信行業的衝擊，以及網路色情的氾濫。

2005 年美國哈佛大學法學教授約翰‧帕弗雷（John Palfrey）公布了一份調查中國網路封鎖的研究報告，其結果顯示網站在中國被封鎖的機率：包含「六四」的是 48%；包含反共政治主張的是 60%，正面報導法輪功的信息是 100%。

2009 年鬧得紛紛揚揚的「綠壩－花季護航」過濾軟體，中共對外宣稱是為了過濾色情內容。但是美國密西根大學計算機工程系的幾位專家對「綠壩」軟體進行了分析，並於 2009 年 6 月 11 日發布了研究報告，專家們發現，其過濾的內容很大程度上是與法輪功有關的，有一個用於過濾的關鍵詞的詞庫文件名就叫「法輪詞彙」（FalunWord.lib）。

這是江系自己投的毒

時政評論員陳思敏表示，海量的域名解析結果都指向一個IP，會使該伺服器不堪重負而死當，試問哪個加害者會自我攻擊？尤其有知情者曝光部分內幕，即全中國各地被解析出這個 IP 的時間全都在 25 毫秒左右，這個時間光是物理計算都不可能位於任何一台根服務器，何況根服務器全在國外。

他表示，誰能有這麼大本事入侵中國 DNS 根伺服器？當然是防火牆自己，也就是江系人馬投的毒。後來據知情者爆料，是中南海派人「手動」干預，否則故障會持續更久。

簡而言之，這次全中國網路大癱瘓，如出一轍江系 2013 年8 月 16 日為了脅迫對薄熙來案件的審理而發動的玩弄上海股市的「8·16」光大烏龍指事件。

十多年前中共已經搞過一次栽贓

據介紹，中共類似栽贓手法在 2002 年的新浪蓋網事件中就利用過一次了。2002 年 9 月 28 日，新浪網出現被轉接到法輪功網站或者是不能正常流覽的情況，調查顯示是由於中國國內約 50家 ISP（網際網路服務供應商）的域名解析服務器上的域名遭劫持而引起的。

這次大陸網路癱瘓，很多人是認為，最可能的幕後操縱者就是中共自己的防火牆製作團隊，事件正是中共自己在賊喊捉賊。一位有太子黨背景的中共前高級官員分析說，這次網路阻擊的手法，就是江澤民的大管家曾慶紅的陰毒思路，現在又公開由曾慶

紅控制的《環球時報》嫁禍法輪功。

不過事與願違的是，中共江派每次企圖嫁禍法輪功，都在為法輪功做宣傳。這一次也一樣，很多民眾在網上推薦自由門：「自由門很好。可以看到《人民日報》、《環球屎報》不一樣的觀點。」世界上還從沒有過哪堵牆，是為了關押自己的國民而建的。柏林牆是一個，「長城」是一個。「拆了這堵牆吧，戈爾巴喬夫先生！」

有評論指出，曾慶紅策劃的這次網路癱瘓事件，企圖栽贓動態網，反而使大陸民眾更加了解動態網，並同時為《大紀元》做了免費廣告宣傳，目前每天有上百萬民眾通過動態網瀏覽大紀元網站的消息。

江派為何要自己投毒破壞網路呢？為了栽贓動態網和《大紀元》，為何不惜損害數億網民的切身利益呢？接下來我們會分析這背後驚人的政治動機。

第二節

國際記者公布貪官
第三次逼宮

2014 年 1 月 21 日，「國際調查記者同盟」發布調查報告中共權貴在離岸金融中心持有祕密資產，涉及五名現任或前任中共政治局常委的親屬，卻獨缺江派三大巨貪常委江澤民、曾慶紅、周永康。（大紀元合成圖）

　　2014 年 1 月 21 日，在發生中國網路大癱瘓的同時，國際上還發生了一件令人震驚的事：總部設在美國華盛頓的民間組織：國際調查記者同盟（International Consortium of Investigative Journalists，ICIJ）發表了一份調查快訊，稱「至少有五名現任與前任中共中央政治局常委的親屬在英屬維爾京群島和庫克群島等離岸金融中心持有離岸公司，其中包括現任國家主席習近平、上屆國務院總理溫家寶及李鵬、上屆國家主席胡錦濤以及已故領導人鄧小平。」

　　該組織的網站 http://www.icij.org/ 以 .org 結尾，想必當天也在癱瘓之列，不過該消息還是以「出口轉內銷」的方式在隨後幾天給大陸帶來巨大震動。

被人餵料的鬆散民間調查團隊

據該網站自我介紹，國際調查記者同盟是美國公共誠信中心（Center for Public Integrity）在 1997 年建立的一個國際調查記者網絡，在 60 多個國家有 160 名記者參與。其成立目的是想在全球範圍內針對國際犯罪網絡、商業和政府高層人物的不端行為以及無賴政權等進行深入的調查，如哪些美國公司從伊拉克和阿富汗戰爭中獲得最大收益。不過由於資金不足、人力和信息來源的缺乏等，該團隊的調查工作此前並沒有多大影響力。

然而這一次他們拿到了「獨家爆料」。2012 年 11 月，正值中共 18 大召開前夕，北京高層胡溫習李陣營與江澤民陣營為權力鬥得你死我活的時候，該組織總監傑拉德·萊爾（Gerard Ryle）收到了一個 260GB 的移動硬盤，裡面裝有 250 萬份緩存文件，詳細記錄了 170 多個國家的個人和公司持有的 12 萬間離岸實體。這是新聞媒體第一次掌握如此大量的離岸系統內部資料，規模是維基解密（Wiki leaks）2010 年發布美國國務院洩露文件的 160 倍。

所謂離岸實體，是指某公司或機構在該國成立，但與該國沒有什麼關係。世界比較出名的離岸中心有英屬維爾京群島、薩摩亞、香港、開曼群島、關島、馬恩島等。一般有錢人在離岸管轄區註冊公司時，投資人不用親臨註冊地，而且可在全球任何地方開展業務，而所繳納的稅收、接受的監管都非常優惠，民間通俗的說法就是有錢人的避稅天堂。

國際調查記者同盟介紹說，密檔裡有將近 2 萬 2000 名中國大陸和香港的離岸投資者，其中至少包括 15 名中國富豪、全國人大代表以及深陷貪腐醜聞的國企高管。密檔還包括了 1 萬 6000

名台灣離岸投資者的資料。

　　由於工作量過於龐大，國際調查記者同盟決定邀請全球記者一同進行整理，來自北京、台北、美國紐約、華盛頓、伯克利、西班牙馬德里以及德國慕尼黑的記者參加了此調查。同時，參與這一項目的媒體有《南德意志報》、北德意志電視台以及其他國家 50 多個媒體機構夥伴，其中包括香港《明報》，和大陸一家沒有透露名字的媒體。

　　兩天後，該組織公布了一份報告，給出了一些模糊的證據，如發生了多起貪腐醜聞的中國石油業與 BVI 離岸中心有密切聯繫，但報告稱，沒有證據表明這些石油公司及其高管有不法行為。

　　在西方人的眼裡，只要能證明自己的錢是合法得來的，合理避稅並不算違法。不過在社會主義的中國，財富屬於國家和企業，中共一再宣稱禁止官員家屬下海經商，禁止官員以權謀私，假如這些調查結果是真實的，這等於是變相證明中共高官家族都在以權謀私，中共是「人民的公僕」的謊言就不攻自破。

　　就在這份報告發布幾小時後，大陸著名法律學者許志永被審判。官方給他的罪名是「聚眾擾亂公共秩序」，他是參與呼籲官員公示財產的活動人士之一。在這一周，至少八名活動人士因呼籲官員公布財產而受到審判。而在 2013 年，至少 15 人因此而被抓被判刑。

第三節

國際調查記者同盟的遺漏

中石油貪腐窩案揪出周永康家族的兩大金庫，曝光周永康與周斌父子貪腐近千億元財富。2013 年 8 月《新紀元》獨家披露的周斌（圈中人）澳洲賭場尋歡照日前在各大論壇再度瘋傳。（新紀元）

曝光權貴 獨缺三大巨貪

在獲悉溫家寶的女婿、胡錦濤的兒子、習近平的姐夫等擁有離岸公司外，人們驚訝地發現，這份報告沒有包括被國人視為貪腐大王的江澤民的兒子江綿恆、周永康的兒子周斌、曾慶紅的兒子曾偉的信息，也就是說，江派三大巨貪常委都不在其中。很多人由此質疑這份報告的真實性。

澳洲《悉尼晨鋒報》曾發表長文披露江澤民與曾慶紅家族的暴富史。文章稱，江曾家族開啟了現代太子黨大規模從商斂財的先河。

近年來轟動國際的中國多起重大貪污案，如「周正毅案」、「劉金寶案」、「黃菊前祕書王維工案」等都涉及到天文數字的貪污受賄、侵吞公款，都與江澤民家族有關。

如 2007 年案發的中國證券市場有史來第一大案，涉案金額高達 1.2 萬億人民幣「招沽權證案」，直接將江澤民、江之子江綿恆、江之外甥吳志明，以及中共高層賈慶林、黃菊等捲入。

據《中國事務》透露：「江澤民在瑞士銀行存有 3 億 5000 萬美元的祕密帳戶。」另據香港媒體披露，國際結算銀行 2002 年 12 月曾發現一筆 20 多億美元的巨額中國外流資金無人認領。之後中國銀行上海分行行長劉金寶在獄中招認，這筆錢是江澤民在 16 大前夕，為自己準備後路而轉移出去的。

江澤民的兒子江綿恆擁有龐大的電信王國，董事頭銜多的數不清，上海若干重要經濟領域他都染指，也是上海灘的大哥大。

前中共政治局常委、國家副主席曾慶紅家族涉及巨額貪腐也是早廣為人知，其子曾偉不僅因山東魯能案侵吞幾百億人民幣，還和太太蔣梅於 2008 年斥資 3240 萬澳元（約人民幣 2 億元）在澳洲購買了一座房產交易史上第三昂貴的豪宅而被全球媒體追擊。

「美國之音」的報導說，很多人不知道的是曾偉曾是中國石油界的巨亨，他的經濟活動涉及到中國經濟的各個領域。曾慶紅的弟弟曾慶淮涉足影視業，從中大發其財。

曾慶紅是中國石油幫的第一代掌門人，曾任中共解放軍軍政大學副主任的辛子陵，實名舉報曾慶紅的兒子曾偉空手套白狼。文章披露，2006 年曾偉從銀行貸款 7000 萬，在山西太原買了一座煤礦，然後通過有關係的評估公司，評估虛報升至 7.5 億人民

幣，再由山東最大國有企業魯能集團出資 7.5 億收構。通過幾次
這樣的反覆操作，本來沒有拿出一分錢的曾偉，像變魔術一樣，
手上有了 33 億元。

2010 年 11 月香港雜誌《爭鳴》發文曝光曾慶紅家產上百億，
並遭眾元老當面嚴斥：「蛻化變質」、「口是心非」、「晚節不
保」……。文章並指，15 屆、16 屆時，中共中央高層內部早已
多次提出曾慶紅的問題，「為什麼不作調查、不作結論？」「誰
在為曾慶紅護短？」但曾慶紅卻多次公開叫囂：沒有哪本馬列著
作規定官員家屬不得經商，中國要允許合理的貪腐等等。

最近盛傳已被抓捕隨時會被拋出的前中共常委、政法委書記
周永康，其家族的貪腐也是令人震驚。2013 年，隨著中石油貪腐
窩案的曝光，周永康家族的兩大金庫前中石油總裁蔣潔敏與周永
康的前祕書李華林、前四川省委副書記李春城與周永康的另一個
祕書郭永祥亦被曝光。有消息稱，這兩大金庫將周氏變成了中國
真正的首富家族，周永康父子積攢近千億元的財富。

2013 年 12 月 23 日，法廣引述消息稱，中共政法王周永康涉
嫌貪腐的金額高達人民幣 1000 億元，即使不加上謀殺、政變等
罪行，也足以讓其被判死刑。有海外中文媒體稱，周永康家族擁
有龐大「金錢帝國」的明暗兩線，水落石出時將震驚世人，周案
或將成為中共建政以來最大的政治腐敗案。

隨著「周永康案」在海內外瘋傳準備「收網」之際，周永康
之子——周斌不斷被陸媒公開點名；同時，2013 年 8 月《新紀元》
獨家披露的周斌澳洲賭場尋歡照日前在各大論壇再度瘋傳，周斌
讓十多個俊男美女陪他享樂，光給這些人的一天報酬就夠中國百
姓活好幾年。

第四節

釋放黑材料是周薄政變之一

江派人馬利用給海外媒體餵料，最突出的、影響最大的還是《紐約時報》刊登的所謂溫家寶家族貪腐 27 億美元的報導。（Getty Images）

　　2012 年王立軍事件之後，周永康與薄熙來的政變計畫曝光，其政變布署中包含利用西方媒體釋放胡錦濤、溫家寶、習近平的負面消息。

　　《大紀元》曾獨家披露，中國網際網路大企業「百度搜索」，過去幾年深度捲入北京高層內鬥，由重慶前市委書記薄熙來和政法委書記周永康操控之下，悄悄在網際網路上發起釋放胡錦濤、溫家寶及習近平三人負面消息的行動。報酬是迫使谷歌退出中國業務，使百度一家獨大。百度重慶業務主管後被中紀委控制調查，並供出大量驚人內幕。

　　2010 年 3 月，薄熙來、周永康先後接見百度總裁李彥宏，按中紀委有關口供筆錄的說法，他們做出了「相當縝密的攻擊胡錦濤、溫家寶和習近平接班的網路宣傳計畫」。

周永康、薄熙來就用這個隱蔽的手法，將類似胡錦濤的兒子胡海峰、溫家寶兒子溫雲松的經商腐敗信息、習近平女兒習明澤等負面消息，通過百度貼吧、知道、空間等大量傳播，已經廣被中國國內網民熟知。

2013 年在審訊薄熙來案件時，有知情人曝光說，薄案關鍵人物之一的大連實德總裁徐明，自 2011 年投入了總計 5000 萬美元的資金，發起針對習近平和溫家寶的輿論攻擊，據說這些造謠信息的製作，就是前不久被免職的「610」主任、公安部副部長李東生。

李東生給西方主流媒體餵假料

媒體人出身的李東生，精通輿論造假，直接利用這些資金策劃了一系列的倒胡溫和習近平的媒體行動，在國內主要是透過百度等網站；在海外則是向彭博和美聯社等主流大媒體放料，包括港台等相關中文媒體也配合搖旗吶喊，希望這些黑材料出口轉內銷。

海外媒體已廣泛報導，美國媒體彭博社（Bloomberg）就是被李東生主要餵料的國際主流媒體之一。「美國之音」在李東生被免職後稱，不久前，彭博社設在北京和上海的記者站受到中共官方安全名義的檢查，傳搜出李東生向外媒透露的中共高層官員的內部材料。美國《財富》雜誌 2013 年 12 月 2 日也報導說，中共當局 2013 年 11 月末在同一天突然檢查了彭博社設在北京和上海的兩個記者站。這兩次未經事先告知的檢查是以安全檢查名義進行的，檢查者不是警察，而是一些文職人員。外界猜測是中紀

委的人。

美國彭博通訊社網站 2012 年 6 月 29 日報導稱，習近平家族財產過億，並透露他們收到的習近平家族「材料」有一千多頁，習親屬公司報表全部收集，甚至還有親屬的個人身分證影本、家庭住址照片等。

2013 年 12 月 2 日，李克強與到訪的英國首相卡梅倫在人民大會堂舉行聯合新聞發布會，隨同卡梅倫訪華的彭博新聞社駐英記者布羅·赫頓在最後一刻被中方拒之門外，理由是「不適合參加」。

江派人馬利用給海外媒體餵料，最突出的、影響最大的還是《紐約時報》刊登的所謂溫家寶家族貪腐 27 億美元的報導。

2012 年 10 月 26 日，《紐約時報》大篇幅登出時任中共總理溫家寶家人擁有巨額資產的消息，引起世界關注。但是《紐約時報》這個自稱獨家調查報告中提到的溫家寶妻子的珠寶問題，在百度上幾年前就能檢索到，是周永康在前些年「爆料」溫家寶的舊聞重炒。

該篇文章的記者張大衛（David Barboza）表示，對溫家寶家人「貪腐材料」的收集他花費了 10 個多月的時間做艱苦的調查。不過這一說法被「美國之音」揭穿。「美國之音」資深編輯寶申在 10 月 26 日一期視頻節目中說，「美國之音駐京記者東方在現場連線介紹，在北京的英文媒體的機構或者說外文媒體的機構都收到一份非常厚的報告。包括溫家寶家人的經濟投資情況，甚至包括一些審計機構的認證。」這顯示溫家寶的政敵在故意向海外媒體「餵料」。不過這篇文章後來還獲得了普利策新聞獎，由此可見江派勢力對海外的滲透到了何種地步。

負面報導習近平、溫家寶的資料在去年「彭博社」、《紐約時報》刊登出來之後，周永康集團威脅下一個目標就是胡錦濤。

集權政權遍布陷阱 但謊言難擋真相

很多人發現，由於中共嚴密控制了中國的所有媒體、網路和民間言論，外界很難獲得大陸的真實情況。比如 2003 年中國爆發薩斯期間，一位西方中國問題專家嚴密監控了中國所有媒體網站的信息，並對 3000 多條新聞進行了數據分析對比研究後，他認定這次中共絕對沒有撒謊，絕對沒有隱瞞疫情，但當真相曝光後，他才恍然大悟：當一個集權統治控制一切時，人們掉進謊言的陷阱中很難自拔，哪怕你去現場調查，你看到、聽到的都是事先被人安排好的場景，就跟「楚門」的故事一樣，人們很難獲得真實信息。

而這次國際調查記者同盟恐怕也落入了同樣的陷阱：因為他們的信息來源是有人故意提供的，而且他們用來進行鑑別真偽的對比素材，也都由中共媒體發布的。

與此同時，很多讀者看到，當看到大紀元集團旗下的《大紀元》報紙、《新紀元》周刊等媒體針對中國政局的準確獨家報導接連不斷，江派就迅速成立了許多從未聽聞的出版社出版混淆視聽；種種抹黑行動在中共 18 屆三中全會結束前達到高峰，香港媒體幾乎一面倒的站在江派的一邊，全面地攻擊和唱衰習李王當局。

等到了李東生落馬前，海外各大中文媒體包括港媒迅速轉向，突然一窩蜂的報導周永康因為意圖陰謀政變推翻習近平而被捕，其中發布第一手信息來源的多是長期發放胡溫和習李王等黑

材料的媒體。究其原因就是江澤民集團在三中全會大敗於習近平當局後，自感無力再與習正面交鋒，被迫斷尾求生，主動拋棄已經成為甕中之鱉的周永康，意圖掩蓋鎮壓法輪功中包括活體摘取法輪功學員器官等驚天罪行，避免被清算。

江派「同歸於盡」的威脅突顯絕境

此前在審理薄熙來案時，當北京高層還在猶豫是否給薄熙來判刑，判幾年刑，是否把周永康牽扯進去時，江派就曾利用媒體不斷釋放各種威脅，聲稱周永康作為中共情報頭子、特務頭子，有極為充足的資源和便利的條件，收集所有常委及其家人貪腐的證據，證據一旦披露，就不是誰上誰下的問題，而是大家「同歸於盡」的問題。如今周永康案件面臨在多大程度上加以審理的問題，於是，這些所謂「證據」在關鍵時刻被江派利用西方記者的調查報告釋放出來了，這也突顯了江澤民集團的窮途末境。

接下來人們關心的是，現任當權者會屈服於這種威脅嗎？當初江派竭力想把周永康和薄熙來切割開來，不對周永康加以制裁，但後來局勢的發展證明江派的威脅並沒有生效，周永康的所有心腹親信幾乎都被抓、被查，只剩下周永康這隻死老虎了，周隨時會被正式宣布擺上審判台。

江派上演的這部恐嚇戲，倒也應了中國那句古話：搬起石頭砸了自己的腳，機關算盡太聰明，反算了卿卿性命。

周黨反攻大動作

第九章

江派死亡恐嚇
遭習更大反擊

「610」頭子李東生落馬，江派連出三毒招：陳光標紐約鬧劇、大陸網路癱瘓、國際記者同盟的報告，企圖逼宮捆綁習近平。面對江派的拚命攻擊，習近平也毫不手軟，成立了清查政法委的祕密小組，大量清理周永康、曾慶紅、江澤民人馬。（大紀元合成圖）

第一節

清查政法委小組成立
大清算開幕

據港媒報導，2013 年 12 月 16 日，中共中央政治局宣布成立「中央清查整頓政法系統班子領導小組」，目的是清查中共中央政法系統前高層涉嫌極其嚴重的違法亂紀活動和行徑。何時能公開公布「雙規」周永康，要看北京的戰略安排。（AFP）

　　2014 年的日曆剛走過 20 天，敏感的人們早就感受到大陸官場的烽火硝煙了，整個空氣中都充滿了大爆炸前的緊張氣氛，較量雙方一連串的出招與接招，環環相扣，比武打動作片還激烈。自從 2012 年 2 月王立軍出逃後，中國政壇在這兩年裡的風雲變幻，比最精彩的好萊塢大片還吸引人，因為雙方展開的是你死我活的殊死較量，看戲的讀者們，既是觀眾，也是參與者，因為民眾的反饋也直接導致搏擊雙方決定下一步如何出招。能成為這部歷史大戲的見證人和參與者，也算我們這代人的福分。

　　就拿西方的聖誕節到東方的過大年這一個月來說吧，自從 2013 年 12 月 25 日周永康在政法系統的頭號馬仔李東生被正式免職開始，「打虎」的習近平陣營，與被打的江澤民派系之間，至

少爆發了三次大戰役：陳光標紐約鬧劇、大陸網路癱瘓、國際記者同盟的報告，這三次大戰都是江派在被習陣營點到死穴之後的拚死反撲，越鬧越大，直逼習近平本人。

面對江派的拚命攻擊，習近平也毫不手軟，不但抓了李東生和周永康，還成立了清查政法委的祕密小組，同時大量清理周永康、曾慶紅、江澤民人馬，並對中石油、中移動等黑窩進行大清查，還抓了造謠出版社的姚文田，針對溫家寶這個倒薄推手遭遇的攻擊，官方不斷釋放信息力挺溫家寶……

短短 20 多天就上演了這麼多劇目，難免讓人看得眼花繚亂，下面就讓我們一起來逐個剖析這個比古代宮廷劇更熱鬧百倍的現代官場記。

中紀委將主導司法改革

2014 年 1 月 18 日，據南都、財經等網站報導，1 月 14 日，中共中央紀委、監察部網站發布任命書，宣布中央紀委常委、監察部副部長黃曉薇已經在一個月前的 2013 年 12 月 17 日，擔任中央司法體制改革領導小組成員。這是中共官方首次正式宣布，中央紀委、監察部參與中共中央司法體制改革工作。

中共官方簡歷顯示，53 歲的黃曉薇，1998 年 5 月從遼寧省營口市站前區紀委書記任上調任中央紀委辦公廳後，一直在中央紀委任職。

據官方介紹，司法體制改革領導小組成立於 2003 年，由中共中央政法委、全國人大內務司法委員會、政法各部門、國務院法制辦及中央編制辦的負責人組成，時任中央政治局常委、中央

政法委書記擔任組長，也就是說，司法小組一直在羅幹、周永康的江派控制下。

此次是官方首次正式披露中央紀委、監察部已經參與中共中央司法體制改革工作。此前，中央紀委、監察部剛剛完成一輪對過去參與的領導小組、協調小組、聯席會議等議事協調機構清理和清退，由過去的125個精簡至14個，只對確需參加的予以保留，避免「錯位」和「越位」。

大陸媒體沒有報導的是，黃曉薇獲得升遷，是因為她成功破獲了六年前一起針對胡錦濤的暗殺案，她由此被歸為團派大將。

胡錦濤險被暗殺 江胡鬥生死搏擊

據《新紀元》周刊2013年1月31日出刊的第312期《暗殺胡錦濤案 黃曉薇查辦獲升遷》介紹，2006年「五一」，江澤民到泰山、濰坊等地「旅遊」期間，胡錦濤也在這個時候祕密到達青島，視察北海艦隊的一場軍事演習。當胡乘中共最先進的導彈驅逐艦行駛於黃海海面時，胡的座艦忽然同時遭兩艘海軍驅逐艦機關炮掃射，胡身邊的五名海軍士兵被打死。

導彈驅逐艦立即載胡疾速馳離艦隊演習海域，直到安全海域，胡錦濤即刻換乘艦上的直升飛機飛回青島基地。胡未作停留，也未回北京，直飛雲南。一個星期後，確定一切安排就緒才飛回北京。

在黃海逃過暗殺的胡錦濤，回京後馬上重拳回擊，中共軍方大洗牌：海軍副司令王守業判死緩，據稱是為了留下活口對付江澤民，因為王供出他的後台和拍檔就是江辦主任賈廷安。原海軍

司令、江提拔的親信張定發病死後遭低調處理。屬於江系人馬的北京衛戍區司令及政委雙雙換人。

同時，胡藉中紀委以「反腐」名義整跨上海幫，北京副市長劉志華、上海市委書記及中共中央政治局委員陳良宇、青島市委書記杜世成等相繼被雙規革職，政治局常委黃菊的政治生命被終結，另一名常委賈慶林的醜聞滿天飛。

2006 年 12 月 24 日新華社報導，中共山東省委副書記、青島市委書記杜世成因違反黨紀遭到免職。報導稱，杜世成涉嫌在國有土地轉讓批租中黑箱操作，多次收受房地產商賄賂，為親屬謀利。杜世成自己在嶗山區擁有價值千萬元的豪宅，並且長期包養情婦。

2008 年 2 月，福建廈門市中級法院對杜世成作出一審判決，以受賄罪判處其無期徒刑。內部消息稱，杜世成下台真正原因是杜世成與張定發參與了對胡錦濤的暗殺。當時所有和張定發、杜世成稍微熟悉、認識的人都被調查了，青島政府大大小小的頭目幾乎都換了個遍，官員都是從濟南調過去擔任的。

不過，官方在宣布黃曉薇進入司法小組的同時，並沒有公布該領導小組的組長由誰出任，外界猜測黃曉薇當組長的可能性，比孟建柱可能還高些。不過無論是當組長，中紀委將主導政法委的司法工作，這已經成為定局。而且更重要的是，大陸媒體沒有公布中共中央在下令中紀委入主司法小組的同時，還祕密成立了另外一個小組：清算政法委小組。

成立「清查整頓政法系統小組」

據《爭鳴》2014 年 1 月號報導，2013 年 12 月 16 日，中共中央政治局宣布成立「中央清查整頓政法系統班子領導小組」，其任務是清查中央政法系統前高層涉嫌極其嚴重的違法亂紀活動和行徑。何時能公開公布「雙規」周永康，要看北京的戰略安排。

報導稱，此小組的任務主要集中在四個方面：一、政治上背著中央另搞一套，造成對社會穩定、政治穩定的危害；二、組織上拉幫營私、官黑勾結；三、經濟上濫權，貪污受賄、侵吞公款；四、生活上腐化墮落，引起民憤。

這個小組對中央政治局、人大常委會、中紀委負責。組長是王岐山、副組長栗戰書（政治局委員、中辦主任）、周強（最高法院院長）、郭聲琨（國務委員、公安部長）、黃樹賢（中紀委副書記、監察部長）、胡澤君（最高檢察院常務副檢察長）。

值得注意的是，周永康的另一馬仔、據稱也已經被調查的現任最高檢察院院長曹建明的名字，並沒有出現在小組名單之中。

第二節

江派三招逼宮 欲捆綁習近平

周永康的馬仔李東生落馬，點中中共江澤民集團的死穴。陳光標紐約誣陷法輪功失敗之後兩周，江派血債幫主導了更大規模的對法輪功的誣陷活動：不惜讓大陸絕大多數網站癱瘓，也要再次上演逼宮鬧劇。（大紀元合成圖）

　　從時間順序上看，2013 年 12 月 16 日中央祕密成立清算整頓政法委小組，第二天的 12 月 17 日對外宣布黃曉薇擔任中央司法小組成員，中紀委插手政法委，緊接著三天後的 12 月 20 日晚上七時 40 分，中共中紀委監察部網站宣布，「中央防範和處理 X 教問題領導小組副組長、辦公室主任，公安部黨委副書記、副部長李東生涉嫌嚴重違紀違法被調查。」

　　《新紀元》在當周的報導中，詳細分析了中紀委這段話背後包含的巨大內涵，不是按照常規突出李東生的公安部副部長的身分，而是罕見地突出其隱祕身分——被百姓稱為「610」的副組長和辦公室主任的身分，官方還特意強調了他「曾參與主創《焦點訪談》」、「媒體出身『轉行』政法」等細節，其實就是暗示，李東生的主要罪行就是因為他是「天安門自焚事件」的媒體策劃者、實施者和傳播者，誣陷迫害上億修煉真善忍的法輪功群眾。

五天後的 12 月 25 日，李東生被宣布免職，其在北京、上海的住宅被查抄，而在此前 10 天的 12 月 15 日，中紀委、中組部已對中央政法委前領導班子部分成員和主要領導進行審查，並頒布禁止出國的禁令。

關於李東生落馬的詳細內幕，請看《新紀元》周刊 2014 年 1 月 2 日出街的第 359 期《周永康頭號馬仔李東生 殺不見血》，第 360 期的《周永康亮底牌 逼習近平動用殺手鐧》等文章。

2001 年除夕，李東生利用《焦點訪談》節目，幫助羅幹散布其導演的殺人戲，謊稱「法輪功學員在天安門自焚」、「要自殺升天」等謊言，從而激起民眾對法輪功的莫名仇恨。由於策劃「有功」，李東生被提拔為央視副台長，並隨後調到公安部擔任副部長，並享受「610」主任的正部長級待遇，李東生也就這樣從一個媒體人，墮落成了暴力機器的掌控者，成了江澤民手下負責反法輪功宣傳的黑手。

《四個電話錄音曝光 李東生罪惡滔天》一文中還曝光了李東生作為「610」主任，跟隨江澤民、曾慶紅、羅幹、周永康等元凶，在迫害法輪功上欠下累累血債，他甚至直接參與了活體摘取人體器官的反人類罪行。

也就是說，李東生的落馬，不單單是因為他個人的貪腐作風問題，而是牽扯到整個政法委這二十多年犯下的累累罪行，特別是對法輪功的鎮壓問題。李東生的落馬，標誌著對政法委系統大清算的開始，習近平的目標不只是一個周永康或李東生，而是背後那套被百姓稱為「最黑暗的」政法委體系。

陳光標紐約鬧劇 捆綁逼宮破產

2013 年 12 月 20 日前後，得知李東生被公開調查後，江澤民的幕後操盤手曾慶紅，馬上安排了其豢養多年的國安商幹特務、花大錢扶持起來的所謂「大陸首善」陳光標的紐約之行。

正如本書前面介紹的，紐約之行，讓人們看清了陳光標的特務身分，他在 2014 年 1 月 7 日其假借要收購《紐約時報》而召開新聞發布會，目的只是為吸引全世界的媒體都在到場，看他上演所謂捐助 2001 年天安門自焚騙局的兩個受傷母女的整容鬧劇，但結果是《一張蠢牌牽出三個幕後人（羅幹、曾慶紅、江澤民）》，《江派「逼宮」流產 中南海決戰在即》。

曾慶紅原想利用天安門自焚騙局來捆綁習近平，因為對法輪功的迫害還沒有停止，他們企圖讓國際社會對法輪功抱有負面印象，未料法輪功和平反迫害 14 年來，真相早已廣傳並深入人心，全球輿論對陳光標的誹謗行動都報以冷淡或指責態度，甚至大陸上至官媒下至門戶網站等，一律封殺了自焚整容等消息，江澤民集團再次企圖綁架當權者、同時誣衊法輪功的毒計破產。

法輪功才是中國的核心問題

一些對中國局勢不太了解的大陸讀者也許會問，江澤民集團和習近平陣營的爭奪怎麼都圍繞法輪功問題？法輪功不是被打下去了不存在了嗎？這是中共故意散布的謊言。據知情人介紹，目前全球包括中國大陸學煉法輪功的依然是一億人，大陸的法輪功學員依然是主體。

　　按照普通人的想法，薄熙來貪腐了 100 多億人民幣，周永康貪腐了 1000 多億，有幾萬輩子都花不完的錢，他們為何還要密謀政變，非要推翻習近平不可呢？江澤民、曾慶紅、周永康都是七老八十的人了，為何不消停下來在家舒舒服服地養老，每天還有無數的營養師、保健師、保鏢、美女侍候，他們為何要這樣「勞心勞力」地搞「第二中央」、搞政變呢？

　　人的貪慾是一方面，但更主要的是因為中共江澤民集團犯下了反人類罪行，對上億法輪功學員欠下了累累血債，一旦喪失權力退下來，就得面臨被清算，因為後來當權者誰也不肯為前任背這個歷史包袱，也背不起這個黑鍋：誰敢包庇反人類罪犯呢？

　　1999 年 7 月 20 日，中共前黨魁江澤民不顧其他政治局常委的反對，一意孤行發動了對信奉真、善、忍的法輪功群體最慘烈的迫害，並持續 14 年至今。據中共高層透露，中共每年動用相當於國民經濟總產值（GDP）四分之一規模的綜合經濟資源來維持迫害，最高時甚至到四分之三。

　　鎮壓法輪功，不但讓中共徹底喪失了民心，而且由此導致全國性、全方位的道德淪喪、官場貪腐、社會矛盾尖銳，已經讓中國社會和中共的統治，都到了崩潰的邊緣，中國社會隨時都可能爆發巨大的災難，而這一切惡果的根源，就是江澤民集團鎮壓了中國社會最善良最有道德凝聚力的法輪功群眾。習近平想要重新治理國家，處理法輪功這個歷史遺留問題也就成了他面臨的首要問題和最關鍵的核心問題。

　　也就是說，江澤民集團因迫害法輪功而恐懼被清算，拚命奪權保權，甚至不惜發動政變，習近平陣營為了執政並恐懼中共倒台，不願替江派背黑鍋，於是雙方展開了你死我活的權力

廝殺，圍繞的核心都是法輪功問題，採取的招數都是要給對方致命的打擊。

從 2012 年 2 月的王立軍逃館開始，薄谷開來案、王立軍案、薄熙來案、政法委降級、勞教制度廢除、反腐風暴全面針對石油幫及江系人馬，到最近落馬的「610」頭子李東生，以及接下來的逮捕周永康、收網曾慶紅、江澤民等，這些現象的背後都有一條迫害法輪功的主線：王立軍曾親自處理過數百上千活摘器官案例，薄谷開來、薄熙來、周永康、李東生等，是活摘法輪功學員器官的主要參與者和組織者，如今習陣營表面上的經濟反腐「打老虎」，其實都是打擊江派血債幫成員，這也是老天爺懲罰惡人的體現。

紐約鬧劇後 習近平要除害群之馬

從這個角度就能明白，習近平陣營拿李東生的「610」主任身分來開刀，就是點中江派血債幫的死穴，所以曾慶紅才不惜血本地拋出陳光標紐約「自焚整容」鬧劇。

面對江派在紐約上演的逼宮戲，要強迫捆綁習近平加入迫害法輪功的陣營，習近平陣營也施以回擊，一方面徹底封鎖陳光標「整容」鬧劇傳回大陸，而且在陳光標紐約新聞發布會的第二天，習近平在中央政法工作會議上，罕見地發出重話，稱「以最堅決的意志，最堅決的行動」、「堅決清除害群之馬」。一周後的 1 月 14 日，習近平又在中紀委第三次全體會議上放狠話，稱要「以刮骨療毒、壯士斷腕的勇氣，堅決把反腐敗進行到底」。

江曾被除名 溫家寶不斷「亮相」

2014 年 1 月 1 日後，海外媒體紛紛引述北京消息人士的話表示，中共中央將在新年前宣布對周永康的正式立案調查。此前很多消息稱，2013 年 12 月 4 日周永康被抓，後關押在天津中紀委管轄的某個別墅裡，由 39 軍嚴密看守。

面對周永康的被抓，江派血債幫恨得牙根都快咬斷了，但也無力改變現狀，於是就把怒火燒向最先、最堅決要求逮捕周永康的「仇敵」溫家寶身上。一時間，很多江派媒體宣稱，周永康是二號專案，一號專案組就是調查溫家寶的。

溫家寶被看作是薄熙來、周永康等江系人馬的頭號政治敵人。早在 2012 年中共兩會上，溫家寶批評和否定重慶「唱紅打黑」是文革遺毒，公開對薄熙來的定性，之後又堅決表示查周永康，在中共高層內部多次提出要「逮捕周永康」，此後，中共政法委降級，多人被抓，政法系統被削權，都與溫的積極奔走有關。

《新紀元》此前曾報導，溫家寶在一次中南海內部會議上說：「不施麻藥，摘活人器官，還拿去賺錢，這是人幹的事情嗎？這種事情發生多年了，我們要退休了，還沒解決……」「現在出來王立軍這件事，全世界都知道了，藉處置薄熙來把法輪功的問題解決了，應該是水到渠成……」結果溫成為整個江派的攻擊目標，中南海政局動盪。

面對江派越來越激烈地攻擊，溫家寶也開始反擊。2014 年 1 月 18 日，港媒公布了溫家寶致香港前中共人大代表、教育專家吳康民的一封澄清信。溫在信中稱，自己退休後過著鍛鍊、讀書、習作及會友等生活，但仍十分關心國內外大事。他強調，「自己

從沒有，也絕不會做一件以權謀私的事。」

吳康民表示，在溫家寶退任後，海外傳來不少有關溫家族的負面消息。不少消息來自美國。

2014 年 1 月 19 日中共官媒「人民網」發表題為《揭祕前國務院總理溫家寶的家世》的文章，變相替溫家寶證明其清白。文章以 2003 年溫家寶的在一次記者會上的原話「……我是一個很普通的人」開頭。文章多次強調溫家寶出身書香門第、教育世家。搜狐、網易等媒體紛紛轉載此文。

此前 2012 年 10 月 26 日，在薄案調查過程中，江派利用李東生不斷給海外媒體餵料，結果導致《紐約時報》發表了溫家寶家族貪腐 27 億美元的驚人消息。儘管第二天溫家寶找到律師發表嚴正聲明，保留對不實報導的起訴權利，溫家寶還在政治局會議上主動提出要公布其家庭財產，但由於其他政治局常委不願公布財產，結果溫家寶一直背黑鍋，儘管官方第二天大篇幅報導溫家寶參加一展覽的照片，以示官方對他的支持。

外界注意到，中南海在對待溫家寶的消息和周永康的負面消息，採用的手法差異很大。2013 年 12 月，中南海通過非正式渠道釋放出「周永康被抓」的消息，持續升溫，海外媒體不斷跟蹤報導，但官方至今未對此正式表態，既沒有否認，也不承認，更沒有「闢謠」。

而且，退休後的溫家寶頻繁在官媒上「露面」，與之相反的是，江澤民、曾慶紅、周永康等人，卻在媒體上「消失」了。香港《明報》引述北京獨立學者陳子明稱，現在很多人都心慌慌，甚至很多前常委都人心慌慌，現在讓溫出來講話，這是一個很重要的信號……在下一波的打「大老虎」運動中，估計會牽涉到很

多前常委。

比如 2014 年 1 月 9 日，香港影視大亨、邵氏電影公司創辦人邵逸夫的喪禮，習近平、朱鎔基、溫家寶等人都發出唁電致哀，但曾管理香港事務多年、經常與邵逸夫打交道的曾慶紅卻沒能「露面」，外界普遍認為，曾慶紅處境非常不妙，可能被軟禁或者已經被調查。

跟曾慶紅的消失一樣，江澤民也連續缺席中南海高層排名，並「失蹤」八個多月了。2013 年 12 月 17 日，在一代名伶紅線女遺體告別的官方報導中，胡錦濤、朱鎔基、溫家寶隨同現任政治局七位常委「露面」，卻沒見到江澤民的名字，同時官媒報導名單中未見任何一個江派背景的前常委。

江派再上演更大逼宮戲：大陸網癱

面對習近平陣營的這一系列動作，江派並沒有收手，他們也不可能收手，因為一旦江派主動放棄就等於自投羅網，於是，2014 年 1 月 21 日，也就是在 1 月 7 日陳光標紐約誣陷法輪功失敗的兩周以後，江派血債幫主導了更大規模的對法輪功的誣陷活動：不惜讓大陸絕大多數網站癱瘓，也要再次上演逼宮鬧劇。

光誣陷法輪功，江派血債幫還覺得不過癮，就在 1 月 21 日同一天，他們還利用一個所謂獨立的美國記者協會，搞出了一個出口轉內銷的貪腐調查報告，裡面不但有他們最恨的溫家寶的兒女的「貪腐罪行」，還有習近平、胡錦濤的直系親屬的貪腐嫌疑，但唯獨沒有眾所周知的貪腐大王江綿恆（江澤民之子）、周斌（周永康之子）、曾偉（曾慶紅之子）的材料，這讓人們對其調查的

公正準確性強烈質疑。

憑藉這個記者聯盟的所謂獨立調查，江派釋放出強烈而且明確的信號：要死一起死。你習近平不是想清算我們政法委，清算我們血債幫嗎？那我就把中共高層所有官員的貪腐情況公布於眾，讓你們根本無法再有臉站在檯面上，讓你整個中共倒台，成為我們滅亡的陪葬品。

於是，在這你來我往的一招還一招的搏擊中，人們不但看到了戰火硝煙、刀光劍影，還聽到了四面楚歌的喊殺聲，一場大決戰已經拉開了序幕。

不過就在 1 月 21 日這一天，《南華早報》突然披露，2013年 10 月計畫出版余杰炮轟習近平新書《中國教父習近平》的香港出版社老闆姚文田於深圳被捕的消息。此前，姚文田的晨鐘出版社在中共「18 大」前後敏感時期出版了《河蟹大帝胡錦濤——他讓中國失去了十年》和《中國影帝溫家寶》等書，外界評論說，這背後涉與江派周永康、曾慶紅等的祕密交易。

硝煙瀰漫下 習近平出任國安委主席

2014 年 1 月 24 日，中南海在一片硝煙中召開了政治局會議，宣布中央「國家安全委員會」由習近平任主席，李克強、張德江任副主席，下設常務委員和委員若干名。這是 2013 年 12 月 30日政治局會議宣布習近平擔任中央「全面深化改革領導小組」組長之後，習的又一次攬權行為。

目前習近平擔任的職務有：中共中央總書記、中共國家主席、中共中央軍委主席、中共國家軍委主席、「全面深化改革領導小

組」組長、「國家安全委員會」主席，全面統管所有事物。

此前《新紀元》就曾分析，面對江派的各種阻力和挑釁，習近平為了實現自己的「施政綱領」，就必須得學美國的總統制，讓自己具有一票否決的權威性，假如像歐洲那種內閣議會制，或中共所謂的集體領導，九龍治水等，江派的幾個常委就會趁機暗中作梗。

比如習近平 2013 年 1 月就提出要廢除勞教制，但張德江利用自己掌控的人大，故意拖著不辦，結果最後還是李克強以國務院的強行規定，廢除了勞教制。

2014 年 1 月 22 日下午，中共中央「全面深化改革領導小組」第一次會議在北京召開，人們才從官媒報導中獲悉，副組長由李克強、中共中央書記處書記劉雲山、及中共國務院副總理張高麗三人擔任。李克強排在了江派常委劉雲山及張高麗之前，顯示出其將出任「深改小組」第一副組長。

就在 2013 年 11 月中共三中全會召開不久，《新紀元》出版了新書《習李王三權聯盟時代——未來中國九大轉折》，書中分析了習近平、李克強會利用王岐山的反腐，強勢地從江派常委中奪取權力，如今回頭來看，局勢就是這樣發展演變著，2014 年不但周永康被抓，江澤民、曾慶紅的日子也很難過了。

毫無疑問，更多精彩大戲，將在甲午馬年上演，讓我們繼續看戲、演戲。

第三節

一案雙查
王岐山要查周永康上級

江派周永康（中）勢力範圍的石油系統大地震，中石油窩案爆發並持續發酵，多名高管被帶走調查。而石油幫幕後真正大佬曾慶紅（右）被擺上台。（Getty Images）

甲午馬年的大年三十，正好和公曆的 1 月 30 日重合，這一天雖然不在新年一周的假期內，但人們基本都提前回家準備團年飯了。不過這一天卻有人還在加班加點的工作，也許是為了給人們飯桌上的閒談增添滋味，中共中紀委就在這一天釋放了兩個非常醒目的信號：一是將江澤民的親信季建業送司法處理，二是讓「財新網」推出了新節目《周道》。

中共以往查辦腐敗案件時，一般不會追究到中共政治局、常委一級，即所謂「入局不死，入常免罪」，然而自「18 大」以來，尤其是薄熙來、周永康政變陰謀敗露後，當局一再重申「反腐沒有禁區」，「沒有誰不能動」，定罪周永康已成既定事實，如今人們談論更多的是，周永康之後的大老虎會抓誰呢？

一案雙查 王岐山強調團伙性腐敗

2014 年 2 月 4 日正是大年初五，中紀委再次進入人們的交談話題中。這一天，新華網首頁重點發表了《中央紀委研究室：實行「一案雙查」追責當事人倒查相關領導》，此文援引中紀委書記王岐山最近的講話稱，對發生重大腐敗案件要實行所謂的「一案雙查」，既要追究當事人責任，又要倒查追究相關領導責任，包括黨委和紀委的責任。

大陸各大門戶網站當天普遍以標題為《中紀委：重大腐敗案要倒查追究相關領導責任》轉載此文，放在頭條板塊的顯要位置。所謂「一案雙查」，是指對發生重大腐敗案件和不正之風長期滋生蔓延的地方、部門和單位，中紀委查案時，既要追究當事人責任，又要追究相關領導責任。

王岐山除了要求一案雙查，還要求查辦團伙性窩案。《新京報》在《中紀委：一些大案要案存在多年遲遲未發現》一文中，轉述中央紀委研究室的結論：一些被揭露查處的大案要案，實際上已經存在好多年了，卻遲遲未能發現，結果愈演愈烈、怵目驚心；有的地方長期存在團伙性的腐敗活動，涉案人數很多，活動範圍很大，也遲遲未能查處。

人們一聽就知道這是意有所指的，直接針對周永康和其背後的江澤民集團。自習近平、李克強、王岐山新一屆中共領導班子上台，四川、湖南、湖北、廣東官場，乃至原政治局常委周永康治下的中石油、政法系統等均有數量頗為可觀的腐敗官員被查處，被稱為窩案；此現象表徵了中共「團伙性腐敗」的猖獗，從中紀委近日的言論來看，將有更多腐敗窩案和貪腐高官浮出水

面。

中共 18 大後，周永康的心腹、親信紛紛落馬。從四川省擴展到石油系統、政法系統。周永康的親信除李春城、郭永祥、李崇禧、蔣潔敏等人被公布受調查之外，「湖北政法王」吳永文、中石油副總經理李華林等與周永康關係密切的高官也傳被調查。

江澤民集團兩大巨腐窩案被鎖定

過年前，中紀委、軍隊、武警、公安等部門紛紛對習近平升級「反腐打虎」的力度和級別表示「堅決擁護」；外界普遍認為「更大的老虎」已被瞄準。此時，中移動、中石油被鎖定，突顯江澤民集團兩大貪腐「死穴」被抓牢。

2013 年 12 月 26 日，大陸傳媒「財新網」的「紀念日」開闢「中移動窩案」專欄，盤點從「2009 年底原中移動黨組書記張春江案發引爆中移動窩案，到目前已有 14 名中層以上管理人員因貪腐落馬，涉案金額巨大」。

此段最後一句強調「更多的關聯公司也被捲入漩渦」，為升級此案埋下伏筆。「財新網」此舉被分析認為，重拾江澤民家族的犯罪記錄，修復被隱去的江澤民家族的犯罪事實，收拾江澤民家族所犯罪行的時間逼近了。

江澤民當政時期坐大的中移動，作為國內電信第一大巨頭，至今壟斷地位所向無敵。中國移動是江澤民家族的「私人企業」已經不是祕密，馬力、葉兵、魯向東三案查不動、弄不清，阻力來自江澤民家族無疑。

江家的干預迫使王岐山再選突破口，先後下手「雙規」廣州

移動總經理李澤欣（2013 年 4 月）、廣東移動總經理孫煉（2013年 7 月），而後是中國移動廣東公司董事長兼總經理徐龍（2013年 8 月）。

2013 年 12 月 27 日，大陸《新浪財經》、《中國企業家雜誌》、《中國經營報》等媒體均轉載《華夏時報》的一篇標題為《兩壟斷央企成碩鼠最多企業 專家稱具天然腐敗性》的文章。此文強調：國企反腐史上最大的兩起腐敗窩案，莫過於中石油窩案和中國移動窩案。兩家企業被視為國內最賺錢的企業，擁有壟斷資源也最強大，先天的優勢成為碩鼠最多的企業。

2014 年 1 月 15 日，據中紀委監察部官網消息，經中共廣東省委批准，廣東省紀委對中國移動廣東公司原董事長、總經理徐龍嚴重違紀問題立案檢查。

在中移動窩案被查的同時，周永康石油幫的窩案也在不斷曝光，中石油多名高管被帶走調查，周永康父子雙雙被抓已不算新聞，外界等待中共當局公布消息，而石油幫幕後真正大佬曾慶紅也被擺上了台。

第九章　江派死亡恐嚇遭習更大反擊

周黨反攻大動作

第十章

貪腐淫亂的曾慶紅家族

悉尼豪宅

魯能電力

曾偉　曾慶紅

曾慶紅兒子曾偉，多年前的貪腐醜聞不斷在海外曝光。2014年2月15日，海外傳出曾慶紅兒子曾偉已被中紀委軟禁的消息。（大紀元合成圖）

第一節

曾慶紅兒子——曾偉暴富軌跡

澳洲居民曾偉

曾偉，男，生於 1968 年 9 月，今年 46 歲。有中外傳媒稱，其長期從事石油貿易，是資本運作高手。曾偉 2007 年移民澳洲，據說是其甩出 3240 萬澳幣（當時折合 2.5 億人民幣）買了澳洲有史以來第三貴的水岸豪宅，於是拿到澳洲永久居民身分。

幾年前大眾還不知曾偉是何方人士，後來人們得知他是曾慶紅的獨子，1990 年代初在其父一手包辦下，經朋友安排進澳洲墨爾本大學讀書。這位朋友在華人社區找到一位贊助商，安排了曾偉的大學錄取及住宿。但據稱曾偉從未在墨爾本大學出現過，他到達澳洲後即以外商身分，涉足物流、證券、石油、地產等商務。

也許是家傳，曾氏一直「悶聲大發財」，不顯山不露水，暗地裡鼓搗。後來大陸《財經》雜誌《誰的魯能》一文問世，人們

激憤之餘，才從字裡行間嗅出曾家大公子的銅臭味。之後，才有了「資本運作高手」這一貶大於褒的稱謂。

曾妻蔣梅

蔣梅，曾偉妻子，1972 年 2 月出生，1991 年畢業於北京舞蹈學院，同年進入中國中央芭蕾舞團任主要演員。1996 年進入央視，曾擔任幾個欄目主持人，還出演過《黑龍江三部曲》等幾部電視劇以及芭蕾舞劇《胡桃夾子》、《天鵝湖》、《吉賽爾》。

2002 年底，名主持蔣梅一夜間從觀眾視線中消失，她獨立主持的兩個欄目也突然易人，令觀眾感到驚愕，外界紛紛揣測其變何因？隨後蔣接受採訪，稱離開是為了挽救婚姻，「儘管我們之間並沒有出現任何問題，但防患於未然也是應該而且必要的。」自己的「另一半」在商海打拚多年，目前小有成就，創辦了一間科技公司。蔣決定給老公營造一個溫暖舒適的「生活大本營」，並說是無悔的選擇，堅稱不會放棄工作，「幾個月後，我將重新回來主持這兩檔節目。」但至今蔣梅也沒返回央視。

就在一些網友「懷念」蔣梅之際，有人在「新蹤跡」網站發帖稱「偶然發現曾慶紅之子曾偉及其老婆蔣梅在悉尼豪擲 3200 多萬澳幣買房」。

後來人們發現蔣梅在中國房地產開發商「人和集團」工作。根據 2010 年人和香港上市子公司、人和商業控股有限公司年度報告指，蔣梅董事「負責協助……執行董事制定戰略」。報告說，2009 年公司支付了她 81 萬 7000 元人民幣（約 12 萬 8000 美元）。人和集團網站記載：「蔣梅女士，40 歲，於 2007 年 12 月獲委任

為本公司非執行董事。蔣女士於 2002 年加入人和集團，負責協助執行董事制定本集團的策略。自 2002 年起，彼擔任哈爾濱人和世紀董事。彼亦分別自 2005 年及 2007 年起獲委任為廣州人和及鄭州人和董事。在加入人和集團前，彼於 1993 年至 2000 年期間擔任中國一間廣告公司的副總經理。」

曾、蔣也是澳洲水果萬事達國際有限公司（Fruit Master International Ltd.）的董事。公開文件沒有透露該公司是做什麼的，公司會計師拒絕發表評論。

一號專案對象曾慶紅

曾慶紅，中共惡首江澤民時期的二號實權人物，被指是江的「軍師」、「核心智囊」。他是中共毛時期曾山與鄧六金之子，1989 年「六四」屠城後隨江澤民進京，任中共中央辦公廳副主任。1992 年在排除楊尚昆、楊白冰兄弟事件中為江澤民穩定地位起了決定性作用。後升為中共政治局常委；2003 年至 2008 年任中共國家副主席。曾主管黨內特工系統，被中共內部稱為「黑面殺手」，整人手段殘忍。2003 年以後幾年，曾還是中共港澳工作主管，至今香港發生的幾起重大犯罪案，都為此人幕後主使。有人這樣形容：曾慶紅狡詐陰險，江澤民集團的所有罪行，曾都是主謀之一。

2009 年，澳洲媒體曝光了曾偉夫婦在澳洲成為投資移民後，申請整修房屋但幾次被駁回的事。此消息在中共高層引起軒然大波，有人要求中央調查曾偉的資金來源，令曾慶紅十分驚慌。後來他到江西、福建等地考察時，放話搪塞中央：「我怎麼管，怎

麼約束！他們都成人了，有自由發展的空間，在這方面是平等的！」

2010 年，香港媒體發表題為《曾慶紅家產百億元——眾元老批曾富豪是偽君子》的文章，披露了很多鮮為人知的祕密。當年的 10 月 9 日，由中共元老喬石、宋平、尉健行等提議，在北京西山中央招待所召開「老同志特別組織生活會」，有近 30 名原政治局常委、委員及老將軍出席，其主題為「老同志要保持晚節，管教好家屬子女」。胡錦濤、吳邦國也有到會。

據稱曾慶紅在會上進行了自我檢查，承認自己有五大錯誤和過失，一是退休後生活上搞特殊化，追求享樂……留下污點；二是對自己家屬管教鬆垮、放縱……；三是對自己家屬、親屬在工作上、經濟上、戶籍上的不合理要求，作了特別安排，在社會上造成惡劣影響。……不過，對曾偉的巨額資金來源，曾慶紅隻字不提。

在中共前政治局常委、政法委書記周永康即將被習李王以二號專案坐實拋出之際，據說涉及大老虎曾慶紅的「一號專案」也在啟動。

媒體披露，曾慶紅已被迫向中共中央表示不袒護兒子曾偉的非法行為，要求兒子回國接受調查，否則斷絕父子關係。據了解，曾偉近期已經回到中國大陸，處於被軟禁狀態。

不上大學「賣西瓜」 一年變巨富

1993 年，曾偉被曾慶紅遣人安排進了墨爾本大學讀書。然而，當年只有 25 歲的曾偉從未在墨爾本大學出現過。對此，曾慶紅

很驕傲地向友人解釋，因為兒子決定經商，要努力銷售人們需要的商品，為此甚至運來一卡車西瓜證明自己要這樣做。

1994 年在北京工人體育場觀看北京隊與 AC 米蘭的足球表演賽時，一位曾家的朋友看到曾偉坐在一家企業的包廂內。他想把曾介紹給中信公司的老闆、王震的兒子王軍，令他尷尬的是，王軍說：「我跟他很熟，這場球賽就是曾偉贊助的，是他邀請了 AC 米蘭。」有誰能說出，25 歲的曾偉如何在一年時間裡，從賣西瓜變為操縱數百萬美元贊助活動的能人？

收購魯能 令千億國資流失

大陸《財經》雜誌 2007 年 1 月 8 日在封面故事《誰的魯能》中揭露，山東最大型國有企業魯能集團在轉制中，被前中共國家副主席曾慶紅的兒子曾偉和他的朋友趙君士以 37.3 億元的價格，買下了帳本淨值 738.05 億元，實際價值 1100 億甚至更多的山東魯能 91.6％的股權。《財經》的報導沒有點出曾偉的名字，但之後《財經》遭到重大打擊——總編胡舒立和她的團隊被趕出《財經》雜誌。

曾偉和趙君士的 30 多億怎麼來的呢？據報導，他們在山西太原花 7000 萬人民幣買一個煤礦，然後經過一個有關係的評估公司評估到 7.5 億人民幣，再要挾魯能出資 7.5 億收購，這樣幾次類似的操作，兩人的資產就達到了 33 億的資本！

《誰的魯能》寫道：魯能近年來崛起於山東大地，橫跨煤電、礦業、房地產、工程建設、金融、體育等多項產業。不論是對電力業界資深人士，還是街頭匆匆而過的行人，都如雷貫耳。鮮為

人知的是，經過一年來的輾轉騰挪，這個龐大的企業王國已悄然易主。

魯能集團，原為國家電網山東電力集團公司下屬的「三產多經」企業（電力行業內部對「三產」和多種經營公司的通稱），如今已然是羽翼豐滿的企業王國，總規模不僅超過原母體山東電力集團，也超過勝利油田、兗州煤礦、海爾集團等其他知名本地企業。

據國家統計局山東調查總隊截至 2005 年底的資料，魯能集團以總資產 738.05 億元傲居山東企業第一。

很少有人知道，這家「巨無霸」數年前已並非國有企業了。更少人知道，今天的魯能，已完成了驚險的一躍：在內部人嚴密運籌之下，職工退股已基本完成，兩家位於北京的企業——北京首大能源公司和北京國源聯合公司，已獲得魯能集團 91.6% 的股份，兩家公司收購總價格約為 37.3 億元。

魯能兩個「新主人」的名稱，在魯能內部極小的圈子裡一度被稱為「絕密中的絕密」；如今，正是這兩家名不見經傳的神祕公司，成為這一大型綜合性財團的絕對控股人。從這兩家「幸運的」新股東往上追溯，則是層層疊疊密如蛛網的股權轉讓與交易網。

代表新大股東進入魯能集團董事會的國源聯合董事長李彬年僅 36 歲，是內蒙包頭市人氏。魯能集團核心人物董事長高洪德與總裁徐鵬繼續擔任原職。最為神祕的是首大能源派出兩名董事之一的首大能源子公司首大能源科技公司董事長曾鳴，《中證報》在 1 月 17 日列出的名單中，就隱藏了這位曾姓公子的名字。

《誰的魯能》發出如下感嘆：今天的魯能究竟屬於誰？雲深

不知處。

曾鳴究竟是誰？當年低調、隱晦、神祕，玩弄價值 700 多億元的企業轉制買賣，如探囊取物。後來著名政論家林保華在《自由時報》中直接點名：「魯能轉制所涉第一個關鍵人是曾慶紅的兒子曾偉，另外兩個是政治局委員，一個是俞正聲（湖北省委書記、太子黨，與國民政府前國防部長俞大維一個家族），另一個是王樂泉（新疆黨委書記）。」

隨著幾年後洋蔥一層層剝開，幾乎所有人都確認，當時《財經》未明說的曾鳴，就是曾公子曾偉無疑。

「沒有兩個億的進項，免談！」

曾偉做生意胃口很大，坊間流傳曾公子一句名言：「沒有兩個億的進項，免談！」曾慶紅當政時，曾偉傳出不少負面傳聞，包括插手上海大眾汽車、東方航空、北京現代汽車等公司，獲取巨額傭金等等。

曾偉在上海插手和德國合作的合資企業大眾汽車集團，生意談成，生產線引進，他從中拿傭金不算，還有乾股；在北京與韓國現代汽車集團合作的北京現代汽車集團中，曾偉也插進一隻腳。

江澤民兒子江綿恆是上海東方航空公司的董事，曾偉也在上海東方航空公司占位置，而自從江、曾這兩個壞種的兒子在上海東方航空公司有了地位，東方航空公司就連連出事。

2007 年 1 月 2 日中午，東方航空一班從青島飛上海的航機在虹橋機場著陸時，4 個輪胎爆裂，導致機場整個下午關閉。由於虹橋機場只有一條跑道，一旦被占用，所有的航班都無法起飛，

共有超過 40 個航班轉降浦東機場，其中有客機在空中盤旋一個多小時才降落。晚上 6 時 45 分，出事飛機才被拖離跑道，延誤的航班晚上 7 時才陸續恢復起降。東航此前曾多次發生飛機爆胎故障，2013 年 5 月從韓國首爾飛往上海浦東機場這麼短的距離，降落時飛機後部 12 個輪胎居然全部爆裂！

2014 年元月 4 日傍晚更有新鮮事出現，上海浦東機場一架旅客已登機完畢、準備飛往廣東深圳的南方航空客機尾錐突然掉落，幸好機場安檢人員及時發現，才免於發生意外。這是上海浦東機場三天內的第二起事故。

有傳聞稱，曾偉在北京有一家基金性質的公司，主要從事「協助」企業股份制改造並上市發行，其工作內容很簡單，就是通過內部管道獲知都有哪些公司欲股份制改造並上市發行，然後曾偉的公司會主動鎖定那些公司，與他們聯繫。

曾偉的公司聲稱，自己可以包辦企業股份制上市發行的所有政府批件，條件是購買即將上市的企業原始股，比如 2000 萬股，按每股一元算，曾偉只需支付 2000 萬元，但企業一旦上市溢價發行，比如每股 10 元，曾偉手中的原始股就在短期內迅速增值到兩億元，這就是曾大公子著名的「沒有兩個億的進項，免談！」的由來。

因買澳洲豪宅 曾公子浮出水面

網友「一次性馬甲」形容曾偉購買的 3240 萬豪宅所在街區時寫到：

Point Piper 是一個小小的半島，整個 Point Piper 只有 11 條街。

Wolseley Road 正是他的主街。據說，這個地區的街道都不是很大，極重私隱，唯我獨尊，也絕少更換主人。有文章描述說，「在街上走，你看不出什麼名堂，家家院牆高聳，大門緊閉，偶爾會看到一輛最新款的勞斯萊斯或是賓士，駛入或駛出某一全自動的大門。街上又恢復了寂靜。」

近期，中石油前董事長蔣潔敏落馬。從接近中紀委人士的消息獲悉，中央二號專案組（周永康專案）查證，曾慶紅的兒子曾偉耗資 3240 萬澳元（時約 2.5 億人民幣）在澳洲悉尼所購豪宅，其資金主要來自前中石油董事長、後任國資委主任蔣潔敏的利益輸送。

消息人士透露，蔣潔敏在中央專案組反復訊問及查證下，已交待了他在任中石油董事長期間，利用職權討好曾慶紅的兒子，出資為曾偉在澳洲悉尼購買房產的事實，有關款項是經中石油在澳洲的客戶以支付貨款等名義，支付給曾偉的，以當時匯率約值 2.5 億人民幣。

2010 年，澳洲媒體《悉尼晨鋒報》報導曾偉與妻子蔣梅 2008 年在澳洲斥資購豪宅的消息。曾偉和妻子因此獲得澳洲投資移民簽證。消息當時曾轟動一時，但被中共斥為西方媒體故意抹黑中國領導人。

2013 年周永康案坐實後，博訊網稱，有關交易是 2008 年 3 月 7 日簽約的，成交金額是 3240 萬澳元。豪宅的名字叫 Craig-y-mor（克雷格 -Y- 莫爾）。為減少關注，簽約時購買者只有曾偉妻子蔣梅一個人名。成交時沒有貸款，是全額支付。2009 年，紐州地契局（Land Title Office）註冊上加上了曾偉的名字。曾偉使用英文名亞瑟（Arthur）與妻子蔣梅共同擁有該豪宅。豪宅位於

悉尼傑克遜港南岸的 Point Piper。Point Piper 是悉尼最豪華的居住區之一，位於悉尼歌劇院的東面。

豪宅位於半山腰，正面對著悉尼歌劇院和悉尼大橋，被悉尼地產界譽為具有明信片一樣的風格。豪宅占地約 1100 平方米。據稱當時是當時澳洲最昂貴的豪宅，也是澳洲房產交易史上第三昂貴的豪宅。該豪宅位於 Wolseley Road，該路聚集了悉尼乃至澳洲最貴的豪宅。

江家幫敗落 曾家父子將遭清算

歷史的演進，善惡的報應，常常不以人的意志轉移。隨著中共這個史上最大最邪惡的黑幫的面臨崩潰，以江澤民、曾慶紅、周永康、薄熙來為首惡分子的反人類團伙一個個被端上審判台。

僅僅兩年，烈火已經延燒到曾慶紅家族的頭上。人們兩年前根本無法想像當前這個局面。曾偉，這個看似在商界盡量保持低調的太孫黨，終究無法掩蓋其貪腐無度的本性；其父曾慶紅，這個陰損惡毒的權臣，同樣無法抵擋清算與江澤民共同竊國害民的罪惡。曾氏父子給中華民族帶來的種種巨大傷害，在不久的將來，會和薄熙來、周永康等罪犯一樣，為他們的罪惡付出代價，不管其曾經多麼位高權重、多麼財大氣粗，正義之劍早晚會架到其項上。

第二節

曾慶紅姪女躋身女富豪之謎

曾慶紅（右）的幕後支持下，其姪女曾寶寶（左）控股的花樣年公司運用權勢擴及香港房地產項目攫取利益，躋身胡潤大陸女富豪榜前 20 位。（新紀元合成圖）

　　據 2010 年 11 月香港雜誌《爭鳴》披露，中共前政治局常委、原國家副主席曾慶紅家產上百億，這應該是曾在當權時期，其子曾偉在其庇護下，大撈特撈的結果。據悉，曾偉攫取巨額資金的手法除了插手上海大眾汽車、東方航空、北京現代汽車等公司，獲取巨額傭金外，還在北京開了一家基金性質的公司，主要是通過內部管道獲知都有哪些公司欲「股份制改造」並上市發行，然後其公司會主動鎖定那些公司，與他們聯繫，「協助」這些企業順利上市，同時通過獲取原始股獲得高額回報。曾偉還是將國企山東魯能私有化的幕後推手之一。

　　隨著曾家財產越聚越多，曾慶紅於 2006 年決定讓兒子一家四口移民海外，把不義之財轉移出去。而從曾偉夫婦在澳洲買的價值 3240 萬澳幣（2.5 億人民幣）的豪宅，就可以窺見曾家之何等富有。

　　不過，曾氏家族斂財並不限於曾慶紅父子，曾慶紅的二弟曾慶淮和其女曾寶寶也是斂財高手。

　　仰仗著哥哥的權勢，曾慶淮以中共文化部特別巡視員的身分駐守香港，成為活躍於香港和大陸政、商、文圈子的特殊人物，一方面為主管港澳事務的曾慶紅聯絡香港富商等主流社會人物，操控香港政治；一方面為其收集香港情報，同時兼給曾慶紅等中共高官「拉皮條」。知曉曾慶淮背景的一些香港富商們，為了架設一條通往中南海的通道，遂與其建立了權錢交易，不僅贊助其拍攝電視連續劇《貧嘴張大民》等，而且對由其女兒曾寶寶控股的花樣年控股集團有限公司給予大力支持。

　　花樣年公司成立於 1996 年，從事金融和地產業務，其於 2009 年在香港上市。據香港媒體報導，2009 年 11 月 10 日，花樣年公司的投資者推介會再次成為香港城中名流的聚會。除了曾慶淮為其女兒助陣外，到場的香港名流包括新世界發展主席鄭裕彤、華人置業主席劉鑾雄、中渝置地主席張松橋、遠東發展主席邱德根、旭日集團主席蔡志明、英皇證券董事總經理楊玳詩和永固職業主席黃宜弘等均到場。

　　在推介會現場，鄭裕彤表示將斥資 3000 萬美元入股花樣年，西京投資主席劉央也表示將認購 2000 萬美元的花樣年。此外，長實、中人壽、奧氏資本及華平基金等，均於國際配售部分認購花樣年，據透露，花樣年國際配售部分當時已錄得三倍超額認購。

　　另據消息披露，花樣年公司引入的六名基礎投資者包括保利集團旗下的 Hero Path Limited、Rouy Chai International Investment（Group）Company Limited、中渝置地主席張松橋私人公司 Bondic International Holdings Limited、旭日集團蔡志明、Huang

De Lin 以及華人置業主席劉鑾雄。

11 月 25 日，花樣年控股集團有限公司（01777，HK）在香港正式掛牌，創辦人兼執行董事曾寶寶身家也達到約 70.8 億港元，躋身胡潤大陸女富豪榜前 20 位。該公司也成為中國房地產百強企業。在其上市三年來，除了房地產業務擴張外，花樣年陸續完成了相關產業的酒店、商業等領域的業務構建。2012 年，花樣年成為涵蓋金融服務、社區服務、物業國際、地產開發、商業管理、酒店管理、文化旅遊、養生養老等八大增值服務領域的金融控股集團。這背後如果沒有曾慶淮、曾慶紅的有力支持，恐怕是很難做到的。

2013 年 4 月 18 日，花樣年「財富之夜——格萊美巨星音樂會」全球新聞發布會在北京釣魚台國賓館召開，曾慶淮、宋祖英等出席。6 月 8 日，該音樂會在成都舉行，眾多格萊美巨星以及朗朗、宋祖英等獻藝。沒有一定的背景和財力，恐怕這樣的場面不會出現。

在曾慶淮的搭橋下，在曾慶紅的幕後支持下，花樣年公司不僅在香港成功上市，而且在大陸做得順風順水，它甚至還與周永康之子周斌的「白手套」吳兵有了交集。據悉，表面由吳兵控制的中旭投資曾參股了花樣年控股旗下的花樣年實業發展（成都）有限公司，花樣年公司擁有 58.8% 的股份，中旭擁有 10%，另有一邱姓女子掌 31.2% 股份，其名字與吳兵妻子相同。

很明顯，僅從曾寶寶控股的花樣年公司，我們就可以窺見曾家如何利用權勢攫取利益，以及曾家與江澤民、周永康的交集，而這也只不過是冰山一角。如果真正將內幕揭開，必定是怵目驚心。

第三節

女星梅婷涉周永康案 燒及曾家

日前，陸媒突爆曾慶紅家族成員、女星梅婷深度捲入周永康案，習近平陣營升級周永康案也露出端倪。（大紀元合成圖）

陸媒曝梅婷深度捲入周永康案

2014 年 3 月，大陸媒體《中國經營報》以《神祕商人周濱代理人一度介入影視梅婷為合作夥伴》為題，深度揭祕周永康家族的「白手套」吳兵除插手能源外，還插足並不熟悉的影視領域，通過公安部等高層關係開展業務，直接把女星梅婷捲入誰都想退避三舍的周永康案。

一些網路媒體及網民稱此梅婷就是指大陸著名影星梅婷。

該報稱，作為神祕商人周濱（周永康之子）的「代理人」，中旭系實際控制人吳兵，遠不止「能源商人」這一種身分。在吳兵和中旭系龐雜的業務結構中，影視藝術以及投資難以為人忽視。2001 年 5 月，北京中旭傳媒文化有限公司（下稱中旭傳媒）在京設立，由此，中旭傳媒成為吳兵在影視藝術領域拓展業務、

「打通業緣」的平台和起點。

　　儘管中旭傳媒因經營不善註銷，但中旭系的股東卻在不同時點以不同方式相繼介入北京盛世風華影視文化有限公司（下稱盛世風華）、北京博尚文化傳播有限公司（下稱博尚文化）、星韻風華文化傳播有限公司（下稱星韻風華）等公司。這些交易的對手均指向一人，即影視明星梅婷。

　　2007 年，由梅婷持股的博尚文化參與投資拍攝的 22 集電視劇《溫暖》在央視播出。在該劇中吳兵出任總顧問，總策劃為黃婉即周濱之妻。

　　2008 年，央視播出由公安部宣傳局、央視文藝中心影視部、博尚文化聯合攝製的電視連續劇《警察故事》。梅婷不僅成為該劇主演，而且還通過持股的博尚文化成為該劇的投資人之一。在這部劇集當中，中旭系實際控制人吳兵出任出品人。

　　知情人士透露，《警察故事》得到了公安系統高層的高度關注。此後，梅婷持股的星韻風華還在國家大劇院推出了先鋒話劇《螞蟻沒問題》。

　　目前，周濱和其妻黃婉及岳父黃渝生被有關部門控制，中旭系實際控制人吳兵也已配合有關部門調查。這個在能源領域編織了複雜關係網的家族，其代理人何以「圖謀」影視藝術領域的答案，已離揭曉不遠。

　　2011 年，北京梅婷影視文化公司成立（下稱梅婷影視）。公司的經營範圍包括，組織文化藝術交流活動（不含演出）；企業管理諮詢；經濟貿易諮詢；企業形象策劃；文藝創作；會議及展覽服務。

　　《中國經營報》在文章的最後，意味深長地說，盛極而衰，

不過，把她作為合作夥伴的周濱與吳兵，選擇了一條怎樣的「出路」，答案或許就要揭曉。

吳兵、梅婷牽出兩大家族

2013 年 9 月，大陸媒體就已經在關注曾慶淮家族與周永康案的關聯。曾慶紅的姪女、曾慶淮女兒曾寶寶被揭捲入吳兵的「中旭系」貪腐鏈條之中。而且當時還傳出時年 38 歲的女星梅婷將為年近 70 的曾慶淮產子。

女星梅婷，畢業於中央戲劇學院 96 級，和章子怡、秦海璐、胡靜、曾黎、傅晶、袁泉並稱「七朵金花」。她的前夫為導演鄢頗，兩人於 2007 年離婚。

《蘋果日報》此前報導稱，香港的中資圈就傳出女星梅婷 2013 年 8 月正在香港待產，其肚中孩子爹據悉是前中共國家副主席曾慶紅（現年 74 歲）的胞弟，即文化部駐香港特派員、香港中華文化城終身名譽董事長曾慶淮。

2013 年 9 月 11 日，《財經》雜誌副主編羅昌平披露：低調吳兵與神祕「中旭系」，在中石油貪腐鏈條中占據重要位置。

吳兵被外界稱為周永康家的「白手套」，吳兵所控制的企業多以「中旭」或「中旭陽光」為名。四川是吳兵的大本營，中旭實業投資有限公司下屬有兩家水電開發公司、一家房地產開發公司以及多家水電、房產業務鏈延伸的產業公司。

羅昌平稱，中旭在四川開發的錦上花項目就在合江亭附近，合作夥伴是赫赫有名的香港上市公司花樣年控股。

羅昌平透露，2002 年 9 月，中旭投資有限公司贊助由曾慶淮

策劃的在香港舉行的「香江中秋夜」大型晚會。七年後在北京成立中旭盛風文化有限公司，後吸收合併四川嘉仁投資有限公司，在文化投資以外也從事能源等基礎設施建設、金融股權投資。

據悉，中旭投資還先後參股了花樣年控股旗下的花樣年實業發展（成都）有限公司和佳兆業旗下的成都麗晶港項目。

花樣年控股集團有限公司在維基百科中的介紹中，是一間中國大陸地產開發商，於 1996 年由前中共中央政治局常委、國家副主席曾慶紅的侄女、曾慶淮女兒曾寶寶成立，公司主要在深圳和成都等地開發房地產項目。

2009 年 11 月 25 日，花樣年控股集團有限公司（01777，HK）在香港正式掛牌。創辦人兼執行董事曾寶寶身家也達到約 70.8 億港元，足以躋身胡潤大陸女富豪榜前 20 位。

曾慶紅家族貪腐黑幕不斷被揭

「石油幫龍頭幫主」曾慶紅，其家族長期掌控石油、能源、化工行業。兒子曾偉，一直從事石油貿易。曾慶淮家族與周永康家族在石油領域有太多的交集和貪腐黑幕。

曾偉是有名的石油大亨，並且在房地產領域開拓巨大。曾偉直接製造了山東魯能 700 億價值流失的事件，並將絕大部分財富洗到國外。曾偉也是上海大眾汽車集團、上海東方航空公司、北京現代汽車集團的後台老闆。

此前，海外媒體一直在傳「石油幫」涉嫌巨額貪腐。被認為是「石油幫」幕後龍頭的是前國家副主席曾慶紅，他在 1980 年即擔任余秋里的祕書，在石油系統浸淫多年，其後在政壇平步青

雲，官至政治局常委，並一手將「石油幫」的政治勢力推至顛峰，除了他自己是中共 16 屆政治局常委外，曾在石油系統工作逾 30 年的周永康和曾在茂名石化工作多年的張高麗，也分別出任第 17 屆及第 18 屆政治局常委，顯示了「石油幫」在中央的利益。

有知情人士披露，江澤民、曾慶紅、周永康、國開行、中石化中海油、發改委這個體系的運轉模式：其中發改委是裡面的協調機構，並最終制定國內油價價格；陳元通過控制的國開行給委內瑞拉送錢；然後查韋斯（已故的前委內瑞拉總統）給中石油、中海油低價出口石油。但是石油巨頭在國內油價還是賣得很高，最終江派等相關利益集團獲得超額利潤。

曾慶淮支持「唱紅打黑」獲利匪淺

曾慶淮（左）被「捲入」薄熙來案件中。為了支持薄熙來的「唱紅打黑」，親自策劃江澤民情婦宋祖英（中）2011 年 10 月在重慶的大型音樂會。（新紀元資料室）

此前有消息說，曾慶紅的弟弟曾慶淮被「捲入」薄熙來案件中。當初他為了支持薄熙來的「唱紅打黑」，親自策劃了江澤民情婦宋祖英 2011 年 10 月在重慶舉辦的大型音樂會，並從中撈取好處。

據說，重慶官方用巨額資金贊助了宋祖英這次演唱會，其中

時任重慶市公安局局長王立軍就動用了 900 萬人民幣，有人從中截取了「個人巨大好處」，而某廣告公司亦是該次演唱會的得益者。

據悉，曾慶淮是中共文化部特別巡視員，是中國文藝界最重要的「幕後大佬」，其前妻呂某則操縱著同 X 廣告公司。

曾慶淮搞出大陸文藝界潛規則

據《新紀元》報導，曾慶淮是曾家老二，曾慶紅安排他做了中共文藝圈的幕後掌權者。曾慶淮仗著大哥的勢力在北京成立了歌華有限公司，然後上市圈錢幾個億，他還壟斷了全北京的有線電視接入服務，每年僅這一項就收入幾千萬以上，後來又開辦歌華寬帶網路服務公司，每年獲利上億。

大陸官方介紹曾慶淮時說，從 1982 年參與大型音樂舞蹈節目《中國革命之歌》的策劃組織工作後，曾慶淮多次擔任中共大型文藝晚會和藝術活動的總策劃，從中撈取了不少好處。比如從一次紀念毛澤東生日的晚會上，曾慶淮就賺了 1500 萬元。

不過在大陸影視圈裡，曾慶淮最出名的是他搞出了「潛規矩」。他在文化部管文藝演出時，大肆玩弄文藝界女明星，誰要想當女主角，「曾總策劃」必須先過頭一遍手，他的下屬、原中央電視台文藝部主任趙安就經常為他選美女。但曾慶淮不光自己享用，還兼給他大哥曾慶紅拉皮條。曾慶紅點名要「小蠻腰」、苗條又懂風情的女人，結果宋祖英傍上的第一高官就是曾慶紅。

後來，江澤民看上了宋祖英，往小妹手裡遞了一張紙條，雖然江比曾年歲大一輪，但江的地位比曾大出好幾輪，宋祖英這時

已經嚐到傍高幹的甜頭，馬上投入江的懷裡，而且還與丈夫離了婚。宋祖英還想和曾慶紅糾纏，但曾慶紅知道江的妒嫉心甚重，不想給自己找麻煩，就讓他弟弟再找更年輕漂亮的女演員。

後來，趙安因為「中共國母事件」被江送進監獄，曾慶紅怕禍及他二弟，就委派曾慶淮任文化部駐香港特派員。據說曾慶淮的任務是專替他大哥蒐集香港「情」報。

據大陸媒體報導，北京公安拘捕趙安時，在他的家中搜出1000多萬元人民幣現金，而趙安是曾慶淮的主要助手，人們質疑曾慶淮是否更不乾淨。曾慶淮與宋祖英的關係也很密切，宋祖英到世界各地演出，曾慶淮經常到現場捧場。

周黨反攻大動作

第十一章

曾慶紅操控梁振英
禍亂香港

曾慶紅策動梁振英從 2013 年青關會文革暴力鬧劇，到引發香港最大規模的媒體人抗議遊行，再到刺殺劉進圖震驚香港和國際，曾慶紅的目的就是為了攪局添亂，綁架習近平。（Getty Images）

第一節

曾慶紅再用毒招 香港大震盪

香港記者協會 2014 年 2 月 23 日發起
「反滅聲」大遊行和集會,記協宣布
有超過 6000 人參加。(大紀元)

　　2014 年 2 月末,眼看習近平班子在為掌權一年後的第一個人大、政協兩會的召開竭力營造「穩定良好」的局面,甚至不惜搞出個「習大大北京一日遊」;但那廂江澤民派系的「狗頭軍師」曾慶紅也沒有閒著,在李東生落馬,陳光標鬧劇流產、周永康的「四川幫」、「石油幫」、「祕書幫」、「遼寧幫」、「政法幫」的爪牙親信相繼被抓後,曾慶紅策動了多年來他在香港安插扶持的「地下黨員」、香港特首梁振英,在最後時刻利用香港的國際櫥窗功效,上演了一系列鬧劇:

　　從 2013 年的青關會文革暴力鬧劇,到梁振英親自打壓小學教師林慧思,再到 2014 年《明報》主編劉進圖被撤換、商台名嘴李慧玲被封咪,從而故意引發香港有史以來最大規模的媒體人抗議遊行,再到明目張膽地刺殺劉進圖,曾慶紅的目的就是為了攪局添亂,綁架習近平。「你習近平不是要公開揪出周永康和背

後的江曾大老虎嗎？你不讓我日子好過，我也不能讓你舒坦，要死大家一起死⋯⋯」

這段猶如武俠小說中黑幫橫行的描述，卻真實講述了當今中共政局的關鍵問題。

據北京高層信息源向《新紀元》獨家透露，目前香港發生的系列事情，都是曾慶紅幕後指使的。

2013 年 6 月，《爭鳴》就曾披露曾慶紅在列席港澳協調會的內部發言。曾說：「香港出現政治混亂，要害是『奪權』、是搞『政治獨立體』⋯⋯，越亂越好辦，按既定方針解決，香港正能量已消亡時就剩負資產。」這段話曝光了曾慶紅想「奪權」，想把香港搞亂，想按照他原來既定的方針來耗盡香港的正能量，最後留給習近平的只是負資產，也就是只留下一個包袱，一堆爛攤子。

不過曾慶紅沒想到的是，香港人不是像他想像的那麼容易擺布。香港雖然是個好吃、好喝、好玩的地方，但香港也是世界文明的櫥窗，也是繼承中西方文化傳統而拒絕被共產黨污染的地方。香港民眾能 24 年堅持不懈地為「六四」抗爭，能堅決抵制中共欲在香港打壓法輪功的《23 條》，明白了這些大背景，再來看今日香港上演的搏擊，自然也就能看出中南海政局的脈絡。

《明報》換主編 商台趕走李慧玲

創業初期曾經因為金庸而出名的《明報》，在幾經轉手後，名義上是馬來西亞華人張曉卿控制，但實際操控者卻是曾慶紅。2014 年 1 月 6 日，《明報》突然撤銷了總編劉進圖的職位，將其調往一個閒職而不加任何解釋，此舉激起了《明報》員工和香港

新聞界的關注。

在很多人眼裡，劉進圖已經算是很「聽話」的了，不過由於《明報》連續幾天報導梁振英在新聞媒體換牌上的不公行徑，得罪了曾慶紅，從而被撤職。

不過，《明報》換主編的事並沒有在香港引起軒然大波，於是曾慶紅下令梁振英繼續搞事，弄出了「李慧玲封咪事件」以及後來的 6000 人大遊行。

在香港，麥克風被稱為「咪」，「封咪」就是把媒體人撤職、不許其公開說話。2014 年 2 月 12 日，商業電台主持人李慧玲突然遭到商台終止聘用，當天她的辦公室座位就被強行清理，手法粗暴、狠毒，震驚各界。

此前的 2013 年 11 月，李慧玲被調離主持晨間精華時段節目《在晴朗的一天出發》，改為主持黃昏時段《左右大局》，當時就盛傳由於她經常批評港府，被陳志雲為首的商台高層視為討好港府的「眼中釘」，高層想把她踢走，作為向梁振英爭取 2016 年電台繼續申請營業牌照的交換籌碼。

等到了 2014 年 2 月 11 日，陳志雲突然自行宣布他即日起由行政總裁轉任新設職位「首席智囊」，撇清自己從此不會有任何行政職責或實權；次日商台便公布即時終止聘用李慧玲。

2 月 13 日，李慧玲高調召開記者會，斥責事件「百分百」是梁振英政治打壓香港新聞言論自由的手段。封咪事件引發眾怒，十多天後的周日 2 月 23 日，香港記者協會發起「反滅聲」大遊行和集會，6000 港人聚集在香港特首辦和解放軍營間，舉行最大規模的傳媒人撐新聞自由活動，顯示港人對中共打壓傳媒的憤怒和擔憂，為香港歷史創下新的一頁。

香港媒體人最大規模抗滅聲遊行

2月23日「反滅聲」遊行在中環遮打花園集合，多個媒體組織及工會、政黨、學界、教育界都自帶橫幅標語到場。遊行隊伍下午兩點半出發，打頭陣的包括資深傳媒人程翔、《明報》員工關注組代表冼韻姬，以及被商台解僱的主持人李慧玲，他們手持「不要河蟹、不要滅聲、守護下一代、撐言論自由」等抗議標語。

集會由眾多著名新聞人物逐一上台發言，不少媒體人現身說法，親口透露接到來自西環（中聯辦）、政府和財團老闆的電話，對傳媒報導施加種種壓力。

剛宣布成立的獨立評論人協會代表、資深傳媒人程翔，再三強調新聞言論自由的重要性，並反駁傳媒換總編和封咪行徑「是商業活動」的說法，「如果說是正常的人事調動，為何受影響的都是一些比較敢言的記者，而不是一些廢柴？」針對有親共勢力要求被炒的李慧玲拿出她是受到梁振英政治迫害的證據，程翔說：「如果你要說證據，請問毛澤東害死劉少奇有無白紙黑字的證據？但是我們可以百分之一百說害死劉少奇的是毛澤東，所以那些證據論都是一些似是而非的說法。」

兩年前遭港台封咪的吳志森則與他的拍檔曾志豪上演一場現場版的頭條新聞「指鹿為馬」，分別扮演傳媒老闆和新聞工作者，諷刺傳媒老闆收到北京高層的來電，指示如何報導兩會新聞，不准維權人士的名字見報。

集會由記協主席岑倚蘭在總結時非常感慨地說：「我入行30年，我從未見過那麼差的情況，今年我特別生氣，今年亦是我第一次為新聞界，為受打壓的行家流淚。平日我們的報紙有300多

萬份出版，但事實是現在多元化的聲音已經漸漸變成單一，熱鬧景象的背後，一場滅聲的行動正在進行。」

集會結束後，市民將代表言論自由藍絲帶綁在特首辦閘外，讓政府知道他們的訴求。

北京取消香港辦 APEC 財長會

面對中共江派在香港引發有史以來最大規模的傳媒反滅聲遊行，北京方面也採取了強硬措施來教訓梁振英。就在遊行集會結束兩天之後的 2 月 25 日，北京方面突然致函香港特區政府，將原定於 9 月 10 日至 12 日在港舉行的亞太經合組織財政部長會議（APEC）的地點改在北京，並調整到 9 月下旬之後舉行，事件引起香港社會震動，成為各主要報章的頭條新聞。

民主黨立法會議員何俊仁認為北京的決定是因為擔心香港會再這樣亂下去：「我絕對不能夠排除現在中央政府開始擔憂，可能真的會有一些香港的局面不穩定，甚至可能會有一些場面出現，使中央政府尷尬，經貿會議在香港進行擔心會被衝擊。」的確，按照人之常情，假如明知道香港有夥人想給自己唱對台戲，你還會主動送上門去讓他來鬧事嗎？可以說，北京把會議從香港改到北京，也是無可奈何之舉。

習近平採取了胡錦濤的手法

事實上，習近平藉取消 APEC 來教訓梁振英的手法，跟 2012 年 9 月胡錦濤突然取消梁振英參加俄羅斯 APEC 首腦會議的手法

極為相像。2012 年 9 月 5 日，原訂當晚出發前往俄羅斯並趁機在國際上亮相的梁振英，突然以要專注公務為由宣布取消行程，《新紀元》分析說，胡錦濤勒令梁振英不得離港參加 APEC 會議，不僅僅是給江澤民派系臉色看，也是在國際社會公開羞辱梁振英，讓全世界都知道梁並不獲中南海最高層的信任。

當時正值 18 大前夕，誰能上台執政，誰能進入政治局常委，誰能延後退休，以及如何處理薄熙來案，如何處理周永康案等等，各方力量糾結在一起，局勢十分混亂，各種暗潮洶湧，江派通過海外統戰部控制的海外特務系統煽動保釣，給胡錦濤和習近平施加壓力，也想通過釣魚島問題提升戰爭準備實行軍管，以國家處於特別戰事狀態來拖延 18 大權力交接，藉此來延續周永康等江派的權力。

曾慶紅藉保釣船製造事端

觸發當時反日示威的導火線是香港保釣船成功登陸釣魚島：2012 年 8 月 12 日晚上，香港保釣船「啟豐二號」搭載八名「中國保釣聯盟」成員、兩名來自香港鳳凰衛視的記者，以及四名船員，聲稱突破香港水警和海事處的阻截，駛出了公海，連這些保釣人士當時也沒有想到這麼輕鬆地就能出海了，以往的經驗是他們要麼租不到船，要麼船還沒出香港就被扣押了，這次能成功，以至於保釣行動委員會主席陳妙德公開表示：「或反映梁振英政府支持保釣運動。」

的確這背後就是梁振英的故意放行，讓保釣船來到釣魚島，促使中日摩擦不斷升級。其後，在中國大陸各地在周永康控制的

公安指使下，發生了 50 年不遇的大規模「反日遊行」，江派在海內外的媒體趁機大做文章，令胡錦濤、習近平處進退兩難的尷尬處境。由於日本宣布釣魚島國有化後，美國也介入了衝突中，江派趁機煽動中共元老以反美為由，給胡、習施壓，在這個局面下，壓制或支持保釣都可能觸發「強烈愛國情緒」，令中國局面進入失控。

而習近平面對這個來勢洶洶的反日逼宮政變，突然採取令外界十分驚訝的「神隱」舉動，連續 14 天消失於公眾視線中，最後成功從胡錦濤手中接棒。當時《新紀元》的獨家報導可從《18大中南海新權貴》、《胡錦濤全退布局與令計劃的復仇》等書籍中查詢。

毫無疑問，對於這樣一個涉及中日敏感外交的重大舉動，如果沒有獲得掌控香港事務的頂頭上司曾慶紅的首肯，以及其背後勢力周永康、江澤民的撐腰，香港特首梁振英斷然不敢自作主張，而梁振英未上任前就被曝是中共地下黨員，一直受特務頭子曾慶紅栽培，並聽命於曾，這在香港政治圈中已經不是新聞。

特別是梁振英上台後的一系列舉措，更是證明了派系身分。比如他剛一上台就被曾慶紅等授意推出被稱為「洗腦教材」的《國情教育教學手冊》，其目的即為激怒港人，致使香港局勢動盪，給胡、溫難看，同時攪局 18 大。隨著三中全會後曾慶紅勢力的潰散，一直逢梁必挺的香港《東方日報》也在 2014 年 2 月開始透露部分消息，稱「周永康藉反日倒習」，這也印證了《新紀元》兩年前的論述。

《明報》前總編遇刺事件

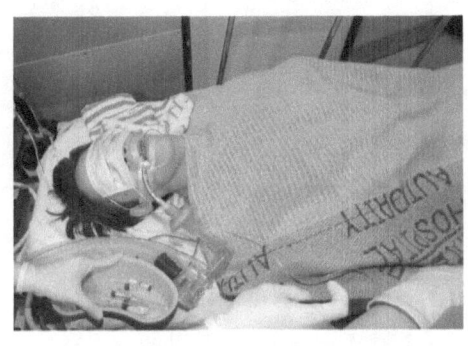

《明報》前總編輯劉進圖 2014
年 2 月 26 日遇襲重傷。（AFP）

面對習近平強硬取消香港舉辦亞太經合組織（APEC）財政部長會議的第二天，氣急敗壞的曾慶紅展開更加血腥的反撲。

2014 年 2 月 26 日上午 10 時 20 分左右，《明報》前總編輯、世華網路營運總裁劉進圖正走向自己停在西灣河太康街 55 號的私家車前，突然一輛電單車駛來，車上跳下一男子，揮刀砍向劉進圖，劉中刀後倒在血泊中，凶手趁機跳上電單車逃離。劉進圖自行打電話報警後，被送往東區醫院搶救，才保住性命。

劉進圖身中六刀，最長的傷口在背部，長達 16 厘米，傷及背部肌肉及左胸膛，所幸並無傷及左肺及主要血管；胸部另一處刀傷則深 4 厘米。他的雙腳每邊各中兩刀，一深一淺，長傷口長達 15 厘米，其中兩刀傷及主要神經線。

暴力襲擊連續出現六次

自從梁振英上台後，這種利用黑社會暴力襲擊恐嚇媒體人的做法，僅在 2013 年就出現了六次。

2013 年 6 月 3 日傍晚，《陽光時務》周刊老闆陳平在公司樓下遭兩男子伏擊，對方手持木棍猛擊陳平頭部。6 月 5 日陳平召開新聞會引述香港警方的話，行凶者手法專業，逃走路線故意避過現場攝錄系統。他相信是黑社會所為。《陽光時務》當時因報導劉夢熊爆出梁振英是中共特務以及其競選黑幕而轟動香港。

2013 年 6 月 18 日《蘋果日報》老闆黎智英九龍塘家中閘門被凶徒飛車撞毀，現場留下開山刀及斧頭進行恐嚇。黎智英旗下刊物《壹周刊》和《蘋果日報》因經常批評港府和北京政府，在大陸被禁。2013 年 6 月 30 日、7 月 4 日，《蘋果日報》送報車及派報地點先後遭人焚燒報紙。黎智英懸賞 100 萬元港幣緝凶。

2013 年 7 月 30 日早上，《AM730》老闆施永青駕車上班，途經大角咀港灣豪庭對開時突遭截停，兩男子鐵鎚打爆汽車玻璃。9 月 6 日，《蘋果日報》發行商勤力德老闆岑德強遭遇騎士持牛肉刀斬傷。岑發聲明譴責事件，並懸賞 200 萬元緝凶。

然而這些案件，一件都沒有被偵破，這對於辦案高效的香港警方來說很是蹊蹺。這次劉進圖在家附近遇襲，身中六刀，當晚《明報》就宣布懸紅 100 萬元追緝凶手，不過，案件偵查緩慢。

網路熱議背後主使是誰

《明報》前總編被刺不但震驚香港，國際社會也做了大量報導，大陸網民紛紛猜測，誰是這些暴力恐嚇事件的幕後主使呢？

一位上海人猜測說：「紅社會（中共）幹的吧？！」有廣州一家傳播公司總經理認為是香港黑社會幹的，一位杭州人直接斷言：「最大黑社會（中共）幹的」，而北京一家廣告公司的青年

認為這些事件背後都有「偉光正」的魅影，還有民眾表示，「地球人都知道是怎麼回事！譴責！」

有香港民眾公開在微博上表達擔憂說：「我們香港人最怕的不是金融沒落，吃少兩餐就行；最怕的不是樓市天價，總有一天會跌的；最怕的就是我們的家園受到赤化；健全法治被有心人衝擊、甚至打壓；執法者比往日更不能執法，甚至被強權用來害法；平民就算平日生活守規矩走正道都不行，要跟著利於某些人的『潛規則』去過活。」

北京一位藝術界人士回應表示，「看到這個新聞第一反應是國安局幹的好事。他們一貫在監視海外媒體以及媒體的從業者，防備刊登不利於中共統治的言論，有時會找機會威脅媒體。」

另有北京人披露，「多年前認識一位國安部港澳司的，其職責就是與香港黑社會聯絡，他這樣解釋其工作內容：有些事我們不方便出面，就安排他們出面去辦。」也有四川退役軍人披露，部隊裡面就傳說以前從北京調了一批人，直接變成香港警察，祕密收拾那些「不聽話」的人。有廣州人恍然大悟表示，原來梁特首敦促港警盡快破案的潛台詞就是要成懸案啊。

類似李旺陽和令計劃兒子之死

回顧歷史不難發現，類似劉進圖被刺案件的，還有 2012 年 3 月 18 日周永康、曾慶紅下令暗殺倒薄派令計劃兒子令谷的「法拉利車禍」事件，以及 2012 年 6 月 6 日的「六四硬漢」李旺陽之死。江派的目的就是要恐嚇政敵，讓對方不要再往前走。

2012 年 3 月 18 日，胡錦濤的心腹、原中央辦公廳主任令計

劃的獨子令谷，在一場所謂的車禍中喪生。當時令計劃正在為如何處置薄熙來而忙碌。江派搞出這場暗殺，就是為了警告胡錦濤陣營，誰要再查薄熙來，就會像令計劃那樣的下場。然而江派此舉顯然是搬起石頭砸了自己的腳，不但薄熙來被判刑，周永康也因此而被加速清查。

工人出身的李旺陽，在 1989 年「六四」民運期間擔任湖南邵陽工自聯主席，他對天安門事件中被中共軍方殘酷殺害的成百上千名學生深感同情。1989 年 6 月 9 日，李旺陽首度被逮捕，罪名是「煽動顛覆國家政權」，在 11 年的鐵窗生涯中，他被折磨得幾乎雙眼失明，雙耳失聰。

2012 年「六四」前夕，61 歲的李旺陽還一度獲得機會，接受香港記者林建誠的採訪，但幾天後的 2012 年 6 月 6 日，李旺陽突然在湖南邵陽市一間醫院被發現「上吊身亡」，而當時「被上吊」的他腳還在站在地面上，這明顯的是「赤裸裸的暗殺」。事後，湖南警方迅速從家屬手中搶走李旺陽屍體，強行火化。

四天後，海外民運人士郭保羅推特爆料，湖南「六四鐵漢」李旺陽遭謀殺，命令來自中央政法委高層。涉嫌謀殺「六四」英雄李旺陽的三名主犯是：中央政法委祕書長周本順（邵陽人）、邵陽市公安局長李曉葵、邵陽市公安局國保支隊長趙魯湘。

「六四鐵漢」李旺陽的離奇死亡，再遭毀屍滅跡，激起港人群情激憤。2012 年 6 月 10 日，兩萬多港人上街遊行，敦促北京徹查李旺陽死因。

6 月 17 日，港府一位不願意透露姓名的高級官員對媒體表示，李旺陽「被自殺」後，他們發現，以周永康為首的政法委授意負

責調查李旺陽事件的相關人員故意拖延調查，藉機激怒香港人，原因是在今年 7 月 1 日胡錦濤前來香港參加回歸周年慶典，挑起香港市民舉行更大規模遊行示威，讓胡錦濤難堪，也讓中央認識到香港存在一股「敵對勢力」，造成北京與香港的對立情緒，最終的目的則是讓北京承認政法委這些年工作的重要性與必要性。

江派與當權者的核心衝突

不常看海外報導的人也許會認為中共「團結如一家」，怎麼可能大水衝了龍王廟，互相打起來了呢？而且江澤民的人為何要和習近平的人打得你死我活，甚至不惜製造流血慘案呢？這兩幫人為何放著好日子不過，要拚命廝殺？為何他們不能坐下來和平解決衝突呢？

用老百姓的話說，中共當官的沒一個好的，怎麼打也和百姓無關。的確，中共是被馬克思帶來的西方幽靈，幾十年來至少讓 8000 萬中華兒女死於非命，中共欠下的累累血債必定會遭到歷史的清算，不過在這過程中，還發生了更為驚人的反人類罪行，這就是與我們每個百姓都息息相關的事了。

幾年前江澤民曾私下表示，他一輩子最後悔的事就是鎮壓法輪功。要是早知道會有今天的結局，無論如何他也不願意、也不敢對修煉「真善忍」的上億好人舉起屠刀。

不過事實上江澤民幹了，在妒嫉心和貪婪變態的權慾指使下，他不但自己親自出馬鎮壓法輪功，而且還帶動了一大幫人，包括羅幹、薄熙來、周永康、曾慶紅、李東生等被稱為「血債幫」

的人，他們不但一時利慾薰心跟隨江幹壞事，而且 15 年來一直在變本加厲的作惡。

江澤民剝奪了一億人信仰自由的權利，把數百萬人抓進了看守所、勞教所和監獄，把中國社會僅有的一點法制徹底葬送，而且把人心徹底搞壞了，並且把中國經濟推向了危機邊緣。最可怕的是，血債幫為了發財，還活摘了至少數萬名法輪功學員的器官，犯下了不可饒恕的反人類罪行。

俗話說「上了賊船下不來了」，「只能一條道走到黑」，江澤民集團的罪行連他們自己都知道，一旦喪失權力，繼任者一定會追究其罪行，與其被胡錦濤、習近平追查罪行，不如先下手為強，於是，江澤民幾次下令暗殺胡錦濤，周永康薄熙來一直在謀劃政變，想要以薄熙來替代習近平，習也至少兩次差點被暗殺。

由於江派的狠毒，把習近平也逼到了絕境：只有不斷反擊，才能保全性命。並且江派 20 年來控制了中國經濟的主體，幾大壟斷性國有企業都在江派手中，習近平若不清除江派勢力，自己根本無法執政。江派人馬就像老虎一樣攔在路上，不打虎根本就無法前行。

在「江習鬥」這個表面現象的背後，還有更深的歷史因素和民心向背。法輪功 15 年來堅持不懈的講真相，也讓很多民眾看清了江澤民集團的罪惡，現任當權者哪怕想包庇袒護江派也不可能了，誰也不敢也不能為江派承擔反人類罪行，歷史必將清算血債幫，這是歷史的規律。

第二節

梁振英受命攪局
青關會持續撒潑

自 2012 年 6 月以來，香港青關會在香港地下黨特首梁振英撐腰下，侵擾法輪功真相點，使出流氓招術，聚眾圍堵、人身侮辱、高聲叫囂挑釁、噪音滋擾、暴力襲擊等等惡行。（大紀元）

　　大陸人一踏進香港，感受最深的就是這裡到處都能看到法輪功的身影，無論是在進港的火車站、汽車站還是機場或市中心繁華地帶，都能看到法輪功學員靜靜煉功或與人輕聲交流傳遞真相的場面，因為香港畢竟還有個「一國兩制」的標籤，而且法輪功洪傳一百多個國家，在全球獲得了 3000 多個褒獎。

　　正如 1998 年中共人大常委會的調查報告結論一樣：法輪功對任何個人、任何團體、任何國家都「有百利而無一害」，除了在大陸被打壓外，法輪功在全世界都受到普遍尊重和歡迎。

　　然而自從 2012 年 6 月 8 日香港青年關愛協會（青關會）在周永康親信控制的燕京啤酒駐港辦事大樓內註冊成立之後，已經和香港民眾平靜生活了 13 年的法輪功學員，開始遭到青關會的

暴力干擾，時至今天，凡是有法輪功煉功講真相的地方，就會出現一群身穿綠色統一服裝的青關會的人，他們每天的任務就是遮擋法輪功橫幅，阻止大陸遊客觀看法輪功展板或接受免費資料，有時他們還謾罵法輪功和遊客。

有覺悟後的青關會成員透露，他們每天的工資曾經是 500 港幣，據說是北京李東生控制的反 x 教委員會變相給的，不過等李東生落馬後，這筆錢就沒了，後面再給錢的可能就是梁振英了。

青關會在香港撒潑最厲害的是 2013 年夏天，當時薄熙來案件進入關鍵時刻，為了綁架習近平，曾慶紅下令梁振英加大力度搞事，於是青關會也變本加厲地搶奪、撕毀法輪功橫幅資料，一度把香港搞得像「文革」那樣：到處是鋪天蓋地的反法輪功條幅，香港市民的正常出入空間都受到破壞。於是在 2013 年 7 月 14 日引發了香港小學教師「林慧思事件」。

2013 年香港風雲女士林慧思

那天青關會在旺角西洋菜街用橫幅把法輪功圍起來，警方到場後只是築起封鎖線，但並不對青關會的粗暴行為加以制止，路過這裡的女教師林慧思看不慣，就上前去找警察評理，質問他們為何變相縱容青關會的人破壞香港法制秩序，由於情緒激動，她話中帶出了髒話，結果梁振英以此為藉口，要求「教育局長就林慧思事件提交報告，並以警隊重案組跟進林慧思在公眾地方行為不檢和阻差辦公。」

儘管港府隨後利用學校停課、警方調查和輿論歪曲等方式，更有黑社會的人在她家門口撒陰司紙，導致她精神緊張、壓抑失

眠，但香港廣大市民卻給予了林慧思很多支持。在香港電台「2013
年十大風雲人物」評選「風雲女士」活動中，她和免費電視牌照
風波中的主角、香港電視網路主席王維基並列為「風雲男女」。
很多香港市民公開表示，「如果今天不支持林老師、不支持法輪
功，明天就輪到香港人身上。」

青關會假冒法輪功 繼續鬧事

一批平日穿綠色制服
的青關會人員近日搖
身一變，換上黃色服
裝假冒法輪功學員，
在真相點前派發誣衊
法輪功的單張，試圖
招搖撞騙。（大紀元）

李東生倒台後，青關會一度非常洩氣，但等到了 2014 年 2
月 14 日，他們又開始變換花招，安排二至三名青關會成員脫去
綠衣服，身穿黃色衣服假扮法輪功學員，口中高喊「法輪大法
好」，但是手中派發的是誣衊法輪功的宣傳單張，當有法輪功學
員嚴厲指出其不法行為時，旁邊的青關會成員就起鬨說「法輪功
搞分裂了」。

於是有人將青關會成員偽裝前後的照片對比做成展板，向大
陸遊客展示，很多大陸遊客都非常專注的盯著展板看，當發現有
照片上冒充法輪功的青關會人物時，還不停來回看一下展板，再
看一下青關會成員的臉來對照，嚇得青關會成員急忙走開。

青關會惡徒冒充法輪功學員事件，令人想起十多年前江澤民

集團精心策劃的「天安門自焚」世紀偽案；這與江氏「610」系統靠謊言誣陷來維繫對法輪功的鎮壓，可謂一脈相承。

2001 年 1 月 23 日，中共炮製天安門自焚偽案來構陷法輪功學員，不過，得獎的新唐人紀錄片《偽火》以及聯合國教科文組織的權威鑑定都證明，天安門「自焚」是中共自編自導的一場世紀偽案。

青關會惡徒還假冒《大紀元》騷擾大紀元廣告客戶，企圖抹黑《大紀元》聲譽。如 2014 年 2 月 23 日記協的反滅聲遊行前夕，就有大紀元商家收到冒充《大紀元》寫來信件，試圖恐嚇和欺騙；還有不法之徒冒充大紀元員工，於凌晨時分打電話給大紀元廣告客戶進行騷擾。

冒充法輪功不奏效後，青關會又變化招數，重新以橫幅霸占法輪功真相點。2 月 24 日，就在劉進圖被刺殺的前兩天，青關會成員在旺角亞皆老街用至少三條長六米的大型橫幅來搞霸占。

梁振英奉曾慶紅命令成立愛字頭攪局

除了青關會之外，曾慶紅還讓梁振英支持成立了幾個以「愛」字開頭的組織，如「愛護香港力量」（簡稱：愛港力）及「愛港之聲」等，專門針對江派不喜歡的香港民眾。這些組織一向以造假、偽冒等手段「變臉」攪局亂港，成員經常變換身分，一時出沒在泛民主派活動中辱罵示威者，一時又以「梁粉」形象高調挺梁振英，與反國教、撐林慧思、反滅聲等活動打對台。比如在商台名嘴李慧玲出席《城市論壇》時，前去圍罵搗亂的「愛字頭」成員，就被證實跟侵擾法輪功真相點的青關會是一夥。

　　香港前媒體人徐少驊在 2013 年 6 月《「愛字頭」的「反反」》一文中評論說，「近年香港出現多個『愛字頭』的組織，它們以撐梁振英政府為宗旨，更接近現實的說法，它們以『反反政府』為宗旨。所謂『反反政府』，就是每逢有反對政府政策的社會活動，他們就會出動，反對人家的活動。所謂『反反』得正，有了這些『反反』組織，就可以『證明』香港政府的施政得到來自民間的支持啦！

　　這些人的行為跟『愛』這個字完全沾不上邊，他們經常咆哮，言詞粗鄙，拒絕理性討論，有一個字更適合配在他們的頭上，就是『惡』。這些『愛字頭』的組織在梁振英政府的默許之下已經成為香港的『惡勢力』，著意打擊公民力量的興起。」

　　正如《九評共產黨》中指出，中共是集「邪、騙、煽、痞、間、搶、鬥、滅、控」九大邪惡基因於一爐的世界上頭號大邪教，這些特色也反映在青關會上，就成了「不斷變形的，以暴力為依託、以利益為誘餌的，利用一切可能的工具，在一切可能的場合，用一切可行的方法。」不過正如一位香港市民說是，「香港不是暴徒逞凶的樂園」，梁振英利用暴徒攪局，帶給他自己的只會是厄運。

周黨反攻大動作

第十二章

昆明血案是江派故意製造

昆明市自 2014 年 3 月 1 日爆發火車站血腥砍人事件後，全城民眾
皆陷入高度恐慌之中。（新紀元合成圖）

第一節

昆明砍人血案定性 官方「打架」

2014 年 3 月 5 日，大陸官方媒體報導了中共國務院總理李克強在「兩會」做政府工作報告時候，脫稿譴責了昆明「3·01」事件的恐怖分子。（AFP）

李克強脫稿譴責昆明殺戮事件

2014 年 3 月 1 日 21 時許，昆明火車站廣場發生蒙面暴徒砍人事件，3 月 5 日，大陸官方媒體報導了中共國務院總理李克強在「兩會」做政府工作報告時候，脫稿譴責了昆明「3·01」事件的恐怖分子。

據報導，李克強在一分多鐘的即興講話中，譴責暴恐分子，但並無一處提到昆明官方此前將暴徒定性的「新疆分裂勢力」，只是強調這是「挑戰人類文明底線的暴恐犯罪」和「暴力恐怖分

子」。

兩會代表委員和現場媒體記者拿到的李克強的政府工作報告中沒有這段話。

秦光榮通報昆明事件 人民網刪除

中共雲南省委書記秦光榮，在 3 月 4 日中共人大會議上向媒體談及昆明暴力襲擊事件，提到涉案的八個人原先是想參加「聖戰」。之前，雲南官員曾經表示是「新疆分裂勢力作出的恐怖襲擊」。

一些媒體轉載中國之聲標榜「聖戰」的報導，中共喉舌《人民網》也報導了秦光榮就昆明事件的說法，但後來又將之刪除。

昆明暴力襲擊事件發生後，「新華社」曾經援引雲南官員的說法指責新疆分裂主義分子發動了攻擊，並稱在殺戮現場發現了「東突」恐怖勢力旗幟等證據。

各方表態不同調 中南海矛盾激化

北京時間 2014 年 3 月 1 日 21 時左右，雲南昆明火車站出現一群戴著黑面罩的凶殘殺手，訓練有素的砍殺買火車票的民眾，中共官方稱，事件造成 29 人死亡，143 人受傷。

3 月 2 日凌晨 1 點 40 分左右，中共喉舌《人民日報》發布消息：昆明火車站襲擊事件已定性為「暴力恐怖襲擊事件」。

隨後，中共喉舌《人民日報》發表《昆明恐襲挑戰人類文明底線 踐踏人類道義》，隻字未提恐暴分子的具體身分。「新華社」

3月2日宣稱：其記者從昆明市政府新聞辦獲悉，昆明事件事發現場證據表明，這是一起由新疆分裂勢力一手策劃組織的嚴重暴力恐怖事件。

但是之後，「新華網」又引述了公安部的消息，對昆明事件作出說明，沒有提到「新疆分裂勢力」。

由雲南地方政府來指認事件策劃者，地方替代中央定性大型事件，非常詭異，顯示中南海對此事件的定調不同步。而在兩會時候，雲南書記再次搶先「幫中央定性」所謂聖戰，更是顯示出中南海內部矛盾已經激化。

消息稱，昆明血腥案件的偵破並不複雜，江澤民集團知道習近平很容易破案，但是結果卻不能公布，否則意味著共產黨即刻垮台，這和公布周永康政變是一個道理。江澤民集團策劃這些事情，做得並不嚴密，但卻認準了習近平陣營不能公布，也不敢公布，其實就是在威脅，如果公布周永康所涉的活摘器官和反人類罪，恐怖殺戮還會升級。

中共公開分裂 江氏集團策劃暴恐

此前在中共三中全會《決定》公布第二天，2013 年 11 月 16 日下午，新疆喀什阿布拉‧艾海提等九人，持刀斧與當地巴楚縣色力布亞鎮派出所警察發生激烈衝突，造成兩名警察死亡、兩名警察受傷。阿布拉‧艾海提等九名「抗議者」全部被警察當場射殺。

世維會發言人迪里夏提說，根據該會收到的消息，當地警方出動大批人力，除了射殺他所說的「抗議者」之外，還有 30 多

人被當局扣押。

而就在三中全會前夕的 2013 年 10 月 28 日中午，北京發生吉普車衝撞天安門金水橋護欄，車輛起火燃燒，5 死 40 傷事件。事件震驚國際。官媒發消息稱作案人為新疆人。隨後中共將此案定性為涉「東突」恐怖襲擊。

消息稱，將事件高調升級為東突恐怖襲擊的目的是為了恐嚇國際社會、撕裂和分化中國社會及脅迫習近平，突顯中南海分崩加劇，令局勢更加動盪不安。

江澤民集團在中南海權力不斷遭到習近平陣營的回收，近期更是連要員周永康都快要落馬，曾慶紅也傳出事。在高層走投無路的江澤民集團，不斷在暗中策劃恐怖暴力事件，包括天安門爆炸案。

昆明事件曝秦光榮與薄熙來關係深

此次暴力殺人事件發生在昆明，外界也有很多猜測。有消息稱，昆明是中共 14 軍駐地，14 軍是由薄熙來之父薄一波創建，是薄一波的嫡系，與薄家的關係盤根錯節。而 14 軍此前被指曾參與周薄政變。

2012 年 2 月王立軍闖入美領館後，薄熙來特地跑到昆明的 14 軍去「考察」，雲南省委書記秦光榮則「陪同考察」。薄熙來還特別指，「雲南是我們的好鄰居，兩地有著特殊的感情。」

2012 年 5 月，陳光誠事件公開後，江澤民集團傳聲筒《環球時報》發表評論，指責陳光誠為代表的民間自由人士暨維權力量「挾洋自重」，《環時》的文章遭到海內外輿論鞭撻，以致於其

網站很快撤銷了該文的網路版。在此種情況下，雲南官方網卻轉載此報導，事件曝光了雲南省委書記與江澤民集團的特殊關係。

早在 1999 年 7 月 20 日，當江澤民利用中共殘酷鎮壓法輪功時，時任雲南省政法委書記的秦光榮，就是參與殘酷鎮壓法輪功的重要罪犯之一。

從 1999 年至今，秦光榮一直在雲南任高官，直接指使和參與了許多起對法輪功學員的殘酷迫害，犯下了反人類罪、酷刑罪、群體滅絕罪等罪行，是追查迫害法輪功國際組織通告追查的迫害法輪功的元凶之一。

而近日海外新唐人電視台引述中共某退休將軍透露的消息稱，3 月 1 日昆明事件出事兩三個小時之前得到內部祕密通知：「有歹徒要殺人，不要上街散步！」蹊蹺的是，放消息者並不住在昆明。

中南海博奕核心 中共「外衣」成致命點

中共兩會前，大陸和香港頻頻發生血腥暴力事件，中南海搏擊升級、局勢空前緊張。目前，周永康案只待拋出，對於中共如何公布周永康案，成為兩會最敏感點。

中南海已釋放的信息表明，周永康的罪惡比薄熙來大得多。

周永康案不僅涉及數千億貪腐黑金、暗殺、政變，更涉及活摘人體器官等反人類罪等。

但是，現任當局關於周永康案初步公開的信息中，未提及周永康最駭人聽聞的活摘器官核心罪惡。

中共前黨魁江澤民 1999 年 7 月 20 日發動的對上億法輪功學

員的迫害，是當代中國社會最重大的事件。在過去的 15 年裡，中共為了鎮壓法輪功，實行國家恐怖主義政策，不惜耗用天文數字的人力、物力、財力，把整個政府的運作軸心壓在法輪功上。

周永康因為迫害法輪功，而得到江澤民的賞識，步步高升，在其治下的中共政法委成為一個無法無天的第二權力中央。周永康不僅指揮各級迫害法輪功的系統運作，還到全國各地直接指揮當地「610」、國安、公安、社區特務迫害法輪功學員。

尤為嚴重的罪惡是，在江澤民、周永康的縱容和指使下，包括軍隊、武警在內的多個機構參與活體摘取法輪功學員器官，製造了「這個星球前所未有的邪惡」。

這一切迫害罪行都是在江澤民流氓集團的直接指揮，「610」辦公室的具體執行下施行。江澤民、曾慶紅、羅幹、周永康、薄熙來等迫害元凶的罪行不容掩蓋，他們已經罪不可赦。

然而，習近平受制於中共這個致命「外衣」而遭江澤民集團的政治捆綁與威脅，當權者試圖迴避法輪功受迫害的核心問題而談改革，都是自欺欺人，沒有可操作性。

第二節

王岐山抓捕雲南副省長
回擊昆明血案

雲南昆明慘案發生後一周，2014 年 3 月 9 日，雲南副省長沈培平被抓。有消息稱，沈培平的靠山是雲南原省委書記白恩培，而白恩培則是周永康的大馬仔。（AFP）

雲南昆明慘案發生後一周，2014 年 3 月 9 日，雲南副省長沈培平被抓，據陸媒報導，沈培平和雲南省委書記秦光榮給周永康家族數百億的利益輸送，秦光榮給周永康上千億錫礦資源。

陸媒踢爆沈培平瞞上「調動警力」

3 月 9 日，中共中紀委監察網站稱，雲南省副省長沈培平涉嫌嚴重違紀違法，正在接受調查。時年 51 歲的沈培平是地道的雲南人，2003 年至 2004 年曾在雲南省政府任副祕書長，其後長期在思茅市（後改名為普洱市）工作，先後任市委副書記、代市長、市長、市委書記，2013 年 1 月又升為雲南省副省長。

《新京報》當日引述普洱市一名退休老幹部披露，沈培平在任普洱市委副書記、市長期間，2008 年 7 月 19 日，孟連傣族拉祜族佤族自治縣發生群體性事件。

上述老幹部表示，針對當地膠農的合理訴求，沈培平背著省裡下令出動武警和警察，才導致事件升級。但一年後，沈培平升為普洱市委書記，「這是明顯帶病提拔」，老幹部說。

沈培平的後台是誰？

有消息稱，沈培平的靠山是雲南原省委書記白恩培，而白恩培則是周永康的大馬仔。白恩培曾與原雲南省長徐榮凱共同主導，將雲南寶貴的蘭坪鉛鋅礦，低價賣給了周永康的黑社會頭號馬仔劉漢。

中共官方資料顯示，白恩培曾在 2011 年陪同周永康出訪寮國，2007 年周永康考察雲南時，白恩培和時任省長的秦光榮相伴左右。而且，白恩培與周永康兩人在很多方面都十分相似，都積極參與迫害法輪功，如「雲南省法輪功轉化基地」就是白任期內實施的。此外，雲南也是開展器官移植手術醫院最多的省分之一。

曾任雲南政法委書記、省長的現任雲南省委書記秦光榮，也是憑藉鎮壓法輪功而高升，他亦曾涉足薄案，並因積極投靠薄熙來並效忠稱「把雲南打造成支持薄書記的堅實基地」，受到了中共中央的調查，其腐敗問題也頻頻被海外媒體曝光。

中國時事評論員周曉輝分析：沈培平、白恩培與周永康因某種利益關係存在不可分割關係，剛剛發生在昆明的、被報導有江系馬仔主使的殺戮案，應該與他們有關聯，也很值得探究。或

許沈培平的落馬正是習近平陣營向江系黑社會手法攪局的高調回應。

江澤民試圖再次發動政變

《大紀元》獲悉，因為對於軍權和黨務的權力已經逐漸失去，江澤民集團已經失去了在政治上直接與習近平對抗的能力。自原「610」頭目李東生被抓後，因為擔憂習近平碰觸法輪功問題，並公布周永康的反人類罪，江澤民集團近期正在試圖利用另外的政變辦法，把習近平趕下台。

消息稱，近期發生的幾起重大事件，都是江澤民集團在背後策劃，包括在最近發生的公交車焚燒事件等。江澤民集團通過收買武警和黑社會暴徒，還精心安排了系列的「報復社會」的行動。當多個省分都發生這樣的慘劇，所有的國際和國內輿論都會譴責當權者。習近平會因此倒台，江派會順勢上台，「糾正習近平的錯誤」。

消息還指，江澤民集團正動用海內外所有的特務力量，散布習近平的負面消息，用殺戮百姓的方式，推倒習近平。江澤民集團海外的特務點也開足馬力運作，散布消息，這也是最近習近平擔任網路安全小組組長的真正用意。

中南海掌握周薄聯手政變證據

消息稱，中南海已經掌握周薄聯手政變的證據，其中包括一份最「高規格」的組閣名單。中共當局是在 2013 年 12 月初軟禁

周永康時掌握政變的關鍵證據。據悉，周永康夫婦被軟禁後，住處被查抄，調查周永康案的專案組從眾多的文書材料中，從周永康的私人物品中發現一份名單，上面是周薄篡權成功後可以利用的黨政軍人選及相關職位，也就是政變成功後的組閣意向名單。這份名單成為周永康案政治定性的關鍵證據。

名單中不僅有薄熙來出任中共總書記、國家主席和中央軍委主席的內容，還有：原國資委主任蔣潔敏（2013 年 9 月 1 日已遭調查）出任國務院副總理，現任江蘇省委書記羅志軍出任公安部長，現任河北省委書記周本順（原政法委祕書長）出任最高法院院長等。據稱軍方名單中包含了與薄熙來相熟的幾名人員。

文章表示，從這份名單可以看出，周薄政權結合了周永康在政法、中石油系統的「實力派」。

中共兩會進行時，周永康將何時以何罪公開被聚焦。中南海早已掌握周永康的政變和活摘法輪功學員的反人類罪。目前中國政局博奕點在於「周永康案公開定性內容」。

第三節

王岐山抓捕雲南副省長
回擊昆明血案

江派策劃昆明香港血案，武警上陣殺戮百姓。中國政局到歷史關頭，局勢一觸即發（AFP）

江派武警在香港昆明殺戮

《大紀元》獲悉，中南海高層內部已斷定昆明恐怖事件就是江澤民集團所為。江澤民集團精心策劃了昆明恐怖襲擊事件。原本同時將在五個城市進行，但是出現意外之後，其餘四個城市並未有所動作。

這些暴徒都是武警，根本不是疆獨勢力，也和種族仇殺沒有任何關係，都是來自農村的基層士兵，想升官發財，遭到江澤民集團用毛澤東思想的洗腦。行動前，每人獲得一筆錢，許諾事成之後封官許願，還告訴他們行動開始 15 分鐘之後有後援來接走他們。結果這次行動根本沒有後援，導致四人被殺、四人被抓。

被抓的 16 歲的女子是事先安排好的，目的就是要讓這齣戲看起來更加真實。

這些武警參加過多次行動，前面幾次都得到保護，順利脫離險境，所以他們這次行動非常大膽。但是這次被擊斃了四人，導致其它城市的襲擊沒能發生，目前中南海高層已經抓捕了其餘四個城市的這部分人。

兩會期間，現在北京已經布滿軍隊，進入全面戒備，人民大會堂的所有地下通道都有軍隊，所有代表團暗處也有軍隊把守。局勢非常緊張，所有高層都在北京，不知道明天會出什麼事情。

獨家：刺殺劉進圖的也是武警

2014 年 2 月 26 日上午，《明報》前總編輯劉進圖突遭凶徒刺殺重傷入院。

《大紀元》獲悉，刺殺劉進圖的也是江澤民集團派出的武警，目前已經逃回大陸。行刺劉進圖的也與近期習近平陣營和江澤民集團激烈爭鬥的局勢有關。江澤民集團的目的是在香港製造混亂，捆綁及威脅現政權，激發香港民眾對北京不滿，最關鍵還是在周永康案件如何公開等這類敏感問題上威脅習近平陣營。

三個月內 習江 16 起重大狙擊事件

進入 2014 年，圍繞前中共政治局常委、政法委書記周永康案，中南海局勢突然升級。三個月內習近平與江澤民之間發生了 16 起重大狙擊事件。

2013 年 12 月 25 日，中共公安部副部長、鎮壓法輪功的「610 辦公室」頭目李東生落馬。李東生因充當江澤民集團迫害法輪功學員的急先鋒而獲得周永康「賞識」，擔任「610 辦公室」主任。他也是 2001 年 1 月 23 日，世紀偽案「天安門自焚案」的親自策劃者。

2014 年 1 月 7 日，江派培植多年的祕密伏兵、被標榜為中共「首善」的大陸商人陳光標以收購《紐約時報》為噱頭，到紐約開新聞發布會散布自焚偽案。但是，一向跟中國時局最緊的港媒三緘其口，大陸媒體也如同被「封殺」一般，鮮見報導，致使此「逼宮」計畫流產。

此後，江澤民集團大為恐慌，開始拋出威脅性的內容。

2014 年 1 月 21 日，美國一家新聞機構「國際調查記者同盟」突然發布報告，指現任或前任中共中央政治局常委的親屬，在英屬維爾京群島和庫克群島等離岸金融中心持有離岸公司。這份報告包括習近平、胡錦濤、溫家寶、鄧小平、王震和葉劍英等家族。與此相對應的是，江派的三個巨貪，即江澤民、曾慶紅和周永康卻不在其中。

北京消息稱，這次的餵料就是江澤民集團的行為，目的是恐嚇中共體制內最有權勢的六個家族，再次發出同歸於盡的信號。

2014 年 1 月 30 日，大年三十，中共官方發布江澤民老家揚州「大管家」、南京原市長季建業被移送司法的消息。季的落馬被外界看作是習近平陣營對江系發出的嚴厲警示。

2 月 18 日，曾經跟隨周永康 10 年的大祕、海南省副省長冀文林被中紀委立案調查。至此，周永康的四大祕書都被抓。

2 月 12 日，前遼寧省公安廳長、省政協副主席李文喜被傳出

直接帶往北京調查。2 月 18 日，大陸報導證實，遼寧省瀋陽檢察長張東陽在 2014 年 1 月下旬，被中紀委官員直接從遼寧「兩會」閉幕現場帶走。二人是涉周永康活摘器官罪惡的重要證人。

獨家：李克強脫稿發警告

3 月 5 日，李克強在中共人大會議開幕儀式上做政府工作報告，做出一個不尋常的舉動——脫稿譴責雲南「3‧01」事件的恐怖分子，大陸媒體披露在兩會代表委員和記者拿到的工作報告中沒有這段話。

《大紀元》獲悉，李克強故意脫稿，以「你懂的！」方式對在座的所有官員發出警告：中共的政局處於極度危險的階段，高層已經出現了重大變故，讓所有的官員做個準備。昆明的事情並不是新疆人幹的，「你懂的！」

據悉，這也是習近平在兩會李克強做報告時全程「黑臉」原因。

消息稱，昆明血腥案件的偵破並不複雜，江澤民集團知道習近平很容易破案，但是結果卻不能公布，公布的話馬上意味著共產黨就垮台，這和公布周永康政變是一個道理。江澤民集團這些事情，做的並不嚴密，但是認準了習近平陣營不能公布，也不敢公布，其實就是在威脅，如果公布周永康所涉的活摘器官和反人類罪，恐怖殺戮還會升級。

消息稱，雲南書記在兩會單方面發表昆明血案的所謂「聖戰」說，其實是雙方都在用「你懂的！」方式告訴大家，雙方都已經沒有退路。

3月2日，也就是昆明血腥事件第二天，「中國廉政建設網」突然頭條發布：中央下發《關於周永康涉嫌嚴重違紀的通報》。

消息稱，此舉是習近平暫時答應江澤民集團條件，而被迫作出無奈之舉，目的是為了在兩會時候暫停各地的恐怖暴力行為，不然會使得整個社會處於失控的程度。並告訴江澤民集團，兩會後將以這種方式公布周永康案，現在可以收手了。

之所以不通過新華社刊發周永康的通報，是因為一旦這麼做了，將來就無法再收回來。現在習近平的這個舉動對於雙方來說都留下了變數，習近平陣營依然留有升級周永康案的餘地，江澤民集團也可以繼續升級將來的恐怖襲擊。

《關於周永康涉嫌嚴重違紀的通報》內容

3月2日，中國廉政建設網稱，中共中央下發《關於周永康涉嫌嚴重違紀的通報》，通報指出：「周永康在擔任中國石油天然氣集團、國土資源部、四川省委書記領導職務和中央政法委書記期間，嚴重違反黨的紀律，濫用職權，犯有嚴重錯誤、負有重大責任；利用職權為他人謀利，直接和通過家人收受他人巨額賄賂；利用職權、其子周某利用其的職務影響為他人謀利，其家人收受他人巨額財物；與多名女性發生或保持不正當性關係；違反組織人事紀律，造成嚴重後果；涉嫌侵吞巨額國有資產；包庇和縱容黑社會團伙犯罪。……給予周永康開除黨籍處分，待黨的 18 屆四中全會予以追認。」

此通報內容，之前曾經在江澤民集團海外操控的媒體上出現。

獨家：江氏集團找好昆明血案下台階

《大紀元》獲悉，江澤民集團在製造了昆明血案的同時，也給雙方準備好了下台的台階，也就是把這起事件的責任全部推到新疆人的身上。

北京時間 2014 年 3 月 1 日 21 時左右，雲南昆明火車站出現一群戴著黑面罩的凶殘殺手，訓練有素的砍殺買火車票的民眾，中共自稱，事件造成 32 人死亡，143 人受傷。

3 月 2 日凌晨 1 時 40 分左右，中共喉舌《人民日報》已經發布消息：昆明火車站襲擊事件已定性為「暴力恐怖襲擊事件」。新華社 3 月 2 日引用昆明市政府新聞辦的消息稱，「這是一起由新疆分裂勢力一手策劃組織的嚴重暴力恐怖事件。」

但是之後，「新華網」又引述了公安部的消息，對昆明事件作出說明，沒有提到「新疆分裂勢力」。

3 月 5 日，大陸官方媒體報導了中共國務院總理李克強在「兩會」做政府工作報告時，脫稿譴責了昆明「3‧01」事件的恐怖分子。據報導，李克強在一分多鐘的即興講話中，譴責暴恐分子，但並無一處提到昆明官方此前將暴徒定性的「新疆分裂勢力」，只是強調這是「挑戰人類文明底線的暴恐犯罪」和「暴力恐怖分子」。

消息稱，習李陣營和雲南地方對昆明血案的定性一直含含糊糊，習近平對「新疆分裂勢力」的說法也沒否定，其實都是在找一個下台的台階。習近平當然不願對此事負責，江澤民集團更不敢對此負責。但是李克強以間接的「你懂的！」方式向外公布，以表達不滿。

4日,習近平在兩會時候看望政協大會少數民族界委員,並「關切地連問四個問題」:「畢業生大部分回新疆了?」「多大比例?」「每年畢業生多少?」「大部分回去了?」

獨家:江澤民試圖再次發動政變

《大紀元》獲悉,因為對於軍權和黨務的權力已經逐漸失去,江澤民集團已經失去了在政治上直接與習近平對抗的能力。自原「610」頭目李東生被抓後,因為擔憂習近平碰觸法輪功問題,並公布周永康的反人類罪,江澤民集團近期正在試圖利用另外的政變辦法,把習近平趕下台。

消息稱,近期發生的幾起重大事件,都是江澤民集團在背後策劃,包括在最近發生的公交車焚燒事件等。江澤民集團本來通過收買武警和黑社會暴徒,還精心安排了系列的「報復社會」的行動。當多個省分都發生這樣的慘劇,所有的國際和國內輿論都會譴責當權者。習近平會因此倒台,江派會順勢上台,「糾正習近平的錯誤」。

消息還指,江澤民集團正動用海內外所有的特務力量,散布習近平的負面消息,用殺戮百姓的方式,推倒習近平。江澤民集團海外的特務點也開足馬力運作,散布消息,這也是最近習近平擔任網路安全小組組長的真正用意。

習近平處於兩難

兩會期間,對中南海來說,最關鍵的就是如何定罪周永康。

在處理薄熙來案的時候，因為用貪腐和濫權等來定性薄案，習近平並沒有通過這個案件立威，薄熙來最終被審成清官。如果對周永康案，繼續延續貪腐、男女關係等罪名，就算在黨內也很難讓人接受，現政權執政基點會受致命打擊。

對於周永康案，如果用迫害法輪功和反人類的罪行來公布，江澤民集團就會挑起血腥屠殺，這是江澤民集團的一張王牌。最為明顯的，就是在昆明血腥屠殺中，凶徒根本不加隱瞞地統一著裝；同時，做案完全可以用槍，凶徒最終卻使用刀來製造恐怖和血腥。

法輪功真相廣傳 當權者背不起黑鍋

江澤民發動血腥鎮壓 15 年來，數百萬法輪功學員被迫害致死、數萬人被活摘器官，如今法輪功真相廣傳，中共當權者背不起黑鍋。（AFP）

1999 年 7 月 20 日，江澤民發動鎮壓法輪功。在江的密令下，中國各地公、檢、法、監獄等系統對法輪功進行殘酷的迫害，最後發展到夥同醫院活摘法輪功學員的器官牟取暴利，短短十幾年中，幾百萬法輪功學員被害死、數萬人被活摘器官。從海外媒體最近幾年公布的真相顯示，江澤民、周永康犯罪集團涉龐大殺人

網、濫用武力、暗殺等等罪惡。

因當年中國大陸修煉法輪功人數已達 1 億人，加上江澤民採取的株連政策及受連累的親朋好友，鎮壓幾乎波及無數家庭，這場血腥鎮壓持續十多年來，將中共拖入進退兩難的泥沼之中。

據中共國家計委的官員私下透露，中共為維持鎮壓法輪功政策，幾乎耗費了相當於國民生產總值四分之一的財力。

15 年來，隨著法輪功學員不斷講清真相，江澤民集團殘酷迫害法輪功真相被廣傳，早已深入人心，很多中共官員已經看到清算中共時日不遠，害怕將來要背黑鍋。

接近北京高層的知情者透露，中共內鬥的核心問題，就是如何對待江澤民、周永康控制的「610」、政法委系統迫害法輪功這十多年犯下的反人類殺人罪證。證據都在中共高層掌握之中，因事態嚴重，大多數中共高層官員不願為江氏集團背黑鍋。這也是江澤民、周永康最恐懼的事情，周永康策反目的就是為掩蓋政法委治下中國各地勞教所犯下的活摘器官殺人網罪惡，其利益巨大，黑幕驚人。

事實上，周永康與薄熙來活摘法輪功學員器官的祕密殺人網，中共高層早已知曉，只是命案太大，涉及中共政權垮台問題，現在中南海面臨的難度是如何公布周永康罪惡。

習江鬥的關鍵核心是法輪功

薄熙來事件後，中共內部分崩離析，習近平陣營與江澤民陣營的權力廝殺，你死我活。江派因迫害法輪功而恐懼被清算，全力狙擊習、李改革，甚至多次採取暗殺。

　　《大紀元》獲消息稱，周永康曾策發政變，刺殺習近平，兩年之內用薄熙來替代，但沒有成功；而且江澤民多次對胡錦濤也刺殺未遂。中南海高層生死搏擊越演越烈，中共面臨崩潰。這些都是因為江澤民集團自迫害法輪功後恐懼受到清算。

　　江澤民集團發動的持續近 15 年的對 1 億無辜法輪功修煉者的殘酷迫害，致國家法制崩潰、經濟破產、道德摧毀，把中國社會推向災難的深淵。而中國的所有改革都無法繞開波及數億人的法輪功問題。

　　公布江澤民集團迫害法輪功的真相，活摘器官的真相，拋棄中共，是解決中國當今社會面臨困境的關鍵。

周黨反攻大動作

第十三章

曾慶紅「自殺」威脅習近平

曾慶紅曾通過「離岸解密」醜聞，向習近平、胡錦濤、溫家寶等
家族發出「同歸於盡」的死亡威脅。（大紀元合成圖）

第一節

北京變相公布周永康案
調查轉向

2014 年 3 月 2 日下午，中共 2014 年全國政協開會的前一天新聞發布會上，呂新華的「你懂的」三個字回應周永康案，使周案不可逆轉的朝公開化邁進。（新紀元合成圖）

　　2014 年 3 月 2 日下午，就在中共 2014 年全國政協開會的前一天，在按慣例召開的政協新聞發布會上，發言人呂新華說出的三個字引起全世界的熱切關注，使周永康案不可逆轉的朝公開化邁進。

　　據網易新聞報導，原本記者會最後一個提問名額被點到的是《民政協報》的記者，招來周圍一片嘆息聲，但呂新華表示再增加一個問題，並把這最後的提問機會給了香港《南華早報》。

　　呂新華長期在中共外交部任職。2003 年至 2006 年任外交部副部長，2006 年至 2012 年 4 月，呂擔任外交部駐香港特別行政區特派員；而其間的五年時間裡，習近平分管港澳工作，任中央港澳工作協調小組組長。也就是說，呂新華是習近平的老下級，

據說深得習的信任。

「你懂的」 你懂了嗎？

《南華早報》記者問到有關海內外極為關注的周永康問題時，問「有沒有什麼可以透露或披露的？」呂新華回答說：「不論什麼人，不論其職位有多高，只要觸犯了黨紀國法，都要受到嚴肅的追查和嚴厲的懲處，這不是一句空話。」隨後他又補充說：「我只能回答成這樣了，你懂的。」

現場記者聞之哄堂大笑，「你懂的」一詞也迅速成為當紅的流行語。專家評論說，「你懂的」這詞充滿民間智慧和娛樂精神，它來源於英語口語中的「You know」，但又注入了英語本身難以神傳的、只可意會不可言傳的含義，用於表達無法言說或不便明說而又心照不宣的事，起到「狀難寫之景如在目前，含不盡之意見於言外」的效果。

有人還說：「相比於一本正經的『眾所周知』，『你懂的』顯然多了幾分狡黠和幽默。對於周永康案，呂新華似乎什麼都沒說，不懂的人照樣不懂；但他似乎又什麼都說了，一切盡在不言中，懂的人自然懂。這個政治隱語體現了中國文化的含蓄之妙。」

外媒評論說，呂新華並沒有斷然否認或當場反駁，這無異於當眾默認了周永康腐敗並遭調查的傳聞。《南華早報》也在隨後發表的報導中說：「中共高官首次公開暗示當局可能很快正式宣布對周永康腐敗案的調查。」此前大陸媒體已經相繼報導了很多有關「神祕富商」周濱（即周永康之子周斌）一家被抓的消息。

也有人發現，2014 年的呂新華是在學 2012 年的溫家寶。

2012 年 3 月 14 日在記者發布會上，溫家寶也是把最後一問的機會留給了外媒記者，不管李肇星如何幾次催促結束提問，溫家寶一直等到外媒問道「重慶王立軍事件」時，當眾宣布「中央正在調查此案」，並要讓調查結果「經得起歷史考驗」，在這之後才結束其三小時的問答，第二天薄熙來就被宣布免去重慶市長職務。

於是，2014 年兩會前一句「你懂的」，令人屏住呼吸在等待第二天兩會上是否會正式宣布周永康案。

虛假的周永康案通報

不過還沒等到第二天，就在呂新華「你懂的」話一出口的十多小時後的 3 月 2 日晚上 8 時 35 分，就在兩會召開前的最後一夜的網路高峰期，「中國廉政建設網」發布了驚人消息：中央下發《關於周永康涉嫌嚴重違紀的通報》。

通報稱，「周永康在擔任中國石油天然氣集團、國土資源部、四川省委書記領導職務和中央政法委書記期間，嚴重違反黨的紀律，濫用職權，犯有嚴重錯誤、負有重大責任；利用職權為他人謀利，直接和通過家人收受他人巨額賄賂；利用職權、其子周某利用其的職務影響為他人謀利，其家人收受他人巨額財物；與多名女性發生或保持不正當性關係；違反組織人事紀律，造成嚴重後果；涉嫌侵吞巨額國有資產；包庇和縱容黑社會團伙犯罪。」通報還稱：「周永康開除黨籍處分，待 18 屆四中全會予以追認」。

該網站給人的第一印象是很正規的中共官網風格，有華表，有石獅，還有中共常見的大紅背景，不過如此重大的信息，不是

由新華社公布，而是由一個名不見經傳的網站搶先發布，這還是第一次。有香港媒體當即表示，從其用詞來看很可能是假消息。幾小時後，人們發現該網頁就打不開了。

據百科資料，「中國廉政建設網」由華政通文化發展有限公司負責運營，但在2013年7月，曾被通報為非法信息網而被關閉。阿波羅網調查發現，該網站備案京ICP備10026054號-1，是個人網站，所有者：李鄧妹。

《新紀元》檢索發現，2008年4月17日，北京市西城區法院以詐騙罪、勒索罪判處王建業、呂康健、褚多鋒六年至一年多的徒刑，這三人就是利用自創的「中國紀檢監察廉政建設網」，冒充紀檢委和監察部聯合舉辦的反腐網站，從而到鄉鎮勒索貪官的錢財。這個網站很可能是個類似「野鴨店」的冒牌網站。

在大陸若要註冊一個公司名稱，「中國、中紀委、監察部」這類專屬名詞是嚴格限制使用的，然而對於個人辦理的非營利性網站，只需要到工業信息化部（原國家信息產業部）和當地的公安機關登記備案就行。於是有人成立了一批與「中國紀檢監察廉政建設網」相似名稱的網站。

儘管這個來路不明的「中國廉政建設網」很快被關閉了，但有關周永康嚴重違紀的通報卻迅速傳遍了大江南北。目前人們也無法判斷這個通報是出於江派還是習派，因為同樣的通報最早出現在江派控制的海外網站上，然後出現在這個冒牌的廉政網上。不過很可能這是江派為了逼迫習近平把周永康案定成個人貪腐案，從而把自己切割出來的逼宮行為。

北京當權者的左右為難

　　全球最先提出逮捕周永康的書籍，是 2012 年 9 月 7 日新紀元出版社在《中南海政治海嘯全程大揭祕（上）》，那時薄熙來還沒被雙開。聽聞《新紀元》的預測，很多讀者和同行都持懷疑態度。不過一年後，當薄熙來被判刑，特別是 2013 年 11 月中共三中全會後，各路媒體開始跟進對周永康罪行的揭露，特別是江澤民、曾慶紅控制的海外華文媒體，不斷放出周永康貪腐、色情、政變的獨家消息，等到了 2013 年底，「逮捕周永康」已成了海外網路的共識。

　　2013 年 12 月 20 日，周永康在政法系的頭號馬仔、前公安部副部長李東生落馬，官方罕見強調其與迫害法輪功相關的三個隱祕頭銜，暗示周永康案的性質已從貪腐擴大到了政治迫害，從而拉開了周案升級的序幕。

　　接下來從江派的竭力反撲以及習陣營的不斷抓捕中，人們看到，一場你死我活的大決戰正在上演。江派指使陳光標紐約上演慈善鬧劇失敗後，搞出了攻擊當權者貪腐的「離岸醜聞」，隨後又在香港上演了刺殺《明報》前主編的血案，而習陣營在抓捕周永康的「四川幫」、「石油幫」、「政法幫」、「祕書幫」、「遼寧幫」之後，還讓大陸媒體不斷高調追查周永康兒子周濱的貪腐罪行，雙方肉搏得十分激烈。

　　如 2014 年 2 月 20 日，陸媒大量報導了四川富商、「特大黑社會集團」頭目劉漢是在「遇到貴人後」飛黃騰達，並與周濱之間有利益輸送。2 月 27 日數家媒體又轉載了《中國青年報》的文章，分析「周濱集團形成原因」。3 月 1 日《財新網》報導說，「周

濱夫婦及其數名親人被帶走」，「包括周濱的三叔周元青、三嬸周玲英和堂弟周峰，另外岳父黃渝生也於去年 12 月失去聯繫」。此前，大陸媒體還報導「富商周濱疑染指北京公租房」，接著搜狐財經發表《打虎計 周濱：以父之名》等等，周永康之名，直接或間接地在大陸媒體上公開亮相。

在馬年團拜會上，《炎黃春秋》社長杜導正曾對浦志強律師公開表示，目前中共黨內高層改革阻力極大。這位 90 歲的老人一連用了三次重複：「改革的阻力在黨內很大很大很大。」高層意見不一致，或者高層已經不斷變化，這些都反映在周永康案宣布時間的變動中。

不過有一點是明確的，北京能默許大陸媒體報導有關周永康的貪腐案，利用外圍製造輿論，也是在給民眾心理打緩衝劑，否則一下宣布中央政治局常委如此貪腐惡毒，普通百姓還可能接受不了。

越來越多的證據顯示，北京政權要把周永康案和曾慶紅、江澤民的案子結合在一起，要一鍋端地處理老虎窩案。周永康案查得越久，曾慶紅的罪行就會暴露得越充分，到時處理起來也就越容易。

第二節

兩會期間惡性事件連發
曾慶紅露面遭封殺

2014 年 3 月 8 日，北京國際機場，馬來西亞航空公司負責人被記者攔住採訪。（大紀元資料室）

　　中共「兩會」召開的前一兩天，大陸災禍頻發。繼 3 月 1 日昆明暴力殺戮事件後，東莞、桂林、廣州、河南、陝西又接連發生爆炸、血案、地鐵踩踏、幼兒園房頂坍塌、直升機失事等事件，引發民眾恐慌。

　　2014 年 3 月 1 日晚 22 時，雲南昆明火車站發生了持械砍人殺人特大慘案。一夥著統一裝扮的蒙面人，手持刀具衝進火車站廣場售票廳一路見人狂砍。截止 2 日已有 30 人死亡、130 人受傷。血腥事件震驚世界。中共官方將昆明火車站襲擊事件定性為「暴力恐怖襲擊事件」。當中國大陸民眾還被巨大的恐怖陰影籠罩時，恐怖事件又接連發生。

■東莞中石化餐廳爆炸 一死 31 傷

據大陸媒體報導，3月3日上午12時10分，廣東東莞旗峰路中僑大廈四樓中石化東莞石油公司餐廳發生爆炸，已造成一人死亡、31人受傷。死傷人員全部是中石化東莞石油公司的員工。

報導稱，據初步調查了解，爆炸疑因廚房液化氣瓶洩漏引發，爆炸導致天花板坍塌。現場慘烈，多人被炸飛。東莞餐廳爆炸事件立即成為微博熱門話題。民眾質疑，在中共兩會敏感時期，東莞爆炸事故原因並不簡單。

■桂林發生恐怖血案

3月3日桂林發生慘案。消息先來自微博，網民實名微博披露：剛剛發出緊急通知，稱疆獨分子潛入桂林，西門橋頭一位開寶馬的女人被砍死，罪犯正逃跑中，目前桂林兩死六傷，全市已戒嚴！

後海外中文網站報導稱，事件發生在桂林象山區蒼松路萬壽巷，作案嫌疑人於當晚6點左右手持砍刀，將一寶馬車的女車主拖出來刀砍，然後搶了車上的東西，欲駕車逃離未果，之後又搶了一輛摩托車逃跑。該女車主在醫院被宣布死亡。

從網友曝光的照片看，被害者倒臥在地，面無血色，有消息指，被害者已經死亡。

桂林警方稱，3日傍晚桂林市區確實發生了一起惡性事件，但桂林砍人案只是個案，無任何其他關聯案件。後桂林方面對相關帖子全部刪除、封鎖。

有民眾披露桂林滿大街都是武警特警，桂林全城戒嚴。

3日午夜，特警包圍某個疑為嫌犯藏身地。桂林官方深夜發布一條警告市民注意安全、不要外出的信息。當地民眾被恐懼的

陰影籠罩。

■桂林驚現販賣模擬槍團伙

據大陸媒體報導，3 月 3 日晚，桂林有摩的司機報警稱，在廣西桂林市汽車客運站有可疑人員留下的一個包裹。經查驗，包裹內發現有模擬槍支和管制刀具。

4 日凌晨 4 時許，五名犯罪嫌疑人被抓獲，一批模擬槍支和管制刀具、弓弩等被繳獲。據犯罪嫌疑人交代，他們自 2013 年 9 月以來多次往返湖南、廣西等地販賣模擬槍支、管制刀具。群眾舉報的包裹是他們到達桂林汽車北站後遺失的。

■河南一幼兒園房頂坍塌 一死三傷

據《大河報》報導，3 月 3 日夜 12 點多，河南信陽溮河區董家河鎮駝店村百川親子幼兒園房頂倒塌，13 名全托幼兒被覆沒。13 名孩子從瓦礫中被挖出送往醫院。一名孩子在送醫途中死亡，三名孩子受傷。

經調查，百川親子幼兒園是無證私自開設駝店村分園。該園是租用民房改建，改建時，該園院長余某擅自拆除兩間房子中間的山牆，致使房頂失去依託，結構不穩，最終垮塌。

■廣州地鐵踩踏事故多人受傷

據《廣州日報》報導，有網民爆料稱，4 日上午 11 時 10 分左右，廣州市地鐵五號線在到達西村站時，有兩名男子在車尾車廂內突然噴出不明刺激性氣體，導致車上乘客驚慌躲避，紛紛跑向車頭方向，躲避過程中發生踩踏，多人在踩踏中受傷。

有乘客說，現場不少人的鞋子被踩掉，行李跌落，車廂尾部有煙霧。網民上傳的圖片顯示，發生踩踏的車廂內凌亂異常，行李衣物鞋子等散落一地，地面還有血跡。

西村附近民眾表示，當時乘客都非常驚慌，幾名乘客受輕傷。涉事地鐵已經暫時停運，客流被限制。

有廣州民眾表示，最近發生太多血腥事件，大家精神緊繃，人人自危，人心惶恐。

廣州警方稱，事故原因是兩名少年在地鐵五號線列車車尾玩弄一瓶女性防狼噴劑，發出刺激性氣味，乘客在躲避疏散過程中發生擠碰，致四人輕微皮外擦傷。

■陝西渭南一架直升機墜落

據大陸媒體報導，3 月 4 日下午 2 點左右，一直升飛機在陝西渭南市臨渭區固市鎮東南方向巴邑村農田墜落。受傷機組人員已被送往醫院，事故原因在調查中。

據目擊者稱，飛機在行駛過程中，尾翼突然發出一聲巨響，隨即直升飛機失控墜落農田，有兩名傷員。目前現場已被警方控制。

■天安門一女訪民自焚

3 月 5 日早上 9 點，中共 12 屆全國人大二次會議在北京人民大會堂開幕。大約早上 10 點 40 分左右，在戒備森嚴的天安門金水橋附近發生一女子自焚事件，同時，至少有兩名示威者在天安門廣場撒傳單，被警察帶走。

據現場遊客回憶：「有一個 40 多歲的女子自焚，那女子把

衣服一拉開，身上就著火了，四、五個人拿著滅火器就往她身上噴，然後就把人拉走了。」

■馬航一飛往北京客機失蹤 機上 154 中國人

馬來西亞航空公司一架飛往北京的客機失蹤。飛機上共有239 人，其中 227 名乘客，包括 2 名嬰兒及 12 名機組成員。這架由馬拉西亞首都吉隆坡飛往北京的馬來西亞客機在當地時間 3 月8 日凌晨 2 點 40 分與梳邦國際機場空管中心失去聯繫。截至 17 日，MH370 無音無訊已經 10 天，搜索增至 25 國。失聯謎團懸而未解，全球關注。

3 月 8 日晚 19 時 30 分左右，馬航發布更新媒體稿，公布全部乘客及機組成員名單。馬來西亞、越南等國聯合搜救，暫未發現任何飛機殘骸。

BBC 報導，越南空軍飛機據報在越南南部金甌省西南面海域上發現大面積浮油。越南當局稱懷疑源於周六凌晨失蹤的馬來西亞 MH370 航班。

根據北京出入境邊防檢查總站指揮中心消息，航空公司申報的旅客信息顯示，該航班上有 154 名中國人，外國人 73 名。《新京報》報導，由 24 位中國畫家組成的藝術代表團在這趟飛機上，參加一場以「中國夢・丹青頌」為主題的書畫交流筆會。但其他人身分官方尚未公布。

在馬航公布的完整乘客名單中，有兩人已證實護照被偷位登機。義大利政府確認該國公民 Luigi Maraldi 未登機，之後奧地利外交部也確認該國一名公民未登機，目前人在奧地利。兩國外交部均表示，兩人護照被偷。奧地利通訊社報導專家推測，恐怖襲

擊的可能性大大增加。

一系列血腥事件，讓民眾感到恐怖和完全沒有安全感，人心惶惶。有網民稱，這兩天和家人討論最多的就是人身安全問題，現在活著不易啊！

許多網民表示：中國好危險啊！到處都危險了，坐公交車買菜無緣無故被火燒、去火車站買票莫名其妙被刀砍、去餐廳吃飯稀裡糊塗被炸飛……這年頭還讓不讓老百姓活了？敏感時期，不太平啊！這幾天一齣接著一齣，社會動盪不安啊！這個社會是怎麼了，感覺身邊危機四伏，這年頭怎麼死的自己都不知道！

也有網民質疑，這些血腥事件是意外還是人為？東莞爆炸事件與昆明火車站暴力血腥事件有沒有關係？如果不是恐怖襲擊，哪有這麼多巧的事？

曾慶紅香港明報「露面」 陸媒全面封殺

從 2013 年 10 月缺席習仲勛百年紀念會開始，外界即注意到曾慶紅在很多重大場合「不能露面」，包括 2013 年 12 月紅線女追悼會，尤其是 2014 年 1 月 9 日邵逸夫的追悼會，十多年來負責港澳工作最重要人物曾慶紅沒能「露面」，顯示其處境非常不妙。

而 2014 年 3 月 8 日，曾慶紅突然藉江派背景《明報》的一則新聞「露面」。報導稱，前《基本法》起草委員會委員許崇德出殯，曾慶紅罕見送花圈。然而該消息在大陸遭到全面封殺。

曾慶紅是江派頭號「謀臣」，隨著江澤民身體越來越弱，曾慶紅已成為江澤民集團的實際掌門人。日前，中共高層的博奕在

「離岸」醜聞中升級，曾慶紅通過引爆周永康此前設下的「定時炸彈」，即向海外媒體餵料，向習近平、胡錦濤、溫家寶等家族發出「同歸於盡」的信號。

與此同時，與周案不能切割的曾慶紅家族醜聞開始密集曝光。多方報導，曾慶紅早已被中紀委專案組鎖定為下一個大老虎。消息稱，曾慶紅的兒子曾偉近期已經回到中國大陸，處於被軟禁狀態。

3月1日，正值中共兩會召開前夕，昆明火車站發生震驚中外的恐怖襲擊血案。《大紀元》獲悉，《明報》前總編輯劉進圖突遭凶徒刺殺一案及昆明血腥殺案，背後都是江澤民集團在策劃。江派曾慶紅製造混亂目的是讓習近平無法執政，讓所有的國際和國內輿論都譴責中共當權者。習近平會因此倒台，江派會順勢上台，「糾正習近平的錯誤」。

2013年9月，大陸媒體就已經在關注曾慶淮家族與周永康案的關聯。曾慶紅的姪女、曾慶淮女兒曾寶寶被揭捲入吳兵的「中旭系」貪腐鏈條之中。而且當時還傳出38歲的女星梅婷將為年近70的曾慶紅弟弟曾慶淮產子。

「石油幫龍頭幫主」曾慶紅，其家族長期掌控石油、能源、化工行業，與周永康家族在石油領域有太多的交集和貪腐黑幕。據悉，中南海對中石油案作出批示，稱一定要徹查，即「無論涉及到什麼人，都要一查到底」，兩會上習近平在參加安徽代表團審議時的一句「不能把國有資產變成謀取暴利機會」，被認為話外意有所指。

2014年3月，美國「紐約客」等知名網站突然拋出大陸《財經》雜誌2007年的一篇文章披露，曾慶紅兒子花7000萬變1100

億，鯨吞國企黑幕的報導，被外界認為是在為拋出曾慶紅家族作鋪墊。

如今整個中國大陸的局勢圍繞江習鬥展開。周永康案的公布方式，決定了江習鬥博奕方向。周永康案不僅涉及數千億貪腐黑金、暗殺、政變，更涉及非常嚴重的危害人類罪行——活摘器官。有了薄熙來案的前車之鑒，以貪污腐敗來定罪周永康，不足以平民憤，不足以立威，不能服眾。

第三節

周、曾、江「三虎窩案」被拋出

江澤民及其兩個最得力幹將周永康及曾慶紅。隨著周永康眾多親信因涉貪被調查，習近平陣營打算將江派大老虎「一鍋端」的計畫走向公開。（大紀元合成圖）

2014 年 3 月 10 日，香港上市公司惠生工程發出公告，其公司大股東華邦嵩已被中共公安機關以涉嫌行賄指控逮捕，此人與中石油集團高層違紀案件有關。半年前《新紀元》在第 343 期的「獨家揭祕 惠生工程幕後的兩隻大老虎」一文中，曝光了惠生背後的真正老闆是周永康的兒子周濱（即周斌），和江澤民家族的幕僚劉吉等人。

惠生大股東被抓 幕後老闆是周濱

2013 年 9 月 19 日，捲入中石油案的上海惠生工程公司表示，當局帶走了該公司帳本，並凍結集團若干銀行帳戶。集團主席華

邦嵩、財務部經理趙宏彬均在協助調查。當時《紐約時報》援引四名跟中共高級官員談過話的人士稱，此次調查真正的目標是周永康。

據《21 世紀經濟報導》報導，捲入中石油腐敗案的惠生工程與四川石化前總經理栗東生被調查有關。四川石化彭州項目總投資規模達 380 億元，惠生工程在這一工程中拿下了六套裝置的總承包。至於如何拿下如此大的訂單，業內也多有評論。在今年傳統新年前後，中石油四川石化前總經理栗東生被相關部門帶走調查。

消息人士說：「在這個項目上，栗東生只是參與者，並不是主導者，惠生工程能拿下這個業務完全是周濱的關係。」

在港上市的惠生工程技術服務有限公司（惠生工程）是來自上海的民營企業，2012 年底在香港上市，2013 年傳出消息說，公司大股東兼主席華邦嵩只是代人持股，幕後真正老闆實際是周濱，然該公司曾經發聲明否認。《新紀元》引述消息來源說，惠生工程與周永康的兒子周濱有密切關係。周濱夫婦在美國生活多年，周永康出任中共公安部部長的 2002 年，周濱夫婦取得港澳通行證，在港設立公司。

惠生公司在網路上非常「出名」，因為它是「花上億資金刪除負面帖子」、「AV 女優門」的主導。女優就是妓女的雅稱。2012 年有人在網路上曝光了上海惠生公司在中石油四川石化乙烯項目（彭州）的建設過程中，採購人員接受日本公司 AV 女優門的性賄賂，高價從日本購買低質量產品的色情醜聞，該事件引起中國社會的劇烈震動。從那時起，中石油的貪腐在民眾心目中更加臭名遠揚。

現在回頭來看，當初在網路上曝光這些絕對機密的事，很可能就是在中紀委的授意下進行的。

背後大老虎還有江澤民家族

據惠生公布的公司管理層名單來看，這個民營企業後台非常硬。其管理層包括獨立非執行董事吳建民、劉吉、蔡思聰、執行董事兼高級副總裁劉海軍、陳文峰，以及執行董事華邦嵩。

惠生網站介紹說，吳建民，73歲，曾擔任毛澤東、周恩來的法語翻譯；劉吉，77歲，1983年後先後擔任上海市科協副主席、上海市委宣傳部副部長；蔡思聰，香港人，53歲，曾獲得英國威爾斯大學紐波特分校商業管理研究生文憑，和澳洲商業法律碩士學位。人們很驚訝，一個小小的民營企業，怎麼能有這麼大的能量，請到這些高階層的人。

惠生網站沒有介紹的是，劉吉是江澤民權術學的狗頭軍師。據《江澤民其人》一書介紹，劉吉1935年10月出生，安徽省安慶市人，畢業於清華大學水利工程系，畢業後分配到上海。雖然畢業於理工科，但劉吉熱中研究的卻是「領導學」。在江澤民主政上海期間，劉吉被提拔為上海市委宣傳部副部長，是陳至立的下級。1993年他被調到北京，後任中國社會科學院副院長。

在上海期間，劉吉要去江澤民家，都不需要事先通知，而是直接進入。去後，江家總是用好飯好菜招待他，有時江妻王冶坪心情好時，還親自下廚，烹飪幾個他喜歡的江南菜，劉吉稱王冶坪為嫂子，可見兩家關係之密切。

《蘋果日報》在《京城密語：江家周家聯手搾乾石油業》一

文中也證實說，劉吉是江澤民的智囊，上海起家的惠生公司，跟江澤民、江綿恆很有聯繫，因此惠生公司背後的大老虎，不只是周永康家族，還有江澤民家族。何況很多消息來源稱，周永康是江澤民妻外甥女的丈夫，周家、江家基本算一家了。

江、曾、周串聯貪腐證據鏈被拋出

2014 年香港《明報》前總編突遇刺，昆明火車站殺戮案驟然發生，其幕後策劃者正是江澤民集團，目的是製造混亂，引起民憤，並藉機混水摸魚，奪取政權。3 月 5 日，國務院總理李克強在人大會議開幕式上，嚴厲譴責製造昆明虐殺的暴恐分子，卻隻字未提「疆獨」，釋放高層重大變故信號。

2014 年 3 月 8 日，大陸媒體《中國經營報》推出兩則新聞，一條《吳兵案背後現女星 梅婷曾與周濱之妻合拍電視劇》，另一條《劉漢被控窩藏珠峰系走私大案要犯涉賴昌星》，這看似不經意間的反腐報導，知道內情的人發現，這是將江澤民、曾慶紅、周永康家族串在一起的貪腐證據鏈拋出的第一步，印證了此前中紀委所言的要下一盤「更大的棋」。

此前 3 月 3 日晚間，隸屬於新華社的《環球時報》在其英文網路版上，公開承認了「神祕富商」周濱與周永康是父子關係；3 月 8 日，《中國經營報》又從周濱白手套「代理人」的角度，挖出了跟曾慶紅弟弟曾慶淮「有一腿」的影視女星梅婷；而已被定性為「特大黑社會集團」的周永康馬仔劉漢，窩藏 2002 年被列入公安部通緝犯的西藏珠峰公司董事陳峴，並與實際掌控珠峰的何冰進行一系列合作，這樣又把劉漢案和廈門遠華特大走私案

主犯賴昌星聯繫在了一起。

劉漢的背後大佬是周永康，梅婷牽出的是曾慶紅家族，賴昌星的後台是江澤民的大祕書賈廷安、和江的親信賈慶林。由此周家、曾家、江家，這三家大老虎浮出水面，他們在共同撐起黑社會老大方面有了交集。

北京「一鍋端」計畫走向公開

2014年1月21日，江派藉所謂「國際記者聯盟」發布習近平、胡錦濤、溫家寶等家人貪得巨資、藏在海外的「離岸醜聞」，曝光了中共高層六大家族的海外藏富，但唯獨沒有周永康、曾慶紅、江澤民家族的財產調查，如今北京當權者的反擊，正好就是要把這三家串聯起來，要打貪污老虎窩案。

中國時局評論員周曉輝認為，毫無疑問，周家、曾家、江家彼此的交集並不限於上述兩個方面，其在攫取經濟利益、包庇黑社會、密謀政變、活摘法輪功學員器官等多個方面都有重疊。如今習陣營拋出三家串起來的證據鏈，昭示著周永康案後將有更大案祭出。

此前《大紀元》引述海外資深媒體人楊光獲知的消息稱，習近平成立了一個針對周永康、江澤民、曾慶紅、羅幹等搞暗殺的政變集團的專案組，組員至少有1100人，意在將他們「一鍋端」，否則自己就會有生命危險。

周曉輝認為，從3月8日的這兩則新聞以及習近平、王岐山的「鳳凰涅槃」論來看，這盤將江澤民集團「一鍋端」的計畫，在昆明案後走向了公開，其後應該有更多的證據鏈從隱晦到直接

被拋出，就像燒烤周永康一樣。而江系餘孽是否還將以暴力、恐怖手段應對，都只能拭目以待，但可以肯定的是，這個過程注定是步步驚心。

第四節

曾慶紅「自殺」無效後
恐嚇習近平

2014 年中共兩會前夕發生的幾起重大的危害社會安全的恐怖事件，都是曾慶紅背後策劃。兩會剛結束，長沙立即發生當街砍人事件，整個社會陷入驚恐不安之中。（大紀元合成圖）

曾慶紅利用網文公開威脅習近平

2014 年 3 月 10 日，一篇題為《習近平是內奸 中國到了緊要關頭》的文章在網路上被五毛推手們推動得廣為流傳。5000 字的文章採用毛左那種先下定義、然後竭力攻擊的風格，批評習近平對昆明恐怖襲擊案、馬航客機失蹤案處理不當，習陣營是以藉腐敗之名，「打擊石油、鐵路、電力等系統的國有經濟政治領導力量」，是在幫忙美國搞垮中國的「內奸」等等。作者還把北京懲罰薄熙來和周永康貪腐團伙成員，說成了「打擊薄熙來和周永康都採取了株連九族的手法」。

不過這篇貌似毛左寫的批評文章，與過去毛左竭力攻擊改革

派所不同的是，這好像是大陸網路第一次公開攻擊習近平。由於習近平上台後採取了所謂「兩個不否定」的「第三條路線」，既不否定前三十年的文革，也不否定後三十年的改革，竭力玩平衡術，一會說一句話讓左派心花怒放，一會又出台一個政策讓右派驚喜若狂。習執政一年後，為了搞團結，什麼「打左燈向右轉」的辦法都採用了，目的就是不得罪左派和右派，以至於左派、右派都對他抱有一點幻想。

那是誰寫了這篇攻擊文章，並故意在網路上傳播呢？

讀到文章的後面就不難發現作者的意圖。文章對江澤民集團失去軍權，周永康曾經藉以大肆作惡的政法委系統遭到清理，表達了強烈的不滿，最後還對習近平發出公開的威脅：呼籲「盡快組織起來」，用「革命的理論」和「你死我活的革命行動」、「喚醒人民」。

也就是說，這篇文章代表了那群因薄熙來、周永康的落馬而自身惶惶不安的人，而且是要和習近平決一死戰的人。很多跡象表明，這人就是以曾慶紅為代表的江派殘餘。

曾慶紅策劃恐襲民眾 欲趁亂奪權

曾慶紅、江澤民與習近平的關係問題，海內外江派媒體都放風說，曾慶紅為了扶持習近平，「17大」時故意退下來，把位置讓給了習近平；但真實情況恰恰相反，曾慶紅、江澤民竭力爭取直到不得不退位時，還上演了一齣「狸貓換太子」的假戲，臨時把習近平推上來，目的只是為了在「18大」時給薄熙來鋪路，給2014年左右江派謀劃的周永康、薄熙來政變贏得四年的緩衝期。

（具體詳情，請看《新紀元》出版的《18 大新權貴》、《胡錦濤的全退布局與令計劃的復仇》等叢書。）

江澤民集團與習近平陣營都是中共的一部分，都是西來幽靈——馬列主義在中共暴力機器的一部分，兩者不同的是，15 年前的 1999 年 7 月 20 日，江澤民集團對上億修煉真善忍的善良民眾舉起了屠刀，在欠下累累血債、犯下活摘器官等反人類罪行的同時，還把整個國家的法制、經濟、道德推下了懸崖，中華民族面臨前所未有的危機；以至於後任者不清算江派血債幫的罪行，根本就無法正常治理國家。而江派為了避免被清算，一直在幕後或公開地阻撓、破壞胡錦濤、溫家寶以及習近平、李克強的執政，從而雙方展開了激烈的爭奪，最後發展成以身家性命來搏擊的生死較量，周永康就幾次想暗殺習近平。（詳情請看《新紀元》叢書。）

為了清除阻撓改革的攔路虎，「18 大」以來，習近平高舉反腐大旗，以「溫水煮青蛙」、「從外到裡」的剝洋蔥策略，一個一個拿下江澤民集團的鐵桿成員，從薄熙來開始，到周永康的數十個親信相繼落馬，包括四川省委副書記李春城開始，到國家發改委原副主任劉鐵男，四川省原副省長、四川省文聯原主席郭永祥，國務院國資委主任蔣潔敏，湖北省副省長郭有明，江蘇省南京市委副書記、市長季建業，四川省政協主席李崇禧，中央「610」小組副組長、前公安部副部長李東生，海南省副省長冀文林等等，反腐陣勢很大，周永康早已成了死老虎。

進入 2014 年，習江的博奕趨於白熱化，短短的兩個月內，已經發生了 16 起習江陣營互相之間大的交手，其中包括 1 月 7 日陳光標紐約「逼宮」事件、活摘器官重要證人、遼寧公安廳廳

長李文喜被帶到北京調查等。

曾慶紅知道，這樣大範圍地查下去，最終會查到自己頭上，江派人馬必死無疑。與其坐而等死，不如拚死一搏。特別是 2013 年聖誕節後，靠誣陷嫁禍法輪功而起家的李東生落馬時，中紀委公布的李東生頭銜直接和鎮壓法輪功相關，這暗示著北京當局有可能從鎮壓法輪功罪行的角度，來懲治江派以平息民憤。這讓江派，特別是實際操盤手曾慶紅如芒在背，坐立不安。從那以後，曾慶紅開始拿出其黑社會的殺手鐧，不斷在大陸製造多起恐怖襲擊。

《新紀元》獲悉，中共馬年兩會前夕發生的幾起重大危害社會安全的恐怖事件，都是曾慶紅背後策劃的。如 2014 年 3 月 1 日昆明血腥砍殺事件，是江澤民集團精心策劃的恐怖襲擊活動，原本計畫同時在五個城市進行，但出現意外後，其餘四個城市並未有所動作。據知情人透露，這些暴徒都是武警，是來自農村的基層士兵，想升官發財，遭到江澤民集團用毛思想的洗腦，事件與民族仇殺毫無關係。

而 2014 年 2 月刺殺《明報》前總編輯劉進圖也是曾慶紅所策劃，目的是在香港製造混亂，捆綁及威脅現政權，激發香港民眾對北京不滿，企圖在周永康案件如何公開定性這類敏感問題上威脅習近平陣營。

江派搞的這些恐怖行動，目的就是讓中國亂起來，曾慶紅曾公開表示「越亂越好」。大陸社會越亂，說明習近平的新班子越無能，發生的暴力慘劇越多，所有的國際和國內輿論都會譴責當權者，習近平會因此倒台，江派會順勢上台，「糾正習近平的錯誤。」

這可以說是當初周永康、薄熙來政變計畫的一部分，目的是「亂中奪權」。

分裂公開 江派拒絕參加中南海活動

江澤民集團與習近平陣營的對立，早就在各方面顯現出來。有網友開玩笑說，最明顯而又簡單的現象是，在中共政治局七個常委開會現場，跟江派走得近的張德江、劉雲山、張高麗這三人總是坐在一起，而另外一邊就是李克強、王岐山和俞正聲，中間是習近平。

2013 年 10 月，習近平的父親、中共前副總理習仲勛百年誕辰，紅二代大聚會，除缺薄熙來的家人外，曾慶紅的「紅色家族」也沒有派人出席，被外界視為曾慶紅與習近平公開分裂的信號。

2014 年 2 月，據《動向》雜誌報導，在中國傳統新年前夕，按慣例，中共黨和國家領導人分別看望或委託有關方面負責人看望高級老幹部，並設宴招待，一般老幹部們都把能參加這樣的團拜會當成一種榮譽，一種與現政權的特殊親近方式。不過，馬年團拜會上，江澤民、曾慶紅、李嵐清、李長春等江澤民集團人馬以「請假」方式拒絕參加，這被外界解讀為，雙方矛盾已經徹底公開化。

曾慶紅上演自殺鬧劇也難保兒子

最有意思的是，據《爭鳴》報導，2014 年 2 月 13 日馬年正月十四（2 月 13 日）深夜，曾慶紅「試圖服毒自殺」，不過自殺

未遂。《爭鳴》引述北京官場人士的評論說：「曾慶紅動不動就拿裝著飲料的農藥瓶子嚇唬人。」然而曾慶紅假自殺的要挾行為，遭到了王岐山間接而又強硬的回擊。王岐山說：「任何人都無權繞過程序！調查完後，清者自清，污者自污。」

據《新紀元》調查，曾慶紅之所以要「自殺喝農藥」，是因為王岐山的反腐，查到了曾慶紅的兒子曾偉的頭上。為了保兒子，也為了保自己，曾慶紅上演「喝農藥自殺」的鬧劇，目的是想阻止「習王聯手」的反腐攻勢，但沒想到遭到王岐山的強硬回擊。

據說曾慶紅「娘娘腔」式的喝毒鬧劇，也被京城圈子內的人恥笑。

《新紀元》調查發現，自從 2013 年 12 月，李東生被抓、周永康被祕密逮捕後，中紀委的反腐火勢就開始從周永康轉向了曾慶紅，因為周永康的罪行基本已查出了眉目，從那時起，曾慶紅為了保命而上演的反撲行動，也就一天天地升級。

繼 2014 年 1 月 7 日陳光標以收購《紐約時報》為噱頭，到紐約開新聞發布會、散布「天安門自焚偽案」的表演失敗後，曾慶紅惱羞成怒。而 1 月 8 日，習近平在中共中央政法工作會議表示，「要以最堅決的意志，最堅決的行動、堅決清除害群之馬」。1 月 10 日，周永康案出現風向標，香港《南華早報》英文版引述知情人透露，周永康長子周濱 2013 年 12 月已經被正式拘捕，他的家庭在尋找律師來準備辯護。周永康本人也被祕密拘捕，此消息已通報給各省委書記。據悉，周永康家族透過周濱及周濱妻子黃婉一家，多年來從中石油獲利至少約 980 億人民幣，按中國《刑法》，足以判處死刑，立即執行。

面對危機來臨，曾慶紅採用黑社會慣用的「同歸於盡」、「要

死一起死」的戰術，在 1 月 21 日搞出了威脅習近平的「離岸解密」醜聞；哪知習陣營並沒有後退，1 月 28 日，與習近平關係密切的「財新網」，以報導與曾慶紅兒子同名同姓的大陸地產商被抓捕的消息，引發大陸媒體圍觀「曾偉被抓」，釋放的信號耐人尋味。1 月 30 日大年三十，中紀委正式拋出江澤民的「大管家」季建業，同時「財新網」發表了《周濱的三隻「白手套」》，揭示周永康家族如何把貪腐黑錢洗白。

眼看「離岸解密」髒彈沒有生效，中紀委依然在嚴查曾偉的巨額非法所得，曾慶紅又急又氣，於是在過年期間上演了喝農藥的鬧劇；不過兩天後的 2 月 15 日，海外還是傳出消息說，曾慶紅兒子曾偉已被中紀委軟禁。

江山易改 本性難移 江派再反撲

在京城百姓的閒聊中，類似曾慶紅喝農藥的自殺威脅，至少還上演過一次。鄧小平死後，其妻子卓琳為了保兒子鄧質方不受首鋼四方貪腐案的牽連入獄，老太太跑到江澤民面前哭哭啼啼要上吊自殺，雙方討價還價，最後放過了鄧質方，但從此鄧家人不再出聲，低調行事。當初出謀劃策要暗算陳希同的，正是曾慶紅。沒想到時光輪轉，自封「三代帝師」的曾慶紅也會落到尋死尋活鬧自殺的「悲催」地步。

不過中國有句古話，狗改不了吃屎，要想毒藥不毒人，是不可能的。等曾慶紅「活過來」之後，當遼寧公安廳廳長李文喜被帶到北京調查，周永康十年大祕冀文林落馬，周永康馬仔、四川富豪劉漢被以「特大黑社會團伙」起訴，中油國際黨委書記沈定

成「失聯」，國安局局長梁克被免職，特別是 2 月 24 日李東生被免職務，25 日遼寧瀋陽市檢察院檢察長張東陽被調查，北京突然取消香港辦 APEC 財長會議時，曾慶紅再次下手，於 2 月 26 日在香港搞出了《明報》總編劉進圖被刺案，3 月 1 日搞出了昆明火車站血案，令雙方的搏擊上升到了更加血腥劇烈的新階段。

巡視組洩密：更大的老虎得辦後事

與《新紀元》預測的相同，2014 年中共兩會結束的記者招待會上，李克強並沒有談及周永康案。不過 3 月 10 日，新華網轉載了《京華時報》的文章《巡視組：多高職務都嚴懲不貸 老虎還會不斷揪出》，針對「18 大」以來第 22 位被調查的省部級官員雲南省副省長沈培平一案，第二輪巡視中擔任中央第四巡視組組長的全國政協委員項宗西表示，被抓的老虎還很多，「這個事不奇怪的，今後還會不斷地出來。因為第一輪的巡視才完，現在的成果大部分是第一輪巡視的，第二輪的還沒出來呢。」

第二天 3 月 11 日，新華網發表了題為《巡視組長揭四大內幕 哪些人該「辦後事」？》的博文，給出了更多的解讀。博文稱，目前中紀委對很多貪官的前面的「功課」已經做得差不多了。「就如工兵挖子母雷那樣，現在子雷已經一個一個排除，接下來等的就是挖母雷。而這個母雷自然是更大的老虎，此人不得辦後事？」

也許這番話真是說給江派大老虎聽的，攔路虎不死，人們怎麼能往前走呢？看來，好戲還在後頭。

【附錄】2014 新年前後 習江雙方出招一覽表

時間	江澤民集團	習近平陣營
2013年12月16日		祕密成立清算整頓政法委領導小組，宣布中紀委加入中央司法領導小組，此前組長是周永康。
20日	讓陳光標宣布將收購《紐約時報》	中紀委雙規李東生，25日李東生被免職。
2014年1月3日		唯一被允許在大陸發行的《香港商報》公開中紀委官員的話：將在適當的時候對外公布有關「大老虎」案。
7日	陳光標宣稱要對天安門自焚案的燒傷母女整容，企圖捆綁習近平。此舉牽出羅幹、曾慶紅、江澤民。	
8日		大陸封殺紐約鬧劇，習要除害群之馬，哪怕「壯士斷腕，刮骨療毒」。8日，39軍軍長潘良時被任命為北京衛戍區司令員。
8日		邵逸夫喪禮，江、曾名字都未出現。
10日		港媒《南華早報》報導，中共前政法委書記周永康及長子周斌已被捕，專案組直接向習近平彙報。
13日		中石油官網悄然更換高管名單，原總會計師溫青山被撤下。
14日		陸媒鋪天蓋地轉載谷俊山的「將軍府」等貪腐內幕。谷俊山是用整車的黃金，向江澤民的軍中嫡系、原軍委副主席徐才厚，買到的中將軍銜。

15日		江派的軍火公司保利集團高層發生人事地震：原中央軍委副主席劉華清的女婿徐念沙成為第一把手，而劉華清於公、於私都和江澤民有「深仇大恨」。15日，中國移動廣東公司原董事長、總經理徐龍被中紀委立案調查。
14-16日		周永康的又一批黨羽被進一步整肅：四川省前副省長郭永祥、李崇禧、商人劉漢被撤消人大或政協代表的資格；成都女商人何燕被批捕；成都建工集團六名高管被查。
16日		新浪網高調介紹《法國看板》的預言：2014年將選擇某個「大老虎」作為新一輪反腐突破口。同日，政法委祕書長汪永清表示對腐敗「零容忍」。
17日		路透社透露，周永康被中共38軍軟禁在天津某別墅。北京正在調查10多個部長級或副部長級高官與周永康的關係。17日，黨媒密集宣稱：「不管幹部級別多高，只要腐敗就嚴懲。」
18日	江派放風周永康是中紀委二號專案，一號是溫家寶。	港媒發表的溫家寶的澄清信：自己從沒有，也絕不會做一件以權謀私的事。

21日	1. 大陸絕大多數網站癱瘓數小時，誣陷是自由門的開發者動態網所為。 2. 國際調查記者同盟公布黑材料，宣稱中共五大佬海外藏巨款，唯獨沒提江、曾、周三巨貪，用同歸於盡來脅迫當局鬆手。	北京高層下令立刻恢復網絡，《南華早報》透露，香港出版社老闆姚文田在深圳被捕，他幫余杰出版了一系列攻擊胡溫習的書。
22日		中共中央「全面深化改革領導小組」第一次會議，公布副組長為李克強、劉雲山及張高麗，習為組長。22日，中紀委一天通報七名官員被調查，是18大以來官員確認「落馬」人數最多的一天，其中包括新疆建設兵團兩名副師級。
24日		習近平出任國安委主席，李克強、張德江任副主席。
30日		新華網宣布《南京原市長季建業被移送司法》
2月11日		李克強提出「要對腐敗行為和腐敗分子零容忍、出重拳」，呼應王岐山的「一案雙查」（即查腐敗分子本人，也查其上級）。
12日		前遼寧省公安廳長政協副主席李文喜被雙規，並直接送北京調查。
18日		中紀委監查部網站宣布，海南省副省長冀文林涉嫌嚴重違紀違法被調查。

20日		周永康在四川的馬仔、漢龍集團董事局主席劉漢、劉維等36人被正式提起公訴,定性為「國內特大黑社會性質犯罪案」。
21日		42歲的梁克被免去北京市國家安全局局長職務。
24日		中共國務院通告免去原公安部副部長李東生的職務。
25日		中央紀委監察部公布:瀋陽市檢察院檢察長張東陽涉嫌嚴重違紀,被立案調查。
25日		北京突然更改將原定於9月10日至12日在香港舉行的亞太經合組織財政部長會議(APEC)。
26日	江派報復:香港《明報》前總編輯劉進圖遭戴電單車頭盔的男子襲擊,身中六刀,傷勢危重。	
3月1日	昆明火車站出現蒙面暴徒砍人事件,至少29人死亡,143人受傷。	
3月1日		「財新網」首次證實,周永康兒子周濱及數位家人已被抓。
8日	曾慶紅香港明報露面。	大陸全面封殺曾慶紅的消息;《中國經營報》推出兩則新聞,一條《吳兵案背後現女星 梅婷曾與周濱之妻合拍電視劇》,另一條《劉漢被控窩藏珠峰系走私大案要犯涉賴昌星》;

3月10日	一篇題為《習近平是內奸 中國到了緊要關頭》的文章在網路上被五毛推手們推動得廣為流傳，呼籲「盡快組織起來」，用「革命的理論」和「你死我活的革命行動」、「喚醒人民」。	惠生公司宣布其大股東華邦嵩已被中共公安機關以涉嫌行賄指控逮捕，此人與中石油集團高層違紀案件有關。
兩會期間，8大惡性事件發生	如3日，東莞中石化餐廳爆炸，1死31傷；桂林蒼松路發生砍人血案，至少2人被砍死，當晚桂林市汽車客運站發現模擬槍支和管制刀具；河南一幼兒園房頂坍塌，一死三傷。4日一直升機在陝西渭南墜落；5日天安門一女子自焚；8日，馬來西亞一飛往北京客機失蹤，機上154中國人。	
3月13日		兩會上習近平李克強再次強硬表示，無論誰違法都將被嚴懲。新華網發表《巡視組長揭四大內幕 哪些人該「辦後事」？》

中國大變動系列 **021**

習江激鬥招招見血
周黨反攻大動作

作者：新紀元編輯部。**執行編輯**：王淨文 / 張淑華 / 黃采文。**美術編輯**：吳姿瑤。**封面設計** ：R-one。**出版** ： 新紀元周刊出版社有限公司。**電話** ： 886-2-2268-9688(台灣) 852-2730-2380(香港)。**傳真** ： 886-2-2268-9610(台灣)/852-2399-0060(香港)。 Email:mag_service@epochtimes.com。**網址**: www.epochweekly.com。**香港發行** ： 田園書屋。**地址**：九龍旺角西洋菜街56號2樓。**電話**：852-2394-8863。**台灣發行**：高見文化行銷股份有限公司。**地址**：新北市樹林區佳園路二段70-1號。**電話**：886-2-2668-9005。**規格**：21cm×14.8cm。**國際書號**：ISBN978-988-13130-6-5。**定價**：HK$128 / NT$400。**出版日期**：2014年4月。

新紀元
NEW EPOCH WEEKLY

www.ingramcontent.com/pod-product-compliance
Lightning Source LLC
Chambersburg PA
CBHW031334020726
47499CB00005B/1254